프라다를 입는 변호사

야 화

오랫동안 소설과 영화 시나리오를 썼고 웹툰과 웹소설도 여러 편 연재했다. 필명으로 책을 내는 건 처음.

권위를 지양하고 세속을 지향한다. 무엇이 옳고 무엇이 그른지를 가리는 일에는 늘 서툴고 별 관심도 없다. 그러나 아름답거나 추한 것들은 그것이 왜 아름답고 추한지 늘 관심이 많다. 그래서 이렇게 열심히 소설을 쓰나 싶다.

프라다를 입는 변호사

초판 1쇄 발행 2020년 9월 22일

지은이 야화

펴낸곳 도서출판 가쎄 [제 302- 2005- 00062호]
주 소 서울 용산구 이촌로 224, 609
전 화 070. 7553. 1783 / 팩스 02. 749. 6911
인 쇄 정민문화사

ISBN 978- 89- 93489- 99- 6 /03810

값 14,800원

www.gasse.co.kr
berlin@gasse.co.kr

프라다를 입는 변호사

야화 지음

gasse•가쎄

차례

작가의 말

새로 태어나는 기분만큼 근사한 기분이 있을까요? 필명으로 책을 출간하는 지금이 제겐 꼭 그러네요. 야화. 아주 오래전부터 이 순간을 위해 아껴둔 이름이었습니다. 천일야화(千一夜話)에서 따온 것은 아니지만 뭐 그렇다고 해도 좋겠어요. 들꽃이라는 뜻의 야화(野花)도 멋지고 밤에 피는 꽃이라는 뜻의 야화(夜花, night flower)도 낭만적이지 않나요? 어쨌든 야화라는 이름을 기억해 주세요.

이 책에 실린 세 편의 소설은 출신도 성격도 모두 다릅니다. 첫 번째 작품 <안드로메다 그녀>는 벌써 10년 전에 제 단편집에 실렸던 작품인데 제목을 바꾸고 약간의 현대화(?)를 거쳐 다시 실어봤습니다. 두 번째 작품이자 표제작인 <프라다를 입는

변호사>는 네이버에 연재했던 작품을 꽤나 많이 각색해 다른 느낌의 소설로 만들어봤습니다. 마지막으로, 음악 앨범으로 치면 보너스 트랙처럼 붙어있는 소품 <벽장 속의 유부녀>는 핸드폰으로 읽는 대화형 소설의 형식을 빌려서 써봤습니다. 낯설고 재미있는 경험이었습니다.

늦은 밤, 한강의 검은 물결을 보며 이 글을 쓰고 있습니다. 일렁이는 물결 속에 얼마나 많은 이야기들이 흘러가고 있을지, 강 건너 반짝이는 불빛 아래 얼마나 많은 비밀이 반짝일지, 저는 늘 도시의 야경을 보면 설레곤 해요. 그 마음으로 야화의 다음 책을 준비하겠습니다. 곧 다시 만나요.

안드로메다 그녀

안드로메다 그녀

외계인을 만난 건 처음이었다. 정확히 말하자면 자신이 외계인이라고 주장하는 사람이 처음이었다. 세상의 많은 일에 대해 내가 취하는 태도가 그렇듯이 처음에는 그 말을 믿지 않았다. 뭐 다른 이들도 마찬가지였을 거다.

이봐요. 저 사실 외계인이에요.

누군가 이렇게 말한다면 선뜻 믿어줄 수 있을까? 그 사람이 초능력을 보여준 것도 아니고 괴상한 외모를 가진 것도 아니라면 더더욱.

그녀는 우리 딸아이의 부담임 선생님이었다.

서초동에 있는 영어유치원 Reggio ELC에서는 보통 스무 명

남짓한 아이들이 한 반이 되었다. 그 반을 두 명의 교사가 맡았다. 담임교사는 네이티브 외국인, 부담임 교사는 우리말을 할 줄 아는 영미권 국가의 교포 선생님. 미연이는 다섯 살 때부터 그 유치원에 다녔다. 일곱 살이 되어 '이구아나 클래스'로 들어가면서 새로 바뀐 담임 선생님과의 면담이 있었다.

영어가 익숙하지 않은 학부모들은 영어와 한국말을 다 할 줄 아는 부담임 교사가 통역을 해주듯 의사소통을 했는데 나는 영어로 대화하는 게 크게 불편하지 않아서 담임 선생님인 제이미 티쳐와 직접 이야기를 나눴다. 학교에서도 반장이 있으면 부반장이 나서는 일이 거의 없듯이 부담임 교사는 다소곳이 옆에 앉아 있었다.

"인사하세요. 새로 오신 미셸 선생님이세요. 부담임을 맡아 주실 거예요."

제이미 티쳐가 그녀를 소개해주었다.

"만나서 반갑습니다. 미연이 아빠예요. 잘 부탁드리겠습니다."

내가 먼저 우리말로 인사를 건넸다.

"네. 미연이 봤는데 너무 예쁘고 귀엽더라구요."

그녀도 우리말로 인사하며 밝은 미소를 보였다.

올이 얇은 생머리가 어깨쯤에서 찰랑거렸다. 이마는 반듯했고 볼은 안이 비쳐 보일 듯 희고 투명했다. 얇고 부드러워 보이는 입술은 언제나 미소를 지을 준비가 되어 있는 모양이었다.

솔직히 고백하겠다. 처음 본 순간 그녀가 참 예쁘다고 생각했다. 아, 분명히 말하지만 이 여자 저 여자 집적거리는 타입은 절대로 아니다. 게다가 아이의 선생님이라니. 서른여섯 살이 되도록 연애다운 연애를 해 본 경험은 손에 꼽을 정도. 여자를 보고 마음이 끌린 건 와이프를 만난 이후 처음이었다. 맹세코.

나는 자제를 잘하는 편이다. 서울이라는 광기의 메트로폴리스에서 꽤 윤리적으로 사는 편이라고 자신하고 있었고. 그때도 스스로를 질책했다.

딸 유치원 선생님에게 끌리다니. 미친 거 아냐?

나의 아침은 다른 직장인의 아침보다 한 뼘쯤 더 바쁘다. 출근 준비를 다 끝낸 후에 아이까지 챙겨줘야 하니까. 늦잠이 당연한 나이인 일곱 살 딸아이를 억지로 깨워서 아침을 챙겨 먹이고 씻기고 옷을 입혀야 한다.

"이미연, 너 눈을 감고 먹는 거야 뜨고 먹는 거야?"

"야 인마! 너 5분 만에 옷 다 안 입으면 아빠 먼저 가버린다!"

이런 식의 다그침은 하루도 거르는 날이 없었다. 협박과 회유로 아이를 준비시키고 출근길에 유치원에 들러 아이를 내려주었다. 미셸 티처는 항상 입구에 서서 아이들을 맞아 주었다.

부담임의 하루 일과 중 첫 번째 업무였다.

"아버님 안녕하세요?"

그녀는 볼 때마다 기분 좋게 굿모닝 인사를 건넸다.

"안녕하세요 선생님?"

하늘색 니트와 통이 넓은 하얀 치마가 참 잘 어울린다고 얘기해주고 싶었다. 오늘 입은 의상에 대한 칭찬은 머뭇거리는 사이 타이밍을 놓쳤다. 어쩔 수 없지. 유치원 건물 안으로 씩씩하게 뛰어 들어가는 아이에게 손을 흔들어 주고 다시 차에 올랐다.

그랬다. 매일매일 그녀의 미소와 함께 하루를 시작했다. 그렇게 그녀는 일상의 기분 좋은 한 조각이 되었다. 딱 그 정도의 거리를 유지하고 싶었다. 그럴 수 있을 거라고 생각했다. 나는 자제를 잘하는 편이니까. 그리고 무엇보다도, 내 인생은 더 이상 복잡해지면 안 되니까.

어떤 특별한 업적을 이룬 사람이 아니더라도, 또 모두에게 추앙받는 위인이 아닌 평범한 사람들 중에서도 삶 자체가 존경스러운 분이 있다. 나에겐 아버지가 그랬다.

아버지는 찢어지게 가난한 집의 장남으로 태어났다. 고등학교도 제대로 마치기 힘든 형편에서 기를 쓰고 공부해서 대학에

갔다. 그것도 약학과에. 약사가 되어 여동생 두 명까지 대학을 다 마치도록 뒷바라지를 해줬다.

결혼한 뒤에는 재산도 많이 모으셨다. 논현동에 4층짜리 건물을 사고 청담동에 아파트도 샀다. 아내에게는 벤츠를 사주면서 본인은 환갑이 넘도록 지하철을 타고 다니신다. 골프도 치지 않는다. 유일한 취미가 등산. 약국에 안 나오는 날이면 항상 혼자 산을 찾는다.

가족 이기주의나 개인적인 탐욕과도 거리가 멀다. 아버지는 여성 노숙자 재활을 돕는 자선단체에 매년 천만 원 이상을 기부하고 논현동 일대에서 가장 인심이 후한 건물주이기도 하다. 엄마가 답답해할 정도로.

"아니 이 양반은 생판 모르는 사람들한테 좋은 일 하려고 뼈 빠지게 일해서 건물을 샀나?"

엄마는 종종 그렇게 말한다. 엄마 말에도 일리는 있다. 아버지가 월세를 워낙 안 올리기 때문이다. 내가 봐도 지나칠 정도로.

나도 약대를 나왔다. 아버지는 그러라고 권유한 적도 그러지 말라고 말린 적도 없었다. 돌이켜보면 난 큰 꿈이 없는 학생이었다. 대단한 꿈이 없었다는 게 자랑은 아니지만 정말 그랬다. 약사라는 직업은 그런 나 자신에게 최상의 선택이라고 직감적으로 판단했는지도 모른다. 물론 이렇게 아버지의 약국에서 같이 일을 하게 될 거라고는 예상하지 못했다. 뭐 나쁘지는 않다.

“자, 에어컨을 한 번 켜볼까?”

아버지가 약국 한쪽 구석에 서 있는 에어컨 전원 버튼을 눌렀다. 가을 겨울 봄 동안 켜놓지 않았던 에어컨의 퀴퀴한 냄새가 어느 정도 빠지자 상쾌한 찬바람이 약국 안을 메웠다.

약국은 논현동 주택가에 있는 아버지 건물의 1층 골목 쪽 자리였다. 2층에 있는 내과 병원의 처방전 환자들이 많았고 유동인구도 꽤 되어서 일반 매약 환자들도 적지 않았다. 이른바 선수촌이라고 불리는 지역인 탓에 술집 여종업원 아가씨들도 주요 고객층이었다.

“진작 에어컨 켜자니까요. 손님들도 덥다고 난린데.”

늦은 감이 있는 에어컨 개시가 어찌나 반가운지 내 목소리가 들떴다.

“지구를 살려야지 이놈아. 세이브 더 플래닛.”

아버지는 <내셔널 지오그래픽>의 정기 구독자답게 에어컨과 자동차 그리고 모피 코트 등등 자연환경과 생태계에 부정적인 영향을 줄 수 있는 위협들에 대해서는 어느 정도의 기준을 갖고 있었다. 나야 뭐 그런 건 관심 밖의 문제다. 더울 때는 시원한 게 좋고 추울 때는 따뜻한 게 좋은, 아무튼 편안한 게 좋은 그런 사람이니까.

오전 내내 처방전 손님이 끊이지 않았다. 그리 넓지 않은 조제실에서 하얀 약사 가운을 걸친 두 부자가 나란히 서서 처방전의 약들을 조제했다. 점심은 엄마가 준비해 준 도시락을 먹는다. 약국 카운터를 보는 이모가 아빠를 불렀다.

"형부, 식사하셔야죠."

오늘의 점심 메뉴는 조기구이와 더덕 고추장 무침 그리고 미역국이었다. 콜레스테롤 수치가 높은 편인 아버지를 위해 몇 년 전부터 어머니는 육고기 반찬을 금했다.

식당이 따로 없이 조제실에 도시락을 펴놓고 식사를 했다. 손님들을 받아야 하기에 한 명씩 들어가서 먹고 나왔다. 순서는 아빠, 이모, 그리고 나. 식사를 마치고 우린 다시 카운터에 나란히 섰다.

"미연이 본 지 오래된 거 같다. 주말에 식사 한번 하자."

"네 아버지."

"너 잘 지내는 거냐?"

매일 보는 아버지가 불쑥 안부를 물어보았다. 종종 있는 일이다.

"그럼요."

내 대답도 항상 똑같다. 사실 조금은 과장된 억양이라는 거, 인정.

"잘 지낸다는 게 어떤 건지는 알고 말하는 거지?"

"참 아버지, 삼층 미용실 화장실 변기가 또 말썽이래요. 지난 번에도 그래서 손을 봤는데 소용이 없는 거 같네요. 아예 변기를 바꾸는 게 나을 거 같아요." 나는 슬쩍 말을 돌렸다.

"그래? 그럼 그러려무나."

점심때부터 오후 5시까지가 제일 바쁜 시간이다. 오후 다섯 시면 이모가 퇴근한다. 그리고 여섯 시엔 아버지가 들어간다. 그때쯤이면 병원이 문을 닫고 처방전 환자들이 끊기는 시간이다. 저녁 시간의 일반 매약 환자들은 그리 많지 않았다. 주로 피로회복제나 담배를 찾는 손님들이다. 따지고 보면 약국에서 담배를 파는 건 좀 웃긴다. 건강을 해치고 임산부와 청소년의 건강에 특히 해로운 걸 왜 약국에서 팔까?

부조리도 익숙해지면 편리해진다. 그게 세상의 이치.

나의 퇴근 시간은 아홉 시였다. 집에 돌아가면 아홉 시 반. 장모님은 드라마를 보며 등장인물들의 막장 인생사에 혀를 차고 있고 미연이는 컴퓨터를 하고 있다. 매일 같은 풍경이다. 나는 재빨리 씻고 나와서 장모님을 보내 드린다.

"어머님 조심해서 들어가세요."

"그래. 참 내일 준비물 중에 줄넘기가 있는데 미리 못 챙겼어. 유치원 가는 길에 문방구에 꼭 들리도록 하게나."

"네. 운전 조심하시구요."

"할머니 안녕히 가세요!" 미연이가 옆에서 꾸벅 인사를 했다.

그 뒤로 딱 한 시간이 우리 부녀의 놀이 시간이었다. 컴퓨터 게임을 할 때도 있고 블록 놀이를 할 때도 있고 같이 엎드려 그림을 그릴 때도 있었다. 미연이가 많이 피곤한 날은 놀이 시간을 생략하고 침대에 누워 책을 읽어주기도 했다. 가끔은 집안의 불을 다 끄고 내가 멋대로 지어낸 이야기들을 해줄 때도 있었다. 우리 둘이 딱 붙어서 서로의 존재감과 체온을 느끼는, 하루 중 가장 중요한 시간이었다.

"아빠 그런데 제이미 티쳐도 남자 친구가 있대."

"그럴 수도 있지? 그게 놀라워?"

"제이미 티쳐는 진짜 진짜 크고 뚱뚱하잖아. 남자들은 그런 여자랑 사귀고 싶어 하지 않잖아?"

그랬다. 미연이의 말대로 제이미 티쳐는 거구의 백인이었다. 전형적인 앵글로색슨 풍만녀 스타일. 골격도 컸고 몸무게는 어림잡아 80kg은 거뜬히 나갈 것처럼 보였다. 남자친구가 있다는 말에 나도 사실 좀 놀랐다. 그래도 아빠로서 외모지상주의를 경계해야 한다는 교훈을 심어주기 위해 힘주어 말했다.

"음, 잘 들어봐. 반드시 날씬하고 예쁜 여자만 남자 친구가 있는 건 아냐. 사람은 외모보다 더 중요한 게 있단 말이야."

"진짜? 그럼 나도 뚱뚱해져도 돼?"

"아니 아니! 그런 말이 아니지. 이왕이면 예쁘고 날씬하면 더 좋지."

"이왕이 뭔데?"

"음… 이왕은… 자 예를 들어 보자. 똑같이 맛있는 과자가 있다고 생각해 봐. 그럼 포장이 예쁜 과자가 좋겠어 아님 포장이 엉망인 과자가 좋겠어?"

"예쁜 과자."

"그렇지! 그럴 때 이왕이면 예쁜 게 낫다, 이렇게 말하는 거야."

"그럼 아빠도 이왕이면 뚱뚱한 세이미 티쳐보다 날씬한 미셸 티쳐가 더 좋아?"

헐. 허를 찔렸다. 대답 대신 녀석의 뺨에 쪽 뽀뽀를 해주었다.

"아빠. 나도 나중에 제이미 티쳐처럼 자이언트가 되면 어떡하지?"

"우리 미연이는 충분히 예쁘니까 그런 걱정 안 해도 돼. 그러니까 빨리 자자."

아이의 이마에서부터 콧등까지를 손으로 쓱 쓸어내렸다. 그러면 아이는 잠들 때까지 더 이상 눈을 뜨지 않는다. 둘만의 약속된 주문. 학습효과랄까.

"굿나잇 제니."

아이의 뺨에 입을 맞추며 말했다. 제니는 미연이의 영어 이름이었다.

"굿나잇 대디." 아이도 눈을 꼭 감은 채 인사를 했다.

아이를 재우고 안방으로 건너갔다. 작년까지는 안방 침대에서 아이와 함께 잤다. 그러다 작년 크리스마스에 약속을 했다. 7살 언니가 되면 혼자 씩씩하게 자기로. 내 생각만 하자면 녀석을 꼭 끌어안고 자고 싶은데 너무 연약하게 키우는 게 아닌가 싶어 따로 자기로 결정했다. 아동심리 전문가와 상담을 한 뒤에 내린 결정이었다. 아이가 부모와의 잠자리 스킨십을 필요로 하는 나이는 길어도 여섯 살 까지라는 말을 듣고.

퀸 사이즈 침대에 누웠다. 집 안은 어둠에 잠겼다. 침실의 창을 통해 아파트 단지의 어렴풋한 가로등 불빛이 스며든다. 암흑을 편안하게 만들어주는 적당한 빛이다.

밤의 정적을 편안하게 만들어주는 적당한 소음도 있다. 바로 딸아이의 숨소리. 올봄부터 유치원이 끝나고 태권도 학원에 다니기 시작했는데 몸이 피곤한 듯했다. 요즘은 잘 때 살짝 코 고는 소리가 섞여 있다. 귀엽다. 이 세상에서 잠든 새끼의 숨소리만큼 기분 좋은 자장가가 있을까?

그치 여보야? 듣고 있어? 우리 미연이가 행복하게 자고 있는 소리를.

그녀를 주말에 만나게 될 줄은 몰랐다. 그것도 이종격투기 경기장에서.

근육과 뼈가 부딪히는 둔탁한 소리. 사내들의 땀 냄새. 거친 숨소리. 오직 상대를 쓰러뜨리기 위해 부릅뜬 맹수의 눈빛.

이종격투기 경기장 사각의 링은 처절함으로 가득하다. 사실 나는 이곳에서 조금 별종이다. 이종격투기 선수들은 대부분이 유명한 선수가 되어 생계 해결을 보장받고 싶어 하는 젊은이들이다. 나는 약사라는 직업이 따로 있고 프로 선수로 성공해서 유명해지고 싶은 욕망도 없다. 따지고 보면 그럴 나이도 못 된다. 서른여섯이라는 나이는 격투기 선수로 치면 환갑쯤 되니까.

그렇다고 취미 삼아 격투기를 하는 건 아니다. 시작한 지 5년 반. 이긴 게임과 진 게임이 비슷하다. 키 175cm에 몸무게 68kg. 체지방은 극도로 적고 근육량은 충분하다. 지구력과 근력 폐활량 모두 양호하다. 라이트급 선수로서는 최적의 피지컬인 셈이다. 투지? 남자에겐 생계 해결 이상의 간절함도 있다는 걸, 나는 젊은이들에게 승부를 통해 보여준다.

오늘의 상대는 24살 먹은 당찬 파이터. 2018년 자카르타 팔렘방 아시안 게임 유도 동메달리스트라고 했다. 격투기로 전환한

지 1년이란다. 해볼 만한 승부다.

"그라운드로 가면 안 돼! 타격으로 승부 봐야 한다. 턱을 노려. 오른쪽으로 살짝 감아치라고." 형이 내 귀에 대고 말했다.

"알겠어요. 걱정하지 마세요."

나는 마우스피스를 끼우고 자신만만하게 고개를 끄덕였다.

링 위로 올라갔다. 마주 선 상대편 선수는 키가 작고 어깨가 딱 벌어진 다부진 체격이다. 오랜 시간 유도로 다져진 근육들이 선명히 드러나 있다. 마디 굵은 손. 잡히면 불리하다. 거리를 두고 처리해야 한다.

땡! 시작을 알리는 소리와 함께 우리는 서로를 탐색하며 움직이기 시작했다. 경기가 시작되면 뒤에서 들리는 소리들이 다 뭉개진다. 관중들도 잘 보이지 않는다. 오직 상대 선수에게 모든 감각이 집중된다. 놈의 움직임, 눈빛, 그리고 살기 또는 공포. 쓰러지느냐 쓰러뜨리느냐, 그것뿐.

빠른 잽을 날리며 탐색전을 펼쳤다. 놈은 좀처럼 자신을 드러내지 않았다. 나의 오른발 로우킥이 두 개 제대로 들어갔다. 발등에 짝 달라붙는 느낌이 죽인다. 녀석은 왼쪽 허벅지가 욱신거릴 테다. 1라운드 시간이 10초 정도밖에 남지 않았을 때 놈이 허리를 감아 들어왔다. 재수 없게 잡혀 들었지만 시간이 살렸다.

2라운드. 시작과 함께 뻗어 나간 내 발이 놈의 어깨를 찍었다. 휘청거리는 틈을 놓치지 않고 왼손 스트레이트! 내 주먹이 놈의 턱 끝을 스쳤다. 턱이 돌아간 건가? 놈이 쓰러졌다. 그리 많지 않은 관객들 사이에서 환호성이 일었다. 카운트를 일곱까지 셌을 때 놈이 일어났다. 근성 있는 녀석이군. 그래도 내 상대는 되지 못해!

다시 시작. 신인답게 놈의 템포가 흐트러졌다. 틈을 보다가 놈의 머리를 겨냥한 회심의 하이킥을 올렸다. 이런, 빗나갔다. 그때 놈이 날 잡고 넘어뜨렸다. 아차 싶었다. 이미 늦었다. 무지막지한 힘이 내 팔을 부러뜨릴 것처럼 꺾어 들어왔다.

승부는 끝났다. '암바'로 인한 2라운드 KO패.

링 바닥에 누워 패배의 쓴맛을 곱씹었다. 나를 무너뜨린 고통과 현기증이 조금씩 사라지는 순간, 그녀와 눈이 마주쳤다.

미셸 티처가 왜 여기에? 링에서 가까운 자리에 앉아 경기를 보고 있는 건 분명히 그녀였다. 그런데 헤어스타일이 완전히 달랐다. 밝은 갈색으로 염색한 커트 머리 스타일이었다. 옆에는 왠지 그녀와 어울리지 않는 남자가 있었는데 필시 건달 내지는 조폭으로 보였다.

왜 선생님이 저런 남자와 함께 있는 거지? 비현실적인 상황이어서 잠시 멍했다.

정신 차리고 몸을 일으켰을 때 그녀는 사라지고 없었다.

"팔 괜찮냐?"

"네."

"그놈 잘하는 거 같더라. 힘도 좋고 근성도 있고."

"담에 다시 붙어봤으면 좋겠어요."

"팔 제대로 부러지려고?"

"그럼 그 친구 스카우트하시던가요."

"그럴 돈이 없다."

형은 신호에 걸리자 정지선 앞에 차를 멈췄다. 시동이 꺼져 버렸다.

"어? 차가 왜 이러지?"

형은 괜히 놀란 듯 말했지만 놀랄 일은 아니고 가끔 있는 일이다. 10년이 넘은 중고 소나타는 수명이 얼마 남지 않은 거 같다. 형은 속으로 하나 둘 셋까지 세고 다시 시동을 걸었다. 힘겨운 숨소리를 내며 차가 깨어났다.

형은 그런 사람이었다. 평소에는 내 차를 잘만 얻어 탔어도 시합이 있는 날이면 내 BMW를 거부하고 굳이 자신의 고물차에 나를 태웠다.

- 인마. 아무리 똥차라도 트레이너가 선수를 태워줘야지.

내 차를 타고 가자고 할 때마다 돌아오는 그의 대답이었다.

경기에서 지고 돌아오는 길은 둘 다 별로 말이 없다. 그는 라디오에서 흘러나오는 옛날 노래를 흥얼거리고 나는 창밖을 응시하고. 이기고 오는 길에는 경기에 대한 이야기를 많이 한다.

내 기량이 절정이었던 작년에는 일본까지 건너가서 국제대회에 출전한 적도 있었다. 첫 경기에서 러시아 출신의 파이터를 꺾었는데 다음 경기에서 일본 선수에게 잡혔다. 한국에 돌아와서는 인터뷰까지 하게 되었다. 신문, 잡지, 인터넷 뉴스 기자들이 나를 찾아왔다. 현직 약사 출신이라는 배경이 흥미를 끌었던 거다.

- 약사라는 안정된 직업도 있는데 굳이 위험한 격투기 선수로 활동하는 이유가 뭡니까?

조금씩 다른 기자들의 질문은 결국 요지가 똑같았다.

- 강해지기 위해서요. 나쁜 놈들을 혼내줄 만큼 강해지고 싶어서요.

내 말은 그대로 인용되었다. 나중에 인터뷰 기사를 본 미연이가 '나쁜 놈' 부분에서 깔깔 소리를 내어 웃었다.

"저녁 먹고 들어갈래? 오랜만에 고기나 좀 구울까나?" 형이 체육관에 차를 대며 물었다.

"나이스!" 나도 내심 그냥 집에 들어가기는 아쉬웠던 참이었다.

집에 있던 미연이도 체육관에 데리고 왔다. 형을 도와 체육관을 관리하는 남 코치까지, 네 명이 체육관 옥상에 모여 앉았다. 고기를 좋아하는 형은 아예 옥상에 바비큐 그릴과 숯을 비치해 놓고 가끔 야외 고기 파티를 열었다. 오늘 메뉴는 삼겹살과 목살.

하늘은 맑았고 습도는 낮았다. 어제 내린 비로 공기도 투명했다. 초여름 저녁 특유의 청명한 바람이 선선하게 불었다. 형은 부지런히 고기를 구워냈다.

"자 우리 미연이 많이 먹고 많이 커라."

그는 먼저 미연이에게 제일 맛있는 부위를 골라주었다.

"고맙습니다 큰아버지." 미연이가 꾸벅 인사했다.

형을 처음 만난 건 5년 전이었다. 불행의 바닥에서 더 깊이 파고 들어간 지점에 머물던 시절. 마음속에는 분노만이 가득 차 있던 시절. 남은 인생에서 더 이상 봄은 오지 않고 길고 긴 겨울만이 계속되리라는 절망이 온몸을 칭칭 감고 있던 시절에 그를 만났다.

역삼동에서 논현동으로 이사를 와서 며칠이 지난 어느 날, 무턱대고 길을 걷다가 문득 보게 된 곳이 바로 이 체육관이었다. 강남 한복판에 어울리지 않는 곳이었다. 논현대로 구석에 있는 4층 건물의 2층. 간판도 따로 없이 '거북체육관 이종격투기'라는 생경한 단어가 유리창에 붙어 있었다. 나는 이런저런 판단을 하기 전에 이끌리듯 체육관으로 들어갔다.

낡은 매트리스가 깔린 체육관에는 형이 혼자 앉아 있었다. 오후였는데도 지독한 술 냄새가 그의 곁에 머무르고 있었다. 망하기 직전의 체육관을 형벌처럼 떠받들고 있는 옛날 복서라니. 우울할 수밖에 없지 않겠는가?

눈동자에 서린 깊은 슬픔. 아마도 그의 첫인상이었을 거다.

그때 나는 회사를 그만두고 실직자 상태였다. 엄마가 미연이를 봐주고 있었다. 시간은 무한정 많았다. 미연이 옆에 있는 시간 외의 시간은 몽땅 체육관에서 운동을 하며 보냈다. 그전까지 사람을 때려본 적이 한 번도 없었던 내가 매일 같이 샌드백과 스파링 상대를 두들겨 팼다. 슈퍼맨에게 힘의 원천 크립토나이트가 있다면 나에겐 증오가 있었다.

1년쯤 지나자 내 몸은 격투기에 최적화된 상태로 변했다. 고슴도치의 가시처럼 외부로 뻗어 있던 증오도 가슴 깊은 곳으로 침전했다. 아빠 약국에 나가게 된 것도 그즈음이었다. 내 상태가 조금씩 좋아질 시점에는 형의 눈에 서려 있던 슬픔도 절망도 사라졌다. 우리는 함께 좋아졌고 망해가던 체육관에도 회원들이 많아졌다. 다이어트라는 테마를 곁들여 홍보하라는 내 제안 덕분이라며 형은 고마워했다.

윤 관장님이라고 부르던 호칭도 형님에서, 그냥 형으로 바뀌었다. 형의 이름은 윤진수. 보통은 진수 형이라고 불러야 하겠지만 그때 그에겐 형이라고 부를 사람이 아무도 없었다. 그래서 그는 그냥 형이다.

그 뒤로 지금까지 우리는 최고의 파트너였다. 띠동갑인 그는 형제가 없는 나에게 맏형과도 같은 사람이 되어 주었다. 미연이도 자연스럽게 큰아빠라는 호칭으로 그를 불렀다. 그는 속이 깊고 가슴이 넓고 주먹은 센 사람이었다.

우리의 관계가 거리감 제로만큼 가까워진 다음에도 나의 과거는 털어놓지 못했다. 그와 아픔을 나누기 싫어서가 아니었다. 그 일을 고백하면 더 이상 격투기를 할 수 없을 것 같아서였다. 아이 엄마에 대해 묻는 말에는 교통사고로 죽었다고 거짓말을 했다.

고기 파티는 끝내주게 좋았다. 네 명이서 1kg이 넘는 돼지고기를 먹어 치웠다. 기분 좋게 캔맥주를 마셨다. 사실 평소의 내 식생활은 굉장히 규칙적이고 절제된 편이라 경기 전의 혹독한 체중 조절은 할 필요가 없었다. 삼겹살 같은 음식이나 술은 경기가 끝난 직후 정도에 이렇게 먹는 게 고작이었다. 평소에는 별로 먹고 싶지 않았다. 팽창된 증오심이 기본적인 욕구까지 억누르고 있는 모양이다.

고기와 맥주로 배를 채우고 멍하니 앉아있는데, 갑자기 미셸 티쳐 생각이 불쑥 났다. 정말 이상하지. 그녀는 왜 그곳에 있었을까?

다음날 미연이를 유치원에 데려다주고 미셸 티쳐에게 말을 붙였다.

“선생님 저 뭐 좀 물어보고 싶은데요.”

“네. 말씀하세요.”

먼저 그녀의 눈치를 살폈다. 이상하다. 전날 내 경기를 봤다면 이렇게 아무렇지도 않은 시선으로 나를 마주할 수 없을 텐데.

“어제 인천에서 격투기 경기 보셨죠?”

그녀는 대답 없이 묘한 시선으로 나를 응시했다. 순간 조금 놀랐다. 뭔가 에너지 같은 것이 전해졌다. 뜨거운 물이 목구멍으로 넘어가는 느낌이 눈에서 느껴졌다. 지나치게 긴 침묵이 흐른 뒤 그녀가 말했다.

“아니요. 간 적 없는데요.”

정말 이상했다. 전날 본 그녀는 밝은 갈색으로 염색한 커트머리 스타일이었는데 지금 보니까 다시 조금 긴 단발머리다. 게다가 검은색의. 이상하다. 뭐가 어떻게 된 거지?

“혹시 선생님한테 쌍둥이 동생이 계신가요?”

"아뇨. 전 형제가 없는데요."

분명해. 어제 본 여자는 분명히 미셸 티쳐야. 똑같은 얼굴이다. 난 지금까지 단 한 번도 사람 얼굴을 헷갈린 적이 없다. 더구나 '그 일' 이후로는 더더욱. 이름을 착각할 수는 있어도 얼굴을 착각할 수는 없다. 마약탐지견의 후각처럼 내 신경은 사람의 얼굴 모습에 극도로 예민하게 반응한다.

"그럼 안녕히 가세요."

그녀는 공손하게 인사하고 유치원 건물로 들어갔다. 나는 바보가 되어 멍하니 서 있었다.

헤어스타일보다 더 이해가 안 가는 부분은 그녀의 태도였다. 이건 유치원 교사가 학부모를 대하는 태도가 아님은 물론이고, 사실과 다른 말을 들었을 때 보이는 태도도 아니다. 이건 분명한 비밀을 숨기고 있는 사람의 태도다. 뭔가 있다고!

약국에 출근해서도 정신은 온통 미셸 티쳐에게 쏠려 있었다. 혹시 철저하게 이중생활을 하는 여자? 그러고 보니 경기장에서 그녀 옆에는 날건달 스타일의 젊은 녀석이 서 있었다. 도무지 그녀의 이미지와는 어울리지 않는.

"왜 이렇게 멍 때리고 있어?" 이모가 나를 툭 쳤다.

"어, 아무것도 아냐."

오늘은 아버지가 지방에서 동창회 모임이 있어 자리를 비웠다. 나와 이모 둘이서 약국을 보고 있다.

잠시 손님이 뜸한 틈을 타서 이모는 진열장의 약을 정리했다. 콧노래를 흥얼거리면서.

이제 곧 쉰 살이 되는 이모는 젊었을 때도 항상 명랑하고 쾌활했다. 기억을 더듬어 봐도 이모가 화를 내서나 슬픈 표정을 짓는 모습은 떠오르지 않는다. 천성이 밝은 사람이랄까.

사실 이모는 몹시 힘든 생활을 이겨내고 있다. 보험영업사원이던 이모부가 재작년에 뇌출혈로 쓰러져서 식물인간 비슷한 상태가 되어 버렸다. 이모는 그 뒤로 매일 병원에서 쪽잠을 자면서 이모부를 돌봤다. 그러면서 고등학생인 아들과 막 중학교에 들어간 딸, 그리고 여든 살 시어머니의 생계까지 책임져야 했다.

이모는 이모부를 돌보기 위해 늦어도 오후 5시에는 병원으로 가야 했다. 이모가 일하던 회사에서는 그런 사정을 봐주지 않았고 이모는 해고되었다. 이모의 상황을 받아들여 줄 일터는 없었다. 결국 아버지가 나섰다. 그렇게 이모는 논현동 <제일 약국>에 합류하게 되었다.

아버지는 이모에게 생활비를 보태주려고 했지만 이모는 한사코 사양했다. 부족하더라도 자신이 일을 해서 돈을 벌고 싶다면서. 훗날 더 이상 버틸 수가 없을 때가 오면 그때 동정을 구하겠다며.

그녀를 보면서 좌절을 이겨내는 또 다른 방식을 배웠다. 슬픔이란 특정한 사건 때문이 아니라 사건을 받아들이는 태도 때문에 생긴다는 것도 알았다.

이모부가 미울 법도 했다. 이모부는 쓰러지기 전에도 이모를 힘들게 했다. 제대로 된 직장을 다닌 적도 없었고 매일 같이 술을 마셨다. 보증을 서서 전세금을 날린 적도 있었다. 나라면 이모처럼 하지 못했을 거다. 엄마는 하나뿐인 여동생의 인생을 가여워했지만 이모는 그럴 때마다 명랑한 목소리를 냈다.

- 세상에 안 힘든 사람이 어딨어? 나야 뭐 몸 건강하고 우리 새끼들 잘 크니까 힘든 편도 아니지 뭐. 이렇게 걱정해주는 언니랑 형부도 있고. 이 정도면 괜찮지 않아?

진열장 정리를 마치고 비타민 음료를 마시던 이모가 자기 손으로 허리를 툭툭 두드렸다. 고단하겠지. 쓰러질 것 같겠지.

"이모는 뭐가 제일 힘들어?" 내가 불쑥 물었다.

"힘든 거? 애들이 말 안 들을 때? 하하."

이모의 웃음소리는 기분 좋은 일이 있는 사람처럼 밝았다.

"이모부 안 미워?"

이모는 그냥 빙긋 웃어 보였다. 그리고 반쯤 남은 비타민 음료를 쭉 마시고 대답했다.

"그 사람한테 꼭 듣고 싶은 말이 하나 있긴 해."

"그게 뭔데?"

"미안하다는 말."

"왜?"

"미안하다는 말. 그 사람 고맙다는 말도 하고 사랑한다는 말도 자주 했어. 그런데도 미안하다는 말, 그 말만큼은 죽어도 하지 않았어. 주변에서는 별 볼 일 없는 사람으로 볼지 몰라도 자존심이 대단한 사람이야. 아마 속으로는 미안해하고 있을지도 모르지. 아니면 정말 미안하지 않은 걸지도 몰라. 어느 쪽일까? 딱 한 번만이라도 그 말을 들어봤으면 좋겠어."

아마도 이모의 소원은 이뤄지지 않을 거다. 이모부는 더 이상 말을 할 수 없으니까. 그가 할 수 있는 일이란 눈을 깜빡이고 손가락을 까닥거리는 정도가 전부다.

"그 사람은 하루 종일 누워서 무슨 생각을 할까? 마음을 읽을 수 있는 기구라도 있으면 얼마나 좋을까?" 이모가 중얼거렸다.

끝없이 아쉽기만 한 사랑도 있구나. 익숙한 솜씨로 처방전 서류를 정리하는 이모를 보면서 가슴이 아파왔다.

아침마다 어색한 만남이 반복되었다. 나는 미셸 티쳐를 볼 때마다 의구심을 떨쳐내지 못했고 그녀는 내 시선을 피하지도 않으면서 분명히 그 전과는 달라진 태도로 나를 대했다. 그럴 때마다 의혹은 커졌다.

그러던 어느 날 아침 미연이를 데려다주고 약국으로 오는 길에 예상치 못한 문자가 왔다.

잠깐 볼 수 있을까요? 저녁 시간엔 다 괜찮습니다

비밀의 문 앞에서 가슴이 뛰었다. 조심스럽게 답장을 보냈다.

오늘 저녁도 괜찮은가요? 제가 일이 아홉 시에 끝나는데 열 시쯤 어떨까요?

다시 돌아온 그녀의 짧은 답장.

그러죠^^

약국에서의 시간이 어떻게 흘러갔는지 몰랐다. 문을 닫고 차에 오르면서 전화를 걸었다. 그녀의 집 앞에 있는 카페에서 보기로 했다. 그녀는 편해 보이는 트레이닝복 차림으로 앉아 있었다. 아침마다 보이던 불편한 기색은 전혀 없이 생글생글 웃는 얼굴로.

"일이 늦게 끝나시네요?" 그녀가 물었다.

"약국이 보통 그 정도까지는 하니까요. 병원 내에 있는 약국이야 일찍 끝나겠지만."

"아버님이 저에 대해 계속 불편한 생각을 하고 계신 거 같아서요."

"불편하다기보다는 궁금해서요. 저는 그날 분명히 선생님을 봤거든요."

"맞아요."

"네?"

"맞다구요. 그날 아버님이 보신 건 제가 맞아요. 동시에 제가 아니죠."

"알기 쉽게 말씀해주시면 안 될까요?"

"그날 보신 건 진짜 인간이에요. 저는 그 사람의 DNA 복제로 만들어진 똑같은 육체를 가진 사람이고요."

"잠깐만요. 그럼 복제인간이라는 말이에요?"

그녀는 심호흡을 하고 눈을 깜박였다. 그리고 상상할 수 있는 가장 황당한 대답을 내놓았다.

"복제인간이라니. 말이 되는 소리를 하세요. 저는 외계인이에요."

나는 잠시 할 말을 잊었다. 자기가 외계인이란다. 하하. 차라리 복제인간이 말이 되지!

그녀는 지긋한 시선으로 나를 마주했다. 지난번처럼, 뭔가 뜨거운 기운이 눈을 통해 전해지는 듯했다.

"안 믿으시는군요? 전혀."

"아니 선생님. 믿을 만한 이야기를 하셔야 믿죠."

"안 믿으셔도 상관없어요. 저는 그날 일을 설명해드리는 거니까요. 전 지구에서 안드로메다라고 부르는 별자리에서 왔어요. 그리스 신화 중에서도 제가 온 별과 관련한 이야기가 있더라고요. 제 고향별은 안드로메다 별자리에서 알파별에 해당하는 별이에요. 지구의 계산법으로는 아득한 거리지만 우리는 지구인들과는 다른 방식으로 이동하기 때문에 거리는 중요하지 않아요."

맙소사. 그녀의 표정은 진지했다. 이런 정신 나간 사람이 교사로 일해도 되는 건가? 퍼뜩 그런 걱정이 머리를 스쳤다.

"걱정 마세요. 이런 이야기를 아이들에게 하진 않으니까요."

그녀의 말에 안심했다. 어, 잠깐. 난 아이들이 걱정된다는 말을 하지 않았는데?

"알아요. 입 밖으로 말을 해야만 알 수 있는 건 아니니까요. 우린 마음속을 볼 수 있답니다."

"말도 안 돼."

나는 힘없이 중얼거렸다. 이 여자, 독심술이라도 하는 건가?

"저의 진짜 몸은 우주선에 따로 있답니다. 지구인 중 한 명을 골라 육체만 똑같이 복제한 다음 그 속에 제 영혼을 넣은 생명체가 바로 지금 아버님 눈앞에 있는 저인 셈이죠."

좋아. 그렇다고 칩시다. 어이없는 대화에 본격적으로 동참

하기로 결정했다.

"그럼 여기엔 언제 온 거예요?"

"여기 온 지는 지구의 시간으로 2년쯤 됐어요."

"지구에는 왜 온 거죠?"

말을 하면서도 스스로가 한심했다. 지구에는 왜 온 거죠? 아이들 공상만화영화도 아니고, 지금 내가 무슨 소릴 하는 건가?

"지구인들이 끊임없이 로켓을 쏘아 올리고 다른 행성을 탐험하는 것과 같아요. 우린 우주를 여행하면서 다른 생명체들을 연구한답니다."

"우주에 다른 생명체들이 많나요?"

"하늘에 별이 많은 것처럼요. 모두 다르죠. 생긴 모습도 사는 방식도 문화도 역사도 모두 달라요. 아마 저의 본 모습을 봤다면 생명체가 아니라고 생각했을지도 몰라요."

"어떻게 생겼는데요?"

"빛이 나요. 파동도 있고요. 뼈와 살은 없어요."

"지구에 당신 같은 외계인들이 많나요?"

"가끔 그런 사람들이 있죠. 홀연히 사라져 버리는 사람들. 아무도 행방을 모르게. 그런 사람이 있다면 의심해볼 만하죠. 저는 2년 동안 저 같은 외계인을 본 적은 없어요. 분명히 저 말고도 두 명이 더 지구로 왔는데 다른 나라로 갔거든요. 다른 별에서 온 외계인들은 제가 구별할 수 없겠죠. 그들은 또 다른 방식으로 지구에 적응하고 외부와 소통하고 있을 테니까요."

"그럼 당신은 얼마나 더 있다가 돌아가는 건가요?"

"내년 봄에 돌아가요. 유치원 학기로 치면 다음 학기까지. 미연이가 초등학교에 입학할 때쯤이겠네요."

"어떻게 돌아가나요?"

"우주선이 와요."

기가 막히는군. 우주선이 온단다. 올레!

어떻게 저렇게 진지한 표정으로 이런 헛소리를 할 수 있지? 아니, 진짜로 자신이 외계인이라고 믿고 있는 건가?

"여전히 못 믿으시네요. 그래도 상관없어요. 하여튼 지난번에 본 사람은 지금 제가 쓰고 있는 복제품 생명체의 원본 생명체라고 보시면 돼요."

"그럼 우주선을 타고 돌아가면 지금 쓰고 있는 몸은 어떻게 되죠?"

"산화되죠. 쉬운 말로 하면 불에 타버립니다."

그녀의 몸 구석구석을 훑어보았다. 그녀는 전혀 민망하지 않은 듯 내 시선을 받아냈다. 다행히 예쁜 여자의 몸을 복제했구나. 참 나 기가 막힌다.

"아버님도 가슴 큰 여자를 좋아하시네요."

"네?"

나는 당황할 수밖에 없었다. 금방, 그녀의 가슴을 보며 가슴이 크다는 생각을 했으니까. 이런. 이건 정말 이상한데?

"좋아요. 당신이 진짜 외계인이라고 칩시다. 왜 저한테 그런 엄청난 비밀을 털어놓은 겁니까?"

"최근 며칠 동안 아버님을 보면서 저를 보는 의심이 점점 더 커지는 걸 알았어요. 잘못하면 큰 문제가 생기겠다 싶었어요. 고민 끝에, 아버님은 선한 사람이니까 말을 해도 괜찮을 거라고 판단했어요. 제 말을 믿고 안 믿고는 그다음 문제겠지요."

"선한 사람?" 내가 중얼거렸다.

"네. 기본적으로 다른 존재에 대해 호의적인 사람이죠. 남을 해치기 싫어하는 사람. 돕고 싶은 의지가 있는 사람. 사랑이 넘치는 사람."

"잘못 보셨네요. 전 남을 도울 여유도 없고 사랑이 넘치지도 않아요."

내 말에 그녀는 다시 나를 깊숙이 응시했다. 그리고 또 놀랄 만한 말을 내뱉었다.

"그렇게 생각하지 마세요. 아내분의 일 때문인가요?"

숨이 막히는 듯했다. 마른침을 삼키며 마주 앉은 그녀를 보다가 유리컵에 든 물을 마셨다. 아내의 일을 어떻게 알지? 이 여자가 보통 사람이 아닌 건 분명하다. 외계인일 리는 없지만 최소한 둘 중 하나다. 사람의 마음을 읽는 초능력자. 아니면 기가 막힌 점쟁이. 잠깐, 혹시 나를 잘 알고 있는 사람이 아닐까? 나는 그녀를 모르지만 그녀는 나를 잘 아는, 그런 관계 말이다.

어느 쪽이든 내가 원치 않는 방향으로 인생이 흘러가고 있다. 복잡해지고 있다.

일요일 낮, 오랜만에 아내의 묘를 찾았다. 아이와 함께였다. 어느새 거칠게 자란 봉분의 잡초를 정리하고 아내가 좋아하는 토스카나 와인을 한 잔 뿌려 주었다.

"너무 많이 뿌리지 마. 엄마가 술에 취하면 어떡해?" 아이가 엉뚱한 걱정을 했다.

"괜찮아. 엄마가 너무너무 좋아하는 거라 많이 뿌려줄수록 좋아하실 거야."

"그럼 나도 뿌려줄래."

미연이는 잔을 받아들고 봉분 곳곳에 와인을 뿌렸다.

아이는 첫돌도 되기 전에 엄마를 잃었다. 엄마의 얼굴은 사진으로만 보고 알았다. 추억도 없었기에 엄마 이야기를 먼저 꺼내는 일도 별로 없었다. 사실 아이는 이곳에 오는 것도 싫어했다. 자기 진짜 엄마에겐 별로 정이 없었으니까. 다만 자기에게도 낳아준 엄마가 있다는 사실이, 다리 밑에서 주워온 아이가 아니라는 사실이 다행스러운 정도?

미연이는 살아 움직이는 엄마를 원했다. 오죽하면 작년 크리스마스 소원으로 새엄마를 원했다.

- 정말 새엄마가 있었으면 좋겠어?

- 응.

- 아빠랑 둘이서 사는 건 싫어?

- 그것도 좋은데 착하고 예쁜 새엄마가 있으면 더 좋을 거 같아.

과연 미연이의 소원을 들어줄 수 있을까?

나무 그늘 아래 돗사리를 깔고 아이와 나란히 누웠다. 아이는 피곤한지 잠이 들었다. 평화롭게 잠든 아이의 머리칼을 쓰다듬어 주었다.

구름이 없는 하늘은 맑고 높았다. 이름 모를 벌레들이 한가로이 울었다. 도시의 공기와는 확연히 다른 맑은 바람이 좋았다. 탁 트인 앞으로 보이는 고속도로는 한산했다. 차들이 제 속도를 내며 시원스럽게 달려갔다. 내 인생도 그랬다. 막히거나 부딪히는 일 없이 순조롭게 달리던 삶이었다. 그 사건이 있기 전까지는.

오 년 전 미연이가 막 돌이 지났을 때쯤이었다. 당시 제약회사의 연구원이었던 나는 신약 출시를 앞둔 마무리 테스트와

임상 실험 데이터 정리 때문에 야근하는 일이 잦았다. 그날도 야근을 마치고 집에 들어가는 중이었다. 월간지 기자였던 아내도 마감이 얼마 남지 않아 야근을 한다고 늦을 거라고 했다.

장마철이라 비가 몹시 무겁게 쏟아졌다. 운전하기 불편할 만큼. 당시 우리가 살던 곳은 역삼동 주택가의 한 빌라였다. 대로에서 주택가 골목으로 들어서면서 아내에게 전화를 걸었다.

- 나 이제 들어가. 아직 일 많이 남았어?

- 어 진짜? 나 지금 집 앞이야 거의 다 왔어.

- 비 오는데 빨리 들어가. 나도 5분이면 도착해.

- 그럼 기다릴게. 같이 들어가자.

- 에이, 집에 들어가 있어.

- 그래. 그럼 빨리 들어와.

주차장에 차를 대고 집으로 들어갔다. 뭔가가 이상했다. 분명히 아내가 집 안에 있어야 했는데 불이 전부 꺼져 있었다.

- 민서야?

목소리를 높여 아내를 불렀지만 대답이 없었다. 그때 무슨 소리를 들었다. 인기척. 사람이 조심스럽게 움직이는 소리를 분명히 들었다. 겁이 났다. 여러 가지 이유가 뒤섞인 공포였다. 이윽고 한 남자가 내 앞에 모습을 드러냈다. 공포가 내 몸을 얼어붙게 했다. 놈은 칼을 들고 있었다. 한 뼘쯤 되는 칼날을 앞으로 쓱 내밀면서 나직하게 협박했다.

- 씨발놈아, 비켜.

난 비키지 않았다. 놈에게 덤벼들지도 못했다. 그냥 멈춰 있었다. 놈은 갑자기 발을 뻗어 나를 찼다. 예상치 못한 일격에 나는 쓰러졌고 놈의 무자비한 발길질이 이어졌다. 그 뒤로는 기억이 없다. 정신을 차렸을 때 집 안은 심연의 어둠과 고요에 잠겨 있었다.

- 민서야.

본능적으로 아내를 불렀다. 온몸에 번지는 고통을 느끼며 몸을 일으켰다. 아내는 바닥에 쓰러져 있었다. 주위에 피가 흥건했다. 아내는 겨우 살아 있었다. 그녀의 숨이 가쁘게 깜박거렸다.

- 민서야!

나는 울부짖었다. 덜덜 떨리는 손으로 아내를 안았다. 품에 안긴 아내는 무슨 말인가를 하려고 애쓰는 듯했다. 그러나 단 하나의 음절도 완성하지 못했다. 나와 시선을 마주한 채 그녀는 죽어갔다. 흔들리던 그녀의 눈빛이 내 동공에 문신으로 새겨졌다.

응급조치를 할 정신은 없었다. 아내를 업고 달려 내려왔다. 병원 응급실로 향했다. 병원에서도 손을 쓸 수 없었다. 오는 길에 아내는 이미 숨이 끊어졌다. 과다출혈.

슬픔의 틈새로 증오의 칼이 자라났다. 칼끝은 정확한 대상을 향했다.

똑똑히 보았다. 나보다 더 젊은 남자였다. 짧게 깎은 머리와 단단해 보이는 인상. 우묵한 눈과 콧구멍이 드러나는 낮은 코. 이미 경찰에 몽타주는 그려서 넘겼다. 얼굴뿐만 아니라 놈의 목소리도 똑똑히 기억한다.

씨발놈아, 비켜.

놈의 말이 맞았다. 나는 씨발놈이었다. 사랑하는 아내도 자기 손으로 지키지 못하는 무능한 씨발놈.

아마 그때 내가 놈을 제압했다면 아내는 살았을지도 모른다. 그러나 나는 놈에게 주먹 한 번 제대로 뻗지 못했다. 놈은 나를 비웃었겠지. 겁에 질려 완벽하게 무너진 나약한 남자를.

몇 달 동안 수사를 했지만 단서가 없었다. 결국 경찰은 미결로 사건을 종결했다. 하지만 난 사건을 종결하지 않았다. 놈의 얼굴을 잊을 수 없었다. 그날 이후로 놈의 얼굴은 이 세상에서 가장 보고 싶은 얼굴이 되었다. 사람의 얼굴을 사진 찍듯 정확히 가슴속에 담아두는 습관도 그래서 생겼다.

격투기에 몰입하는 이유도 같았다. 언젠가 놈을 발견하면 내 손으로 제압하고 싶었다. 내 손으로 놈의 육체를 짓이겨주고 싶었다. 그 지독한 복수심을 가슴속에만 담아놓았다면 미쳐버렸을지도 모른다. 샌드백이 고생했다.

사건 이후 매일 밤 악몽에 시달렸다. 꿈에서 나는 놈과 1 대 1로 링 위에 올랐다. 놈은 나를 갖고 놀았다. 놈에게 흠씬 두들겨 맞다가 실신을 하면서 꿈에서 깼다. 그러나 격투기를 배운 지 몇 년이 지나고 직접 경기를 치를 때쯤부터는 꿈속의 승부도 결과가 달라졌다. 놈과 나는 처절한 혈투를 벌였다. 놈이 이길 때도 있었고 내가 이길 때도 있었다. 꿈에서 깨고 나면 침대 시트가 흥건히 젖곤 할 정도로 대단한 결투였다.

살다 보면 이유 없는 확신이 들 때가 있다. 그 사건이 있던 직후부터 지금까지 확신하고 있다. 언젠가는 놈을 마주할 거라는 걸. 꿈속의 승부가 아닌 실제 승부로. 내 손으로 아내의 복수를 해줄 수 있을 거라고 확신한다. 그 순간을 위해 내일도 모레도 육체를 단련할 것이다.

기다려라. 누가 씨발놈인지 다시 한번 가려보자.

복수의 불길이 확 끓어올랐다. 마음속 증오의 온도가 늘 99도에 머무르고 있다. 조금만 계기가 생기면 끓게 된다. 그때마다 애써 마음을 다스려야 했다.

미리 준비해 간 잔에 와인을 따랐다. 나는 와인을 별로 좋아하지 않았다. 술에 취하고 싶을 때면 소주나 위스키 같은 독주가, 그냥 반주로 마실 때는 맥주가 입에 맞았다. 뭐랄까, 와인은 향부터가 맞지 않았다. 그래서 둘이 술을 마실 때면 아내는 와인,

나는 위스키 콕을 마셨다. 나의 술 취향은 와인 마니아였던 아내에게는 불만 사항이기도 했다. 그런데 아내가 죽은 뒤 나는 종종 무덤가에서 와인을 마신다. 토스카나 와인 한 병을 통째로 마신다.

"잘 있는 거야?"

소리 내어 아내에게 말을 걸었다. 그녀는 항상 대답해준다.

"그럼. 잘 있지."

"미연이는 예쁘게 크고 있어."

"알아. 매일 보고 있으니까. 그러니 여긴 그만 데리고 와. 아이도 여기 오는 거 별로 안 좋아하잖아. 나중에 미연이한테 좋은 새엄마가 생기면 같이 와. 나도 인사하게."

"그런 얘기 하지 마."

"희준아. 이제 나를 놔줘야지. 언제까지 이렇게 살 건데?"

눈물이 흐른다. 살아 있는 동안 그녀에게 했던 미안한 일들이 불치병 바이러스처럼 끈질기게 마음속에 떠돈다.

더 많이 안아줄걸. 청소는 내가 할걸. 아무리 화가 나도 핸드폰을 꺼놓는 습관은 고쳤어야 했는데. 임신 중에 초밥을 실컷 사줬어야 했는데. 그녀가 좋아하는 체크무늬 폴로셔츠를 자주 입을걸. 그녀가 울 때면 휴지를 건네줄 게 아니라 손등으로 눈물을 닦아줘야 했는데.

내가 그녀를 얼마나 사랑하는지 충분히 말해줬어야 했는데.

민서야 미안해. 정말 미안해.

아이를 유치원에 데려다주는 일상의 순간이 흥미진진해졌다. 미셸 티쳐는 정말로 외계인인가, 아니면 어이없는 사기꾼인가. 아침마다 인사를 나누면서 그녀와 기묘한 눈빛을 주고받았다. 특별한 말을 서로 나누지 않아도 특별한 사이로 발전하고 있었다. 둘만의 비밀을 공유하는 사이.

매일매일 호기심이 증폭되었다. 그녀는 정말 초능력자일까? 이과생으로서 과학의 세계에 발을 딛고 살아온 나로서는 자연과학의 법칙을 벗어나는 영역을 인정할 수 없었다. 사주팔자를 본 적도 없고 종교도 없다. 심지어 기도해 본 적도 없다. 그녀가 초능력자가 아니라면 나에 대해 많이 알고 있는 사람이란 얘긴데 대체 누구지? 기가 막힌 사기꾼일지도 몰라.

결국 내가 두 번째 만남을 제안했다. 이번엔 좀 더 편하게 이야기를 나누고 싶었다. 신사역 사거리에 있는 포장마차로 약속 장소를 잡았다. 퇴근한 직장인들이 주로 찾는 회포차였다.

미셸 티쳐는 검은색 스키니진에 몸에 붙은 흰색 면 티셔츠 차림으로 나왔다. 먼저 와서 앉아 있던 나를 보고 편안하게 미소를 지어주었다.

"가끔 술은 드세요?" 내가 물었다.

"외계인은 술 안 먹을 거 같죠?"

"글쎄요."

"물론 제가 있던 별에서는 술은 없어요. 지구인만의 문화죠. 여기 온 뒤로는 여러 번 마셨어요. 맛있던데요?"

"그럼 취하기도 하고 숙취도 있고, 다 똑같은 건가요?"

"좀 달라요. 몸은 취하죠. 많이 마시면 혀도 꼬이고 비틀거리기도 하고. 정신은 말짱해요. 숙취도 있죠. 토하기도 하고요. 그 모든 걸 또렷하게 느껴요."

"뻥이죠?"

"뭐가요?"

"외계인이라는 거."

"완전 레알입니다."

철 지난 유행어를 쓰는 외계인이라. 실소가 절로 나왔다.

그녀는 안주가 나오자 부지런히 젓가락을 움직였다. 다른 사람들은 아무도 공감할 수 없는 괴이한 대화를 나누며 술을 마셨다. 우린 조금 친해졌다. '아버님', '미셸 티처'라는 호칭이 어색해서 그녀는 나를 희준 씨라고 부르기로 했다. 나도 그녀의 한국 이름을 부르기로 했다. 차지혜.

차지혜 씨의 말에 따르면 이렇다. 그녀는 지구인과는 다른 차원의 생명체이며 지능도 인식의 구조도 생명 현상도 다르다. 우리가 상상할 수 없는 범주에 있다. 그러므로 그녀의 말과 행동을 이해하려고 노력해도 소용이 없다.

"그럼 이건 어때요? 어떻게 제 생각을 알고 있죠? 그리고 아내 일은 어떻게 알고 있는 겁니까? 혹시 예전부터 절 알았나요?"

"지구인들은 말과 글을 통해 소통을 하죠. 저희는 달라요. 생각과 느낌, 심지어 마음속의 감정과 지난 과거들, 미래에 대한 희망들. 이런 것들은 일종의 파동이에요. 저희는 그 파동으로 소통을 하죠. 머릿속을 들여다보는 것과 같아요."

"그럼 제가 무슨 생각을 하고 있는지 맞춰 보세요."

내가 시험을 하듯 물었다. 그녀에게 내는 퀴즈의 답으로 코타키나발루를 생각하고 있었다. 동남아의 섬이었다. 미연이의 유치원 방학에 맞춰서 이번 여름휴가로 다녀오려고 예약해 놓은 휴양지였다. 에메랄드빛 바다와 높은 하늘이 있는 바닷가를 마음속에 그리고 있었다. 그녀는 잠시 나를 보더니 망설임 없이 대답했다.

"마음속에 어떤 영상을 떠올리려고 애쓰고 있네요. 해변이네요. 코타키나발루라고요?"

딩동. 정답입니다.

섬 이름까지 정확히 맞추다니! 잠깐. 혹시 미연이한테 들은 게 아닐까? 나에 대해 알고 있는 정보들이 미연이를 통해 들은 거라면? 그럴 수도 있잖아.

"미연이는 상관없어요. 저는 그렇게 나쁜 선생님이 아니랍니다."

또 속마음을 들켰다.

"할 말이 없네요. 선생님 앞에서는 나쁜 생각을 하면 안 되겠군요."

"지금까지 제 경험으로는 나쁜 생각을 하는 사람들도 많지만 안 그런 생각을 하는 사람들이 훨씬 많던데요? 지구인들이 제일 많이 하는 생각이 뭘 거 같아요?"

"글쎄요. 모르겠네요. 전 외계인이 아니라 평범한 지구인이라서요."

"걱정이에요. 이런저런 걱정. 대부분이 할 필요가 전혀 없는."

그러면서 그녀는 빙긋 웃었다. 내가 물었다.

"다른 사람들의 마음이 다 들린다면 정신없지 않으십니까?"

"신경 쓰지 않으면 괜찮아요. 제가 읽으려고 어느 정도는 노력해야 읽히는 거니까요."

그녀의 말에 문득 이모의 말이 생각났다.

그 사람은 하루 종일 누워서 무슨 생각을 할까? 마음을 읽을 수 있는 기구라도 있으면 얼마나 좋을까?

이모부가 2년째 누워 있는 병실은 양평동 허름한 병원의 6인실이었다. 병실이라고 보기엔 벽과 바닥의 묵은 때가 거슬릴 정도로 지저분했다. 환자들이 덮고 까는 이불과 시트들도 제대로 소독하는지 의문인 곳이었다. 형편이 넉넉지 않은 이모로서는 이런 병원에서라도 장기 입원이 가능한 게 다행이었다.

이모부는 나를 알아보는 듯 눈동자를 굴리고 매트리스에 늘어뜨린 오른손 검지를 까딱까딱했다. 나를 따라온 지혜 씨를 보고 경계를 하는 듯했다. 이모가 이모부에게 말했다.

"희준이 여자친구래. 예쁘지? 희준이도 계속 혼자 살 수는 없으니까."

이모부는 표정의 변화 없이 눈만 껌벅거렸다.

이모에게는 거짓말을 했다. 지혜 씨가 여친이라고. 어쩔 수 없지 않나? 이모에게 외계인 어쩌고저쩌고하는 이야기를 할 수는 없으니까. 이모는 왜 엄마에게는 인사를 안 시켜주냐며 난리였다. 난 조금 더 사귀어 보고 말씀드릴 거라며 이모를 진정시켰다.

- 그런데 병실에는 왜 데리고 온다는 거야?

- 친척들 중에 이모가 제일 편하니까. 이모부 본 지도 오래됐고.

이모는 지혜 씨에게 이런저런 이야기를 물어봤다. 그녀는 영화

배우 뺨치게 연기하며 천연덕스러운 거짓 대답들을 내놓았다. 헐... 어찌나 자연스러운지. 이렇게 지구인의 거짓말을 잘하는 당신은 절대로 외계인일 수 없어!

이모부에게 밥을 먹여주는 시간이 되었다. 이모부는 남이 도와줘야 겨우 음식물을 씹어 넘긴다. 무척 오래 걸리는 일이라 이모는 식사 때마다 1시간이 넘게 옆에 앉아서 음식을 넣어줘야 했다.

창을 통해 더운 햇살이 쏟아져 들어왔다. 이모도 이모부도 땀을 흘리며 힘겨운 식사를 진행했다. 이모부는 큰 눈을 껌벅이며 이모를 응시하고 있었다. 지혜 씨는 내가 부탁한 대로 임무를 수행하고 나에게 귓속말로 전해주었다.

나는 이모의 어깨에 손을 얹었다. 이모가 나를 돌아보았다.

"왜? 무슨 일 있어?"

"이모. 이모부가 미안하대."

이모의 눈이 동그래졌다.

"이모부는 이모가 밥을 먹여주는 내내 미안하다는 생각만 하고 있어. 호강시켜 주지 못해서 미안하고 맥없이 쓰러져서 미안하고 이모의 인생을 묶어놔서 미안하대. 그리고 그 말을 지금껏 해주지 못해 또 미안하대. 그저께 밤에 기저귀를 가는 동안 대변을 참지 못한 것도 미안하대."

밥과 반찬을 올린 숟가락을 들고 있는 이모의 손이 파르르 떨렸다. 이모의 선한 눈망울에 금방 눈물이 맺혔다가 툭 떨어졌다. 이모부의 초점 없는 눈에서도 눈물이 흘렀다. 둘은 서로를 마주 보며 하염없이 울었다.

진정한 마음은 굳이 읽거나 말하지 않아도 전해진다. 우린 외계인이 아니기에 확신하지 못할 뿐. 그래서 듣고 싶고 읽고 싶겠지.

한 가지는 확실해졌다. 그녀가 외계인인지 아닌지는 몰라도, 보통 사람이 아니라는 사실은 확실하다. 나에 대해 아무리 많이 안다고 해도 이모와 이모부의 마음까지 알 수는 없잖아?

그녀가 읽은 이모부의 마음속 말을 전부 다 이모에게 전해주진 않았다. 이모부는 이런 생각도 했단다.

이제 그만 나를 놓고 떠나. 더 이상 내 옆에서 인생을 허비하지 말고. 나를 보내줘. 난 정말 간절히 원해. 죽어버리고 싶어. 제발.

그 말은 전할 수 없었다. 이모는 절대로 이모부 곁을 떠나지 않을 테니까. 아무리 힘들어도 평생 이모부의 곁에서 쪽잠을 자면서 대소변을 받아내고 하루 세끼 밥을 챙겨 먹이겠지. 이모와 이모부 사이를 단순히 사랑이라고만 말할 수 있을까?

부부니까 당연하다고 할 수 있을까?

사랑이 아니다. 부부지간이 아니다. 폄하하자면 집착이나 체념. 거창하게 말하자면 운명, 숙명에 가까운 개념이다. 나의 복수처럼.

코타키나발루는 말레이시아의 섬이다. 미연이의 유치원 여름방학을 맞아 둘이서 함께 고른 휴가지였다.

내 무릎 위에 앉아서 컴퓨터 모니터를 보던 미연이는 발리를 넘기고 제주도를 건너뛰고 세부와 사이판, 푸켓도 마음에 안 들어 하더니 코타키나발루 섬에 열광했다. 내가 보기에는 해변과 리조트의 모습이 다 거기서 거기였는데. 그녀의 대답이 날 웃게 만들었다.

- 미연아 왜 하필 코타키나발루야?

- 이름이 웃기잖아. 코딱지나 발러! 무슨 섬 이름이 이렇게 엉터리냐? 하하하!

아이가 밝아서 얼마나 다행인지. 미연이는 엄마 없이 컸다. 엄마. 그 거대한 존재감을 대신 메우기란 누구든 불가능하다. 아빠라 하더라도. 그래도 최선을 다했다. 새끼 물고기를 품듯 내 품에서 먹이고 재웠다. 소꿉놀이도 같이 하고 머리도 땋아줬다. 엔간한 엄마들보다 머리 땋는 솜씨는 내가 나을 거라고 자부한다. 이유식 만드는 법도 배워 직접 밥을 해줬다. 지금도 컴퓨터의 즐겨찾기 대부분은 육아 사이트다.

아이는 밝고 건강하게 컸다. 그것만으로도 감사한다. 아이에게 감사하고 하늘에 있는 그 사람에게 감사한다.

'코딱지나 발러' 섬으로 떠나는 여름휴가를 앞두고 미연이는 무척 들떠 있었다. 어느 날 유치원에 아이를 데려다주는데 문득 지혜 씨가 말했다.

"미연이가 코딱지 섬에 놀러 간다고 아주 신났던데요?"

"그러더라구요. 지혜 씨는 방학 때 어디 안 가세요?"

"우주여행이나 살짝 하고 오려고요."

당황한 내가 말을 못 꺼내자 그녀가 깔깔 웃으며 나를 툭 쳤다.

"농담이에요. 뭘 그렇게 놀라요? 아 웃겨."

"아빠는 바본가 봐. 사람이 어떻게 우주여행을 해? 우주엔 공기가 없어서 사람이 나가면 깩 죽어. 그것도 몰랐어?"

지혜 씨의 손을 잡고 서 있던 미연이도 나를 보며 놀렸다.

"아빠도 알아. 사람은 우주에 못 가지. 그런데 혹시 니네 선생님이 외계인일지도 모르는 일이잖니?"

그러면서 나는 지혜 씨를 슬쩍 봤다. 그녀는 얄밉게 딴청을 피우고 있었다.

"근데 아빠. 미셸 티쳐도 우리랑 같이 코딱지 나라 가면 안 돼?"

아이의 난데없는 제안에 깜짝 놀랐다. 아이는 천진난만한 표정으로 눈을 깜박였다. 지혜 씨는 아무렇지도 않다는 듯 내 대답을 기다리는 중이었다. 뭐야. 둘이 짠 거야?

"미연아. 그건 좀." 내가 말을 끌었다.

"미연이가 일주일 내내 생각하던 거예요. 저한테는 아무 말도 안 했지만요. 아빠가 싫어할지도 모른다고 걱정하다가 불쑥 얘기한 거예요."

"맞아! 미셸 티쳐는 정말 내 마음을 잘 알아줘. 난 아빠보다 미셸 티쳐랑 노는 게 더 재미있어. 정말이야. 아빠 같이 가도 되지?"

녀석이 기다렸다는 듯 말을 쏟아냈다.

"저는 괜찮아요. 미연이의 상상대로 정말 그 섬에 코딱지가 많은지도 궁금하네요."

지혜 씨가 맞장구를 쳤다.

"거 봐 아빠! 선생님은 괜찮다잖아!"

아이는 지혜 씨의 말도 안 되는 농담에 까르르 웃으며 신이 났다. 워워. 이런 식으로 몰리면 안 된다.

"글쎄다. 비행기 예약이 되는지 모르겠다. 날짜가 얼마 안 남아서. 한번 알아볼게. 아빠 이제 가봐야 돼. 늦겠다. 미연이도 오늘 선생님 말씀 잘 듣고 파이팅!"

나는 일단 핑계를 대며 말을 돌렸다. 미연이는 지혜 씨와 함께 나란히 손을 흔들며 유치원에 들어갔다.

약국에 출근해서 여행사로 전화를 걸었다. 다행인지 불행인지 인원 한 명 추가는 가능했다. 단, 같은 객실을 써야 했다.

어쩌지?

뭐 둘이서 가는 여행도 아니고 미연이도 있으니까 걱정하는 것만큼 어색하지는 않을지도 몰라. 아냐. 아무리 그래도 한 객실을 쓰면 당장 옷 갈아입는 것만 해도 불편할 텐데? 그래도 아이가 원하잖아? 너도 은근 원하는 거 아냐?

예상 못했던 고민 때문에 머리가 아팠다. 그때 지혜 씨의 목소리가 선명하게 들리는 듯했다.

괜찮아요 희준 씨. 편하게 결정하세요. 마음이 가는 대로.

이런. 나도 외계인이 된 걸까?

코타키나발루는 말레이시아의 섬이다. 사바주(州)의 수도로 동말레이시아 북동쪽에 위치해있는 도시. 아름다운 해변과 열대지방 특유의 울창한 자연경관으로 세계적인 휴양지가 되었다. 우리는, 여기서 우리란 나와 딸아이 그리고 그녀의 외계인 선생님, 오후 비행기를 타고 코딱지 나라로 떠났다.

미연이는 비행기에서부터 신이 났다. 이런 조합으로 떠나는 여행은 처음이었다. 유치원 방학 때면 나랑 둘이 가거나 할아버지 할머니와 함께 떠났다. 그럴 때보다 두 배는 더 기분이 좋아 보였다. 녀석은 자리에 앉자마자 귀엽고 사소한 수다를 재잘거렸다. 승무원이 미연이에게 오렌지 주스를 건네주었다.

"세상에, 너 정말 예쁘구나. 어쩜 아빠 엄마를 반반씩 닮았네."

그 말에 나도 모르게 지혜 씨를 돌아보았다. 그녀는 못 들은 척 잡지를 보고 있었다.

"아니에요. 우리 엄마 아니에요. 우리 유치원 이구아나 클래스 선생님이에요."

가만히 있으면 그냥 넘어갈 것을 녀석이 쓸데없이 대답했다. 말실수를 깨달은 승무원은 순간적으로 나를 보았다.

이상했겠지. 아빠와 아이, 그리고 유치원 선생님. 세 명이 함께 코타키나발루로 여행을 떠난다? 내가 들어도 이상하다.

"아, 죄송합니다. 즐거운 비행 되세요."

승무원은 황급히 자리를 떴다.

지혜 씨가 창가 자리 미연이가 가운데 그리고 내가 통로 자리였다. 미연이는 잠시도 가만히 있지 못하고 나와 지혜 씨에게 번갈아 말을 시켰다.

문득 마음이 불편해졌다. 지상보다 하늘에 많이 가까워진 비행기 안. 어쩌면 민서가 이 모습을 보고 있으리라. 그녀도 알겠지.

나에겐 그녀밖에 없다는 걸.

이상한 기분에 고개를 돌려보니 지혜 씨가 나를 보고 있었다. 혹 마음을 들킨 건 아닌가 싶어 얼른 딴생각을 했다. 기내 면세품 리스트를 보며 좀 더 품목이 다양했으면 하고 바랐다. 사실은 관심도 없었지만.

비행기는 별 탈 없이 코타키나발루 공항에 착륙했다. 인천공항과는 비교가 안 되는 작은 공항. 제주 공항보다 더 남루하다. 오히려 그런 분위기가 이국적이긴 했다. 시차는 한국보다 한 시간이 느렸다. 짐을 찾아서 공항을 빠져나왔다. 열대 특유의 후텁지근한 공기가 몸을 감쌌다. 택시를 타고 숙소로 향했다.

"아빠 근데 코딱지는 어딨어?"

택시 창밖을 유심히 살피던 미연이가 물었다. 우리 딸이 집착이 대단하네. 아직까지 코딱지 얘기를 하다니.

"미연아. 진짜로 코딱지가 있는 줄 알았어?"

"응! 코딱지 나라잖아."

"그런 건 없어. 여기 섬 이름이 그냥 그런 거야. 미연이가 미연인 것처럼 말이야."

"그래?"

아이는 잠시 실망한 표정이다가 택시에서 내린 뒤 금방 기분이 좋아졌다. 숙소인 수트라 하버 리조트가 마음에 들었나 보다. 화려하지는 않았지만 충분히 크고 아름다운 리조트였다.

미연이는 왼손으로는 내 손을, 오른손으로는 지혜 씨의 손을 잡고 걸었다. 누가 봐도 단란한 가족의 모습이 되어버렸다.

기분이 이상해졌다. 정확히 말하자면 안타까운 감정이었다. 아내는 단 한 번도 이런 순간을 누리지 못하고 세상을 떠났다. 그녀가 미연이를 본 건 겨우 1년. 아이를 두고 하늘로 가는 마음이 얼마나 미어졌을까.

1년에 한 번 있는 외국 여행인데 아이를 위해서라도 우울한 생각은 그만해야겠다고 마음먹었다. 난 아이가 좋아하는 만화 영화 주제곡을 콧노래로 부르며 걸었다.

문제가 생겼다. 숙소에 도착한 후 침대를 바꿔주기로 했는데 여의치가 않은 모양이었다. 원래 예약한 방은 킹사이즈 싱글 침대였다. 지혜 씨와 같이 가기로 결정한 뒤에 트윈 침대가 있는 방으로 바꿔 달라고 주문했었다. 여행사에서는 당장은 확답할 수 없지만 도착할 때까지 방을 찾아보겠다고 했는데 준비가 안 된 것이었다.

직원들과 악다구니를 할 수도 없고. 그냥 원래 예약한 방에 짐을 풀었다. 아무래도 지혜 씨가 신경 쓰였다. 아내가 죽은 뒤로 여자와 함께 한 방에 머문 것 자체가 처음이다. 게다가 열대의 섬 휴양지라니!

어떻게 하면 최대한 덜 어색하게 시간을 보낼 수 있을지를 궁리했다. 낮 시간은 그나마 미연이가 항상 붙어 있을 테니까 괜찮다. 문제는 밤이다. 아이는 보통 열 시 전에 잠드는데 그 뒤의 밤 시간을 어떻게 해야 하지? 나도 아홉 시쯤 아이랑 같이 누워버릴까? 잠을 잘 때도 미연이를 가운데 놓고 한 침대에서 자야 되겠구나. 아니면 엑스트라 베드를 붙여서 내가 거기서 잘까? 오 마이 갓.

우린 가볍게 저녁 식사를 하고 리조트 안을 산책했다. 밤이 되자 바람은 많이 선선해졌다. 리조트 안의 긴 산책길은 걷기만 해도 기분이 상쾌해졌다. 미연이가 노래를 흥얼거렸다.

"비바람이 치는 바다 잔잔해져 오면 우리 님이 오시려나? 저 바다 건너서. 밤하늘에 반짝이는 별들도 아름답지만 사랑스런 그대 눈은 더욱 아름다워라."

그리고 남은 부분을 나도 모르게 따라 불렀다.

"그대만을 기다리리. 내 사랑 영원히 기다리리."

지혜 씨도 함께 노래를 불렀다. 어떻게 이 노래를 알지?

<연가>는 아내가 미연이를 재울 때 즐겨 부르던 노래였다. 애벌레처럼 꼬물거리는 미연이를 품에 안고 젖을 먹일 때도 이 노래를 조용히 부르곤 했다. 그러면 미연이는 스르르 눈을 감고

잠들었다. 나는 그 모습을 보며 아빠에게만 허락된 행복감에 젖어 들곤 했다. 수백 번을 돌이켜봐도 똑같은 빛으로 반짝이는 순간이다.

다음날부터 본격적인 일정이 시작되었다. 말 그대로 놀고먹고 쉬는 시간들. 난과 카레가 무척 맛있었던 아침 식사가 끝나고 리조트의 풀에서 낮 시간을 보냈다.

우려했던 대로 지혜 씨는 비키니 수영복을 입었다. 또 우려했던 대로, 옷을 입었을 때와는 비교할 수 없을 만큼 육감적인 몸매가 드러났다. 오죽하면 아이가 너무 예쁘다며 탄성을 질렀을까.

원래는 아이를 그녀에게 맡기고 풀 사이드 선탠 비치에 누워 책이나 읽을 생각이었다. 그런데 녀석이 굳이 우리 둘 다 함께 풀에 들어오기를 원했다.

아이의 까르르 웃는 웃음소리, 지혜 씨의 환한 미소, 흩어지는 물방울, 열대의 햇살이 함께 어우러졌다. 어떤 순간에도 마음껏 행복할 수 없었던 내 마음도 적지 않게 누그러졌다. 나도 많이 웃었다.

그렇게 리조트 내에서 종일 시간을 보내고 저녁에는 보트를 빌려 탔다. 아들이 하나 있는 다른 가족과 함께 배에 올랐다.

맑기만 하던 하늘이 갑자기 어두워지더니 스콜이 쏟아졌다. 한 10분쯤 비가 내렸을까? 항구로 돌아왔을 때는 언제 그랬냐는 듯 비가 그치고 다시 하늘이 개었다.

"와아. 미연아 정말 예쁘지?" 그녀가 감탄하며 아이에게 노을을 보여 주었다.

각양각색의 돛을 단 배들이 정박해 있는 작은 항구. 그 위로 번지는 노을이 기막히게 붉었다. 아이는 별 감흥이 없는지 어깨를 으쓱하고 말았다. 나는 오랫동안 노을에서 시선을 떼지 못했다.

다음날은 마누칸 섬으로 향했다. 리조트에서 멀지 않은 섬이었다. 배를 타고 가는 내내 미연이가 소리를 질렀다. 투명한 바닷속으로 물고기들이 보인 탓이었다.

"아빠 저기도 있어!"

녀석은 어부라도 된 듯 물고기만 보이면 소리를 지르며 나를 잡아끌었다.

스노클링, 예쁜 돌 줍기, 도마뱀 구경, 바비큐. 우리는 느긋하게 섬을 즐겼다. 차지혜 선생님께서는 어제와는 다른, 조금 더 과감한 디자인의 비키니를 선보였다. 나는 그녀를 똑바로 보지 못했다.

리조트로 돌아와서 저녁을 먹었다. 미연이는 너무 신나게 뛰어논 탓에 방으로 돌아오자마자 곯아떨어졌다. 겨우 여덟 시였다. 이제 어떡한다?

"뭘 그렇게 불안해해요? 무슨 죄졌어요? 맥주나 한잔해요."

그녀가 내 마음을 읽었다. 그리고 편안해 보이는 원피스 차림으로 호텔 방 미니바에서 맥주를 꺼내왔다. 우리는 방에 딸린 넓은 베란다로 나가서 나무로 만든 테이블에 나란히 앉았다.

리조트 메인 빌딩 로비에서 연주하고 있는 보사노바 밴드의 노랫소리가 어렴풋이 들렸다. 그들은 <이파네마의 소녀>를 한가롭게 부르고 있었다.

밤하늘이 깨끗했다. 별빛이 반짝이는 소리가 들릴 것 같았다. 멀리 보이는 해변의 불빛도 근사했다. 그중에서도 제일 반짝이는 건 그녀의 눈이었다.

우리는 완벽하게 로맨틱한 상황에 오랫동안 앉아 있었다.

"저기 보여요?"

그녀가 팔을 뻗어 밤하늘을 가리켰다. 그녀의 손끝은 안드로메다 별자리를 향했다.

"나는 저 별에서 왔어요."

그녀의 목소리가 조용한 어둠 속으로 흩어졌다.

맙소사. 이렇게 낭만적인 말이 있을까? 나는 저 별에서 왔어요.

가슴이 두근거렸다. 설레는 목소리가 이어졌다.

"저 별에 딸린 다섯 번째 행성이 제가 살던 곳이에요."

그 순간에는 아무래도 상관없었다. 그녀가 외계인이라고 해도. 그녀가 거짓말을 하고 있다고 해도.

"당신도 우리랑 같은 감정을 느끼나요?"

"많은 부분 그렇지요. 지구인들의 몸과 신경 체계를 빌리기 때문에 같은 자극, 같은 감정, 그리고 같은 욕망을 공유해요. 배도 고프고 졸리기도 하고 사랑의 감정도 느껴요."

"사랑의 감정도 느낀다." 내가 그녀의 말을 되풀이했다.

잠시 침묵이 흘렀다. 나는 앞을 보고 있었는데 그녀의 시선이 강하게 느껴졌다.

"괜찮아요. 키스해도 돼요." 그녀가 조용히 말했다.

이럴 줄 알았어.

심호흡을 한 번 했다. 망설이지도 급하지도 않았다. 그녀의 입술에 내 입술을 포갰다. 그녀는 내 머리를 양손으로 감쌌다. 나는 한 손으로는 그녀의 등을 편히 안고 다른 손으로는 그녀의 목을 감쌌다. 우린 오랫동안 제대로 된 키스를 나눴다.

키스가 끝나고 그녀가 말했다.

"불쌍한 사람. 당신을 도와드리고 싶어요."

키스를 통해 알았다. 그녀는 외계인이 아니었다. 따스한 체온과

불규칙한 호흡을 가진 지구인이었다.

아내가 떠나고 5년 동안 단 한 번도 다른 여자와 키스한 적이 없었다. 섹스는 물론이고. 욕망이 괴로울 때도 있었다고 고백하겠다.

5년이란 시간이 너무 길었던 탓일까? 내 페니스가 철없는 고등학생의 페니스처럼 딱딱하게 솟아올랐다. 이런. 이건 안 돼.

"미안해요."

나는 결국 그렇게 말하고 일어날 수밖에 없었다. 남자의 신체 구조상 잔뜩 발기한 채로 어기적거리며 화장실로 들어가 거울 앞에 섰다. 흥분이 가라앉기를 기다렸다. 마음이 혼란스러웠다. 똘똘이가 완전히 침착해진 뒤에 화장실에서 나왔다. 그녀는 방에도 테라스에도 없었다.

미연이 옆에 누웠다. 새근새근 숨소리를 내며 잠든 아이의 머리칼을 쓰다듬었다.

인생의 질서 따위는 없다고 믿는다. 질서가 있다면 그토록 바르고 착하게 살아온 아내가 죽었어야 할 이유가 없다. 세상에는 아내보다 나쁜 사람이 수억 수십억 명 있을 텐데 왜 아내가 죽어야 하는가? 마찬가지로 지혜 씨가 내 인생에 툭 나타난 일도 인생의 질서와는 상관없다. 이유도 연관성도 없는 일이다. 교통사고처럼. 그냥 툭.

이제 어쩌나?

코타키나발루에서의 마지막 날이었다. 시내 투어를 하고 공항으로 떠나는 일정이었다.

잠에서 깨니 지혜 씨는 아무렇지도 않게 미연이 옆에서 자고 있었다. 밤늦게 들어왔나 보다. 잠에서 깬 그녀는 환하게 웃으며 인사했다.

"잘 주무셨어요?"

아무 일도 없었다는 듯 이 태도는 뭐지? 우리의 키스는? 그냥 해프닝인가?

난 어색하게 인사하고 침대에서 내려왔다.

우리는 간단하게 씻고 외출했다. 시내의 허름한 쇼핑센터에 들렀다. 옷이 무척 쌌다. 다른 건 살 것도 없었다.

그리고 코타키나발루에서의 마지막 저녁을 먹고 공항으로 출발했다. 밤 열 시까지 겨우 버티던 미연이는 대기실 의자에 앉아서 잠들어 버렸다. 아직 비행기 시간은 한 시간쯤 남아 있었다. 우리는 잠든 미연이 옆에 나란히 앉아 어색하게 커피를 마셨다. 그녀가 말했다.

"그렇게 하면 안 돼요."

"뭘요?"

"죄책감 때문에 남은 일생을 감정 없이 살 셈인가요?"

"다 아는 척 얘기하지 마세요."

"미안하지만 다 보여요. 도와드릴게요."

"이봐요. 당신이 무슨 재주로 그렇게 내 마음을 알아내는지는 몰라요. 하지만 분명히 알아둬요. 세상에는 직접 겪어보지 않으면 절대로 공감할 수 없는 일들이 있어요. 알아들어요? 당신네 별에서는 어떨지 몰라도 우리 사람들은 그렇다고요."

"비꼬지 말아요. 아직도 안 믿고 있잖아요."

"뭘 믿으란 겁니까? 당신이 안드로메다에서 온 우주 공주라고요? 지금 장난해요? 이봐요. 난 유치원 학생이 아니에요. 물리학과 논리를 공부한 성인이라고요."

그녀는 쓸쓸한 미소를 지을 뿐 더 이상 말이 없었다.

그녀의 말이 맞다. 나는 여전히 그녀를 의심하고 있다. 그리고 죄책감으로 내 인생을 꽁꽁 동여매어 놓고 있다. 어쩌겠는가? 내 마음이 그런 걸. 마음을 고쳐먹으라고? 마음을 다잡으라고? 엄마가 그랬다. 세상에서 제일 먹기 힘든 음식이 마음이라고. 세상에서 제일 잡기 힘든 줄이 마음이라고.

"그거 아세요?" 그녀가 나지막이 말했다.

"희준 씨 정말 좋은 사람이에요. 그러니 앞으로도 행복하게 살았으면 해요."

"행복합니다. 당신이 걱정 안 해줘도, 안 도와줘도 행복하다고요. 알겠어요?"

난 이미 속이 뒤틀려 있었다. 어느 누구라도 그때 일을 잘못 건드리면 걷잡을 수 없는 상태에 빠져 버리니까. 그녀는 아쉬움이 묻어나는 시선으로 나를 보고 있었다.

미연이는 코타키나발루 여행이 100점 만점에 100점으로 즐거웠던 모양이었다. 워낙 명랑한 녀석이긴 했는데 여행 뒤에는 기분이 몇 계단쯤 더 업 된 상태로 지냈다.

지혜 씨와 나는 어색해졌다. 싸우고 화해를 못한 연인이라도 된 양, 매일 아침 인시할 때마다 슬쩍 시선을 피하곤 했다.

일상에 활력을 불어넣는 사건도 있었다. 겨울에 국제대회 시합이 잡혔다. 상대는 일본 출신의 주짓수 파이터였다. 기량도 경력도 나보다 조금 윗급인 선수였다.

"괜찮겠냐?"

형은 시합을 잡을 때마다 그렇게 물었다. 이번에도 마찬가지였다.

"그럼요. 자신 있어요." 나도 항상 같은 대답을 내놓는다.

"너 요즘 좀 이상해."

"뭐가요?"

"인마. 난 니 눈만 봐도 니가 무슨 생각 하는지 알아."

형도 외계인이라고 고백하실 셈인가요?

나는 말없이 피식 웃었다.

"뭐 맘에 걸리는 거 있냐?"

"그런 거 없어요. 미연이도 잘 크고 약국도 잘 되고."

"저녁에 술이나 한잔할까?"

우리는 자주 가는 집 앞 포장마차에서 전어회와 함께 소주잔을 기울였다. 이런저런 이야기로 술잔을 나누던 중에 그가 사뭇 진지한 말투로 변했다.

"이번 경기하고 나서 운동 그만두면 안 되냐?"

"네? 왜요?"

"나이도 있고."

"참 나. 제가 무슨 세계 챔피언을 하겠다는 것도 아니고. 갑자기 왜 나이 타령이에요?"

"그런 생각을 많이 했다. 넌 한 번도 나에게 왜 운동을 하는지 말해주지 않았다. 그래도 나는 알고 있어. 니 마음속에 어떤 짐이 있고, 그 짐을 덜기 위해 운동을 한다는 걸 안다."

헐... 외계인 맞네요.

"안 될 거다. 그런 식으론 절대 벗어날 수 없을 거야."

"형도 그랬잖아요?"

나의 카운터펀치에 놀란 형이 눈을 크게 떴다.

"우리가 처음 만났을 때, 형은 텅 빈 눈빛으로 대낮부터 술에 절어 있었죠. 세상에서 제일 불행한 사람처럼. 어쩌면 우리는 둘 다 똑같은 상황이었을 지도 몰라요. 이유는 달랐어도 인생의 바닥을 친 시절. 둘 다 그랬던 거 아닌가요?"

그는 말이 없이 심각한 표정이 되었다. 그래, 정말 그랬다. 우리는 동지처럼 서로 손을 잡고 슬픔의 심연에서 조금씩 빠져나왔다.

"그건 얘기가 다르지. 나는 선수 생활도 실패하고 체육관도 잘 안되고, 정말 인생이 갑갑해서 그랬지. 너는 얼마든지 새 출발 할 수 있잖아? 왜 너 스스로 니 발목을 잡고 있어? 대체 왜 그러냐고? 무슨 일이냐고?"

아내의 사건 뒤로 지인들과의 접촉을 줄여왔다. 그러다 보니 외톨이 신세 비슷한 상황이 되었다. 형은 지금 유일하게 '친구'라고 말할 수 있는 사람이다. 거리감 없이 편하다. 진심으로 그가 좋은 사람임을 알고 있고 그 또한 나를 그렇게 보고 있음을 느낀다. 우리 둘 사이의 온기는 포장마차의 어묵 국물처럼 적당히 따뜻하다.

형 입장에서도 그렇겠지. 결혼도 하지 않고 혼자 사는 그에게 나는 '가족'이라는 의미에 가장 가까운 사람일지도 모른다.

그러니 그에게 내 비밀을 털어놓아도 될 것 같기도 했다. 오늘은 말고 다음 기회에.

그는 더 이상 고백을 종용하지 않았다. 우리는 남은 소주를 비우고 일어섰다. 말없이 손을 들어 보이며 인사하고 헤어졌다.

그날 밤 집에 돌아와서 침대에 누운 채 오랫동안 뒤척였다. 지혜 씨 때문이었다. 내가 먼저 손을 내밀어야 한다. 어색하게 마무리된 매듭을 다시 풀어야 한다. 그다음에는 대체 어떻게 할 셈인데? 그녀와 사귀기라도 할 거니? 외계인 코스프레를 하는 아이 선생님하고 연애를?

가을은 얄밉게도 짧았다. 낙엽이 물드는 모습이 따스해 보인다 싶었는데 어느덧 찬바람이 불기 시작했다. 큰 시합을 앞두고 나는 어느 때보다 더 단단하게 몸을 단련했다. 아빠에게 양해를 구하고 출근 시간을 좀 늦췄다. 매일 오전 두 시간씩 체력 훈련과 스파링을 하고 약국에 나갔다. 느낄 수 있었다. 내 주먹에 실린 힘이 최고로 강해졌다는 걸. 투지 또한 그렇게 불타올랐다.

10월의 어느 토요일 밤이었다. 약국 문을 닫고 들어왔는데 아이가 나를 보자마자 내일 놀이공원에 가자며 졸라댔다. 다음날이 쉬는 날이어서 승낙을 했다. 그런데 아이가 또 지혜 씨 이야기를 꺼냈다. 나는 최대한 조심스럽게 거절했다.

"선생님도 불편하시단 말이야. 일주일 내내 너희들 봐주시느라 힘들기 때문에 선생님도 주말에는 집에서 쉬어야 돼. 우리 둘이 가서 재밌게 놀다 오면 되잖아. 그치?"

"아니야. 내가 물어봤는데 선생님은 괜찮다고 하셨어. 그런데 아빠가 싫어하실 거라고 했단 말이야. 아빠는 왜 싫어? 아빤 내가 좋은 거라면 다 좋다고 했잖아? 아빠 나한테 거짓말한 거야?"

아이를 당해낼 수 없었다. 결국 지혜 씨에게 연락을 했다. 참 희한한 캐릭터다. 조심스럽게 전화를 건 내가 민망할 정도로, 그녀는 기다렸다는 듯 명랑하게 전화를 받았다. 그리고는 다짜고짜 이렇게 얘기했다.

"제가 김밥 싸갈까요? 저 김밥 디땅 맛있게 말아요."

다음날 오전에 만날 약속을 하고 전화를 끊었다. 숨 돌릴 틈도 없이 엄마한테 전화가 왔다. 난리가 났다.

"어떻게 하냐! 니 아버지가 전화를 안 받는다!"

"아빠가? 아빠 어디 갔는데?"

"어디 가긴 어디를 가! 오늘 아침에 북한산에 가신다고 했는데 돌아올 시간이 됐는데도 안 와. 전화도 안 받고."

밤 열 시가 가까워지고 있었다. 아직도 핸드폰에 익숙하지 못한 아빠는 전화를 안 받을 때도 많았다.

"왜 호들갑을 떨고 그래? 등산하고 내려오셔서 친구분들하고 막걸리라도 한잔하시나 보지 뭐. 좀 기다려 봐요."

"그래도 이 시간 넘도록 안 올 사람이 아닌데?"

"아버지 산에 혼자 가셨어?"

"몰라. 나가긴 혼자 나갔지. 내가 니 아빠 친구들 연락처를 아는 것도 아니고."

"별일 없을 거예요. 조금만 더 기다려 봐요."

"이상하다 이상해."

엄마는 불안함을 숨기지 못하고 겨우 전화를 끊었다. 나도 마음이 편치는 않았다. 별일 없을 거라며 마음을 진정시키면서 아이를 재웠다.

자정이 조금 안 된 시간 다시 엄마의 전화가 걸려왔다. 아직도 아버지는 들어오지 않았다. 연락도 안 된다고, 엄마는 패닉 상태였다.

엄마 말이 맞았다. 뭔가 문제가 있다.

바로 119에 실종 신고 전화를 했다. 너무 늦은 밤이라서 수색 작업은 곤란하다는 말이 돌아왔다. 핸드폰을 통한 위치추적을 해보려고 했으나 전화기가 꺼져 있다고 했다. 결국 날이 밝아야 본격적으로 수색이 가능하다는 말이었다.

이건 진짜 뭔가 이상하다. 아버지는 전화를 안 받을 때는 많아도 좀처럼 끄는 일은 없었는데.

기도란 이럴 때 하는구나 싶었다. 나는 밤이 새도록 잠을 이루지 못하고 기도했다. 특정한 종교가 없어서, 어떤 신이라도 내 기도를 듣고 있다면, 나에게 이런 식의 불행이 또 닥쳐오게는 하지 말아 달라고 애원했다.

초겨울 밤은 길고도 길었다. 아침 7시가 다 되어서야 조금씩 어둠이 물러났다. 전화해서 장모님의 잠을 깨웠다. 사정을 대충 설명하고 미연이를 봐달라고 부탁드렸다. 바로 집에서 나와 엄마를 태우고 북한산으로 향했다. 가는 길에 혼자 잠에서 깬 미연이가 나에게 전화를 걸었다. 좀처럼 그런 일이 없었기에 놀란 모양이었나.

"걱정하지 말고 집에 있어. 외할머니가 곧 오실 거니까."

아이를 안심시키고 다시 연락을 취한 119 구조대원들과 북한산 국립공원 소속의 산악구조대원들도 아버지를 찾는데 나섰다. 처음부터 문제가 생겼다. 어떤 코스로 산을 탔는지를 알 수 없었다. 나도 엄마도 등산에는 전혀 관심이 없어서 같이 등산을 와 본 적이 없었다. 그러니 아버지가 다니는 길을 대충이라도 짐작할 수 없었다. 구조작업이 제대로 진행될 수 없었다. 엄마는 발만 동동 구를 뿐이었고 나는 그런 엄마를 진정시키느라 정신이 없었다. 입안이 바싹 말라왔다.

핸드폰이 울렸다. 지혜 씨였다. 아, 맞다. 그녀와의 놀이공원 약속을 깜빡 잊고 있었다. 전화를 받아서 긴급 상황임을 설명해주었다. 그러자 그녀가 엉뚱한 질문을 했다.

"지금 아버님이 무슨 생각을 하고 있을 것 같아요?"

"네?"

"아버님이 지금 무슨 생각을 할 거 같냐고요."

"글쎄요. 가족들 생각을 하겠죠?"

"희준 씨랑 미연이 생각도 하겠죠?"

"그렇겠죠."

"다시 전화 드릴게요." 그리고 그녀는 전화를 끊었다.

엄마가 울기 시작했다. 구조대원들은 제일 일반적인 코스 주변부터 훑기 시작했다. 이런 식으로 해서 거대한 북한산 주변을 언제 다 훑을 수 있을까? 그야말로 해변에 떨어진 동전 찾기다.

절망감과 싸우고 있을 무렵 다시 지혜 씨에게 전화가 걸려왔다.

"지금 그쪽으로 가고 있어요. 기다려요."

"네? 지혜 씨가 여길 왜 와요?"

"아버님이 계신 곳을 알아냈어요."

"어딘데요!"

나도 모르게 소리를 질렀다. 엄마가 놀라서 울음을 그쳤다.

"명칭으로는 말할 수 없어요. 가서 말씀드릴게요."

황당한 이야기였지만 왈가왈부 따질 시간이 없었다. 그녀는 정말 30분 만에 도착했다.

"아버님은 저쪽에 있어요."

그녀는 검지를 곧게 펴서 멀리 한 방향을 가리켰다. 우리 곁에 있던 구조대원 두 명은 미친 여자를 보는 표정이었다.

"가봅시다!"

내가 앞장섰다. 따라나서겠다고 하는 엄마는 겨우 설득해서 입구의 구조대 사무실에 남도록 했다.

지혜 씨는 사냥개처럼 자신만만하게 걸음을 옮겼다. 한 시간쯤 그렇게 '외계인 내비게이션'을 따라갔다. 좁은 길에 오른쪽 아래로 가파른 경사면이 이어진 길 한복판이었다. 그녀가 앞장을 섰고 나와 구조대원 두 명이 뒤를 따랐다. 어느 순간 그녀가 발걸음을 탁 멈췄다.

"잠깐만요. 이 근처에요."

그녀가 단호하게 말했다. 그녀의 시선을 따라, 우린 아래쪽 경사면으로 시선을 돌렸다. 일반인들은 쉽게 내려가기 힘든 경사였다. 그녀가 정신을 집중하더니 손가락으로 정확히 어떤 지점을 가리켰다.

"아버님은 저기 계세요. 아직 살아계시네요."

아버지는 왼쪽 다리와 오른쪽 팔꿈치가 골절되었다. 적지 않은 찰과상도 입었지만 생명에는 지장이 없었다. 실족해서 미끄러지면서 핸드폰도 배터리가 분리되고 갈비뼈가 하나 부러져서 폐를 누르면서 큰 소리를 낼 수도 없는 상태였다. 구조를 요청할 수도 없고 구해달라고 소리를 칠 수도 없었던 것이다. 자칫하면 그곳에서 발견되지 못한 채 끔찍한 일이 생길 뻔했다.

그리고 외상보다 더 심각한 병이 발견되었다. 정밀 검사를 받는 과정에서 간암이 2기까지 진행되었음을 알게 되었다. 의사는 천만다행이라고 했다.

"간암은 조기 발견이 정말 어려운데 조금만 더 늦게 발견했어도 심각한 상황이 될 뻔했습니다."

어쩔 수 없이 아버지는 몇 달 동안 장기 환자 신세가 되었다. 아버지를 입원시키고 지혜 씨를 만났다. 그녀는 또 엉뚱한 약속장소를 제안했다. 야구장. 그것도 가장 장내가 시끄러워진다는 롯데 자이언츠와 기아 타이거즈의 경기였다.

KTX를 타고 나란히 앉아서 부산으로 내려갔다. 서울 잠실구장도 아니고 굳이 부산까지 내려가야 하는 이유가 궁금했지만 잠자코 그녀의 제안을 따랐다.

“부산까지 왔으니까 돼지국밥은 먹어야죠.”

경기 시작까지 남은 시간에 돼지국밥을 한 그릇씩 말아 먹었다. 그녀는 부산 사람처럼 익숙하게 돼지국밥을 싹싹 비웠다.

사직구장은 경기 시작 전부터 응원 열기로 들썩거렸다. 그녀는 하필이면 부산 팬들과 원정 응원을 온 광주 팬들의 애매한 경계에 자리를 잡았다. 오른쪽으로는 억센 부산 사투리가 왼쪽으로는 얼큰한 전라도 욕설이 귀를 울렸다.

“고마 학 쌔리마! 홈런 하나 퍼뜩 치삤나!”

“와따 시방 우리 아그 수비 봤는가. 워매 환장해부러.”

격투기를 빼고 어떤 스포츠에도 관심이 없었다. 올림픽이나 월드컵 때는 남들의 평균치 정도로 관심을 갖고 보는 정도. 야구장에 온 것도 처음이었다.

“아버님은 좀 어떠세요?”

“곧 나아지시겠죠. 한 달 넘게 입원하셔야 된대요. 식구들이 모두 지혜 씨한테 고마워하고 있어요.”

“이상하게 생각하지 않고요?”

“미연이 유치원 선생님이라는 얘기는 일부러 안 했어요. 설명할 자신이 없어서. 그냥 제가 아는 무당이라고 말했어요.”

“졸지에 굿하게 생겼네요.”

그녀의 농담에 나는 혹시 이 여자가 진짜 무당일지도 모른다고 추측했다. 그녀가 째려보는 바람에 생각을 접었지만.

"원래 야구를 좋아하세요?" 내가 화제를 돌렸다.

"일주일 전부터 좋아하게 됐어요."

"뭐가 좋은데요?"

"열기. 특히 롯데 자이언츠 경기가 재밌어요."

"왜요?"

"다들 미친 거 같으니까요. 이 사람들 틈에 앉아 있으면 정말 짜릿한걸요."

그녀는 나를 보며 한쪽 눈을 찡긋 윙크하고는, 롯데 파이팅! 큰소리를 질렀다.

나는 경기에 몰입할 수 없었다. 지혜 씨에게 꼭 할 말이 있었다. 일종의 부탁이었다. 어떻게 말을 꺼내야 할지 몰랐다. 하긴 지금까지 그녀의 실력으로 봐서는 내가 굳이 말을 꺼내기도 전에 알아차릴 테지만 그래도 이 부탁은 꼭 직접 하고 싶었다. 그녀가 너무 응원에 몰입해서 타이밍을 찾기가 어려웠다. 게다가 관중석은 너무 시끄러워서 긴 대화는 불가능했다.

"요즘 어떻게 지냈어요?" 내가 슬쩍 말문을 열었다.

"바쁘죠. 이것저것 하느라."

"하긴 우주선이 온다는 날짜가 얼마 안 남았으니까요. 그렇죠?"

나도 이제 반쯤은 믿고 있었다. 아니 뭐가 뭔지 헛갈리는 상태였다.

"우주선이 오면 이제는 다신 지구에 못 오나요?"

"글쎄요. 특별한 일이 없는 한, 100년 정도는요?"

"100년이요?"

"지구의 시간으로 치면요."

"당신들은 보통 몇 살까지 삽니까? 지구 나이로요."

"특별한 일이 없으면 천 살 정도는 살아요."

"그럼 지구를 떠나서 또 다른 행성으로 가는 겁니까?"

"아뇨. 일단은 안드로메다 별로 돌아가요. 다시 다른 별로 떠날지 말지는 그때 결정하게 되죠."

"대단하군요."

그리고 잠시 대화가 멈췄다. 천 살쯤 산다는 외계인에게 대단하다는 말 외에 무슨 말을 하겠나?

야구가 끝날 때까지 그녀는 열광적으로 응원했다. 롯데 자이언츠는 5 대 4로 극적인 역전승을 거뒀다. 광분한 롯데 팬들이 펄쩍펄쩍 뛰며 승리를 자축했다. 한참 동안 승리의 기쁨과 패배의 실망이 공존하던 경기장은 조금씩 진정되었다. 사람들이 거의 다 떠난 뒤에도 그녀는 텅 빈 그라운드를 보며 앉아 있었다. 결국 그녀가 재촉했다.

"할 애기 있으면 하세요."

"이미 다 알잖아요?"

"그래도 하세요. 말로 하고 싶잖아요."

그래요. 맞아요. 나는 그녀를 정면으로 응시하고 말했다.

"도와주세요."

그녀는 몸을 돌려 정면으로 나를 마주 보았다. 우리는 서로의 시선과 침묵 속에 한참을 앉아 있었다.

"당신에게는 사람의 마음을 읽는 능력이 있잖아요. 모르는 사람이라 할지라도. 설령 멀리 떨어져 있다고 해도."

"영상, 단어, 소리, 냄새, 이야기, 촉감, 감정… 마음속의 모든 것들이 파동이니까요. 바람을 느끼듯 느끼는 거죠."

"우리 아버지를 구할 때 했던 것처럼 해줘요. 누군가의 마음속에 이런 장면이 있을 거예요."

그러면서 눈을 감고 오 년 전 끔찍한 그날 밤을 떠올렸다. 최대한 세밀하게. 그 개자식의 얼굴을 그렸다. 그리고 내가 보지 못했지만 그날 벌어졌을 비극적인 사건을 머릿속으로 재현했다.

그녀가 심호흡을 하고 입을 열었다.

"무슨 말인지는 잘 알겠어요. 미안하지만 부탁을 들어줄 수 없네요."

낙담과 짜증이 동시에 밀려왔다. 나는 화를 내듯 물었다.

"어려운 일 아니잖아요?"

"어려운 일이 아니라고요? 무척 위험하고 어려운 일이에요. 거리가 멀수록, 선명도가 떨어질수록 마음속의 파동을 느끼기가 힘들어요. 잘은 모르겠지만, 지금 희준 씨 부탁은 마치 이 야구장 반대편 끝에서 나비가 날갯짓하는 바람을 여기서 느껴보라는 것과 마찬가지라구요. 거리에 따라서, 파동의 선명도에 따라서 기하급수적으로 큰 에너지가 필요하다고요."

"그럼 우리 아버지는 어떻게 찾았어요?"

"그때도 10분을 넘게 집중하면서 진을 뺀 후에야 위치를 알아냈다고요."

"10분이요? 진을 뺐다고요? 전 그 일 때문에 오 년 동안 진을 빼고 있어요."

"당신의 부탁을 들어주다가 안드로메다로 돌아가지 못할지도 몰라요. 지구인들의 표현에 따르면, 죽을지도 모른다고요."

그녀의 말에 나는 놀라서 할 말을 잃었다.

"설명해 드릴게요. 우리의 생명도 당신들의 생명처럼 에너지에요. 당신이 부탁하는 일처럼 에너지를 많이 쓰게 되면 우주선이 왔을 때 탑승할 에너지가 모자라게 돼요. 아예 막을 뚫지 못한다구요. 그럼 우주선에서는 제가 죽은 줄 알 거예요. 우주선이 다시 오진 않아요. 정확히 약속된 시간에 약속된 장소에 딱 한 번 나타날 뿐이죠. 그러면 복제한 이 지구인 육체의 시간이 다할 때 저도 죽게 되는 거죠. 제가 그냥 재미로 지구에 와 있는 거 같아요? 사실은 지구에 와 있는 이 상황 자체가 제 목숨을 거는 일이에요. 예를 들어, 교통사고로 이 육체가 죽으면 제 생명도 같이 소멸해버린단 말이에요."

그녀의 논리는 내 인내심의 한계를 벗어났다. 그녀의 말이 거짓말이라면 그녀는 정말 대단한 거짓말쟁이인 거고 미쳤다면 아주 제대로 미친 셈이었다. 대체 어디까지 받아들여야 할까? 정말 우주선이 나타날까?

"저에게도 그 우주선이 보입니까?"

"그럼요. 많이들 봤죠. UFO라고 하는 물체들, 사진도 많이 있잖아요."

맙소사. 오 마이 갓. 대박. UFO까지 등장했다. 그럼 ET랑은 친구인가요?

펑- 소리와 함께 야구장 조명 스탠드의 불이 꺼졌다.

어렴풋한 어둠 속에서 나는 계속 대화를 진행했다.

"좋아요. 알겠어요. 그럼 그때는 왜 나를 도와주었나요? 당신 말대로 에너지까지 써가면서 왜 우리 아버지를 찾아주었나요?"

그녀는 내 손을 끌어 잡았다.

"당신을 좋아하니까요. 당신이 간절히 기도했잖아요. 기도를 들어주고 싶었어요."

이번에는 그녀가 내 입술에 먼저 입을 맞췄다. 기도하듯 정성스러운 키스가 이어졌다.

나는 그녀의 뺨을 양손으로 감싸고 떨리는 목소리로 물었다.

"그 기도밖에 듣지 못했나요? 다른 기도는 못 들었나요? 오 년 동안 매일 밤낮으로 빌어온 간절한 기도는?"

"그건 당신을 불행하게 하는 기도에요. 이제 그만 멈춰요."

그녀는 나를 꼭 안아주었다. 엄마가 아이를 안듯이. 어쩌면 아내가 나를 안아주던 것처럼 진심으로.

슈퍼 파이터스 결전의 날이 다가왔다. UFC 같은 메인 리그에 비해서는 규모도 지명도도 떨어지지만, 케이블 TV로 중계까지 할 정도로 꽤 인기가 있는 대회였다. 특히 아시아권 선수들이 많아서 우리나라와 일본에서 주로 경기가 많이 열렸다.

내 상대인 주짓수 파이터는 '이시카와 후리모리'라는 일본 선수였다. 체격은 나와 비슷한데 각종 대회에서 쌓은 경력이 만만치 않았다. 우리 매치는 메인이벤트에 앞서서 열리는, 격투기 쪽 용어로는 언더카드라고 불리는 매치였다.

보통은 형과 코치 두 명, 그리고 격투기에 입문한 지 얼마 안 되는 후배들이 따라왔는데 그날은 좀 달랐다. 지혜 씨가 굳이 따라오고 싶어 했다. 나는 말렸지만 고집을 부렸다.

"이제 몇 달 있으면 지구를 떠나는데 뭐 하나라도 더 보고 느껴야 하지 않겠어요?"

결국 그녀는 코칭스태프와 함께 링 사이드에서 시합을 보게 되었다.

이시카와의 눈빛이 보통이 아니었다. 팬티 한 장만 입은 알몸으로 서로를 마주 보고 있으면 상대의 대략적인 컨디션은 금방 파악이 된다. 그는 매우 꾸준하게 훈련을 해 온 파이터였다. 몸에 군살이 없고 근육은 탄력이 있다. 경기가 시작되었고 놈은 날렵하게 움직였다. 스텝은 가볍고 주먹은 빨랐다.

"희준아! 파고들어! 파고들라고!"

형이 소리쳤다. 나도 안다. 그런데 놈이 틈을 주지 않으니 별 수가 없다.

잠깐 내가 방심하는 사이 놈이 시원한 킥을 뻗었다. 발끝이 내 뺨을 스쳤다. 직감적으로 살갗이 찢어졌다는 걸 느꼈다. 아니나 다를까. 눈 옆으로 더운 피가 쭉 흘러내리는 감각이 선명했다. 이럴 때는 두 가지다. 투지가 솟거나 공포에 짓눌리거나. 난 전자였다.

스텝에 속도를 붙이면서 안으로 파고들었다. 왼손을 슬쩍 날리는 척하면서 오른손 스트레이트를 놈의 면상에 꽂았다. 몸의 균형이 흐트러지면서 휘청하는 부게삼이 느껴졌다. 기회는 이때다. 나는 연타를 날렸다. 그런데 놈의 맷집도 만만치 않았다. 금방 균형을 잡더니 맞받아치기 시작했다. 잠시 무자비한 난타전이 이어졌다. 주먹을 주고받다가 서로 거리를 두었을 때는 킥이 오갔다. 녀석은 킥보다는 주먹이 셌다. 화끈한 장면에 관객들의 함성이 크게 일었다.

1라운드는 그렇게 치열하게 끝이 났다. 오랜만에 얼굴에 상처가 많이 났다. 미연이에게 설명해줄 일이 까마득하다. 예전에는 그냥 운동을 하다가 그랬다고 얼버무렸는데. 일곱 살이란 나이는 무턱대고 속일 수는 없는 나이다.

2라운드가 시작되었다. 1라운드와는 다른 양상이었다. 서로의 실력이 엇비슷함을 확인해서였는지 조심스러운 탐색전이 이어졌다. 그러다가 그라운드 상황이 생겼다. 내가 취약한 부분이자 놈의 강점이기도 했다. 팔을 꺾는 기술인 암바에 걸렸다가 겨우 빠져나왔다. 악력이 정말 대단했다.

"괜찮아?" 형이 내 얼굴의 상처를 보며 물었다.

"네." 가쁜 숨을 몰아쉬며 대답했다.

"잘 견뎌. 버티는 작전이다. 판정으로 가면 승산이 있다."

"아직 될 만한데요?"

"아냐. 체력으론 저놈이 더 유리해. 괜히 힘 빼다가 큰 거 맞는다.

가드 잘 올리고 거리 지키고. 알았지?"

나는 고개를 끄덕였다. 경기 중에는 판단을 내리기 어려워진다. 특히 이렇게 막상막하의 난타전에서는 코칭스태프를 따르는 게 최고다. 그때 지혜 씨가 내 귀에 입을 바싹댔다.

"하체가 흔들리고 있어요. 방어를 잘하면서 로우킥으로 승부해요."

고개를 돌려 그녀를 보았다. 그녀가 찡긋 윙크하는 동시에 3라운드가 시작되었다.

그녀의 말과는 달리 놈의 하체는 멀쩡해 보였다. 스텝도 여전히 좋았고 킥도 유연했다. 신중하게 거리를 지키다가 시험 삼아 발을 뻗어 놈의 허벅지에 로우킥을 꽂았다. 퍽, 소리와 함께 놈이 인상을 구겼다. 통증이 심하구나. 직감적으로 알 수 있었다. 그 뒤로 기회를 더 노렸다. 놈이 그라운드로 끌고 가려고 파고드는 틈을 타서 다시 로우킥! 놈이 휘청 흔들렸다. 한 번 더 로우킥을 날리자 놈은 자리에 허무하게 주저앉고 말았다. 관객들의 함성이 불꽃처럼 터졌다.

대전료에 상금까지 더해서 천만 원 넘는 돈이 생겼다. 경기를 마치고 바로 가락동 수산시장으로 향했다. 형을 비롯한 체육관 사람들 세 명과 나, 그리고 지혜 씨까지. 다섯 명이었다. 사람들에게 그녀를 여자친구라고 소개해 버렸다. 아는 후배,

친한 동생, 아이의 유치원 선생님 등등 어떤 식으로 소개해도 의혹이 따를 거 같아서였다.

"요즘 농어가 아주 좋습니더. 서비스로 개불도 드릴 테니까 갖고 가이소."

단골집이 따로 없어서 제일 먼저 우릴 붙잡은 아지매의 가게에서 횟감을 샀다. 아줌마의 권고대로 농어 한 마리와 도미 한 마리를 골랐다. 너무 배고파서 혼자서도 다 먹을 수 있을 것 같았다.

일요일 저녁의 가락동 수산시장은 사람이 많지 않은 편이었다. 특유의 강렬한 비린내는 여전했다. 긴 골목을 따라 늘어선 가게들, 상인들의 씩씩한 목소리, 수조 안에서 꿈틀거리는 생선들. 그녀는 이런 식으로는 회를 안 먹어봤는지 신기해하며 시장을 둘러보았다. 나는 놀리듯 귀엣말을 했다.

"UFO 오기 전에 실컷 봐놔요. 다른 건 몰라도 안드로메다 별에 이런 시장은 없을 테니까. 그렇죠?"

"네. 없어요. 우린 이렇게 많이 먹지 않아요."

적어도 그녀의 마지막 말은 거짓말이었다. 그녀는 엄청난 양을 먹었다. 매운탕 국물까지 후루룩 마셔가면서.

기분 좋은 밤이었다. 나보다 형이 승리를 더 기뻐해 주었다. 그는 오랜만에 술을 많이 마셨다. 그녀도 머뭇거리지 않고 술잔을 부지런히 비웠다. 잠깐, 외계인은 안 취한다고 했었나?

모두 즐거워했다. 별것 아닌 이야기에 다들 깔깔 웃기도 하고 진지하게 토론을 하기도 하고 길고 편안한 침묵 속에서 자기 술잔을 비우기도 했다. 그녀는 기분이 좋은지 대화를 주도했다. 그리고 나와 수십 번은 더 시선을 마주쳤다. 그리고 틈이 날 때마다 축하한다고 내 귀에 속삭였다. 그녀의 목소리는 알코올처럼 녹아들었다.

말수가 많지 않은 형은 혼자만의 회상에 잠긴 듯했다. 그러다가 나와 눈이 마주쳤는데 이렇게 말하는 듯했다.

- 이제 됐어. 이쯤에서 그만둬라.

슬슬 술자리를 마무리하고 집에 들어가야겠다고 생각했다. 뭔가 이상한 기분이 들어 고개를 돌렸다. 그녀가 나를 물끄러미 응시하고 있었다. 좀처럼 볼 수 없는 표정이었다. 그 시선은 진정으로 절절했다.

"잠깐 화장실 좀 다녀올게요."

그녀는 안색이 별로 안 좋아 보였다. 화장실을 다녀온다고 해놓고선 10분이 지나도록 돌아오지 않았다. 전화를 걸어 보았다. 받지 않았다. 화장실을 찾아가 보았다. 그녀는 없었다. 자기 멋대로 막 사라진 건가? 우주로 가 버린 거야? 못 말리는군.

결국 그녀는 돌아오지 않았다. 나는 일행들에게 급한 일이 생겨서 여자친구가 먼저 집에 갔다고 둘러댔다.

집으로 돌아왔다. 미연이가 잠들었음을 확인하고 샤워를 했다. 다시 그녀에게 전화를 걸었지만 받지 않았다. 젠장. 침대에 눕자마자 깊은 잠에 빠져들었다.

다음날 유치원에 미연이를 데려다주는 길에 지혜 씨에게 한마디 했다.

"사람이 왜 그래요? 화장실에 간다고 해놓고 그냥 가 버리면 어떡해요?"

"미안해요."

그녀는 내 시선을 피했다. 예전에도 한 번 이런 적이 있었는데. 그녀가 내 눈에 처음 띄었을 때 그 사실을 감추려던 모습이 꼭 그랬다. 거짓말이 서툴구나.

"무슨 일이에요? 또 뭘 감추는 거예요?"

"아무것도 아니에요."

"지혜 씨. 이러지 말아요."

"몸이 좀 안 좋아서 그래요." 그녀는 유치원 건물 안으로 들어가 버렸다.

머리가 복잡했다. 인정할 수밖에 없었다. 남자가 여자를 좋아하는 감정으로 그녀를 대하고 있음을. 그녀가 외계인이건 초능력자건 간에, 그녀 또한 여자가 남자를 좋아하는 감정으로 나를 대하고 있다. 입은 거짓말을 할 수 있을지 몰라도 눈빛은, 키스는 거짓말을 하기 힘들다.

아내를 잃은 지 오 년 만이다. 젊은 내가 혼자 지내는 게 청승맞았는지 그동안 주변에서 여자 소개해준다는 말도 참 많이 했다. 엄마는 강제적으로 몇 번 선을 보게 한 적도 있었고 심지어는 장모님마저도 작년쯤부터는 언제까지 이렇게 혼자 지낼 거냐며 좋은 사람을 좀 만나보라고 하실 정도였다.

내키지 않았다. 아내에 대한 죄책감 때문이었을까?

그렇게 오 년 동안 열리지 않던 내 마음이 드디어 열렸다.

좋다. 그래. 연인 관계가 된다고 하자. 그녀는 몇 달 후에는 안드로메다 별로 돌아간다는데 어쩔 건가? 아, 물론 그녀의 말을 다 믿는 건 아니다. 어쨌든 지금 그녀는 그렇게 말하고 있지 않은가. 3월의 어느 날 우주선이 자기를 태우러 올 거고, 자기는 고향별로 돌아갈 거라고. 그러면 최소한 백 년쯤은 지구를 찾지 않을 거라고. 이렇게 말하는 여자와도 사랑할 수 있나? 오 년 만에 생긴 연애 감정의 대상이 외계인이라니. 자기가 외계인이라고 주장하는 여자라니.

그날 밤 나는 지혜 씨를 불러냈다. 일방적으로 그녀 집 앞의 카페에서 약속을 잡았다. 그녀는 트레이닝복 차림으로 나왔다.

예전의 당돌한 모습과는 많이 다른 분위기였다. 다른 사람이 된 거 같달까.

“제 마음을 읽으려고 하지 마세요.”

앞서 부탁을 했다. 그녀는 고개를 끄덕였다. 그런데 입이 떨어지지 않았다. 그녀는 침착하게 내 말을 기다렸다.

“좀 달라 보여요. 지혜 씨.”

“그런가요?”

“그래요. 갑자기 사람이 달라진 거 같아요.”

“꼭 그런 건 아닌데. 하여튼 관심 가져줘서 고마워요.”

“고향별에 무슨 일이 생기거나 그런 건 아니죠?”

“아니에요.” 하면서 그녀는 쓸쓸하게 웃었다.

“저 지혜 씨 좋아합니다.”

그녀는 큰 눈을 깜빡거리며 나를 보았다. 가슴이 급하게 오르내렸다.

“그런데 어떻게 할지 모르겠어요. 지혜 씨는 몇 달 있다 가버린다면서요?”

“네.”

“그럼 제 마음을 정리하는 편이 낫겠네요. 또 누군가를 좋아했다가 혼자 남겨지는 상황은 너무 제 자신에게 가혹해요.”

“좋아하는 마음을 숨기는 게 더 가혹하지 않나요? 전 희준 씨와 더 가까운 사이가 됐으면 좋겠어요. 지구인들의 표현에 따르면, 마음껏 사랑할 수 있었으면 좋겠어요."

정말 뻔뻔하군요, 하고 말하려다가 말았다.

그녀가 정말 외계인이라는 가정하에, 우린 시한부 데이트를 시작했다. 나란히 걸을 때는 팔짱을 꼈고 틈이 나면 뜨거운 키스를 나눴다. 무늬만 보면 다른 연인들과 다를 게 없었다.

그러나 그녀의 말처럼 마음껏 사랑하는 연인으로 발전하지는 못했다. 사랑한다는 말도 서로 하지 않았다. 그 말을 하면 불운한 주문처럼 관계가 깨질 것만 같았다.

스킨십도 마찬가지였다. 몸이 맞닿을 때면 나는 본능적으로 달아올랐고 그녀도 내 접근을 허락하리라는 확신이 있었지만 키스 이상의 스킨십으로 이어지지 않았다. 가쁜 숨을 억누르며 내가 먼저 고개를 돌리는 일이 종종 있었다. 상처받는 게 두려워서인지도 몰랐다. 정말로 그녀가 훌쩍 떠나가 버릴지도 모르니까 너무 깊이 빠지면 안 돼. 이런 식의 자제력?

아, 긍정적인 변화도 있었다. 말을 편하게 놓게 되었다. 그녀도 반말을 하려고 하기에 내가 저지했다.

- 지구에선, 적어도 한국에서 존댓말은 나이순이야. 난 반말, 너는 존댓말. 너도 알고 있잖아?

오빠. 그녀는 나를 그렇게 불렀다. 대한민국에서 연애 중인 여자들 대부분이 연인을 부르는 호칭으로.

나는 새로 장만한 스마트폰에 그녀의 번호를 저장하면서 이름을 차지혜 선생님 대신 '안드로메다 그녀'로 바꿨다. 가끔 비아냥거리고 싶을 때면 안드로메다 공주님이라고 부르기도 했다. 그녀는 자기를 놀리는 줄도 모르고 공주라는 말을 좋아했다.

사실 우리 관계가 발전하면서 최대의 수혜자는 미연이었다. 그토록 바라던 새엄마가 생긴 것처럼 우리 사이에서 마음껏 행복해했다. 그런 아이를 보면서 한편으로 걱정도 되었다. 정말 그녀가 사라져 버리면 미연이도 상처를 입을 테니까.

반반이었던 것 같다. 그녀가 떠날 거라는 두려움 반, 그리고 그녀가 계속 곁에 있을 거라는 기대 반. 그러면서도 그녀가 외계인이라는 믿음은 거의 없었다. 남들과는 다른 정신적인 능력의 소유자라는 점은 100% 인정했지만.

우리는 연인이면서 연인이 아닌 상태로 한 해를 마무리하고 봄을 맞이했다.

그녀의 우주선이 찾아온다는 시간이 다가오고 있었다.

예고한 대로 그녀는 새 학기가 시작되면서 유치원을 그만두었다. 가슴이 덜컥했다.

훌쩍 봄이 찾아온 따스한 3월. 저녁을 먹으면서 분명한 이별 통보를 했다. 주말에 본 영화가 재미있었다거나 어젯밤에 잠을 많이 못 잤다는 얘기를 하듯 무심한 표정으로.

"보름 뒤에 우주선이 오기로 했어요."

보름이라... 그 말을 듣자 입안이 바싹 말랐다. 달리해줄 말이 없었다.

"정말... 우주선이 오는 거야?"

그녀는 고개를 끄덕였다.

"그럼 우리는?"

그녀는 대답이 없었다. 웃음도 슬픔도 없는 무표정한 얼굴이었다.

나는 거의 무의식적으로 회덮밥을 퍼 올리던 숟가락을 내려놓았다. 입맛이 싹 가셨다.

"보름 뒤에 헤어지겠다는 말을 어떻게 그렇게 아무렇지도 않게 해?"

"예전부터 말했잖아요."

"하지만..."

그래. 그녀 말이 맞다. 그녀는 처음부터 솔직했다. 막상 그 순간이 닥쳐오니 내가 찌질해지는 거다.

그 뒤로 애써 연락을 참았다. 흔히 말하는 연애의 밀고 당기기

랄까? 보름이라는 데드라인 앞에서 누구 인내심이 더 센가를 겨루기라도 하듯 멍청한 밀땅을 했다. 돌이켜 보면, 그녀는 아무렇지도 않은데 나 혼자 그런 심정이었는지도 모른다. 우주선이 온다는 날짜를 겨우 이틀 앞두고, 내가 반쯤 미쳐갈 때쯤 전화가 왔다.

"만나서 할 얘기가 있어요."

하늘이 깨질 듯 맑은 날이었다. 전날 내린 비로 대기가 무척 투명했다. 남산타워 전망대에서 인천 앞바다가 보일 정도로 날씨가 좋다고 아침 뉴스 기상캐스터가 말했다. 인천 앞바다를 보고 싶지는 않았지만 그녀를 데리고 남산타워로 왔다. 날이 좋은 데다 휴일 오후여서 사람들이 바글바글했다.

우리는 적당히 닳아서 표면이 부드러워진 나무 벤치에 나란히 앉았다. 워낙 명랑하고 밝은 성격이었던 그녀는 곧 자살할 사람처럼 표정이 어두웠다.

"뭐라고 말 좀 해봐." 내가 중얼거리듯 대화를 시작했다.

"무슨 말이요?"

"뭐든."

"모르겠어요."

"할 얘기가 있다면서?"

긴 침묵이 흘렀다. 답답함에 화가 날 지경이었다.

"정말 끝이야?"

감정이 실린 내 질문에 그녀는 긍정도 부정도 하지 않고 나를 응시했다. 맑고 시원한 눈동자에 고여 있던 슬픔이 뚝뚝 떨어졌다. 이윽고 얇은 입술이 열렸다.

"알아냈어요."

딱 한 단어의 말이 납덩어리처럼 내 가슴을 눌렀다. 결국은 알아낸 건가?

"에너지를 많이 써서 위험하다면서?"

"알아내려고 노력하지 않았어요. 그냥 알게 됐어요. 그 사람이 저를 찾아왔다고 할까요?"

허무하네. 5년 동안 가슴에 악을 담고 눈을 부릅뜨고 다녀도 찾지 못했던 그놈이, 제 발로 너를 찾아왔다고? 심호흡을 길게 하고 물었다.

"그놈이 어디 있는데?"

"오빠가 선택해야 돼요. 둘 중 한 가지를."

"뭘 선택해?"

"첫 번째 초이스. 마음속의 증오를 용서로 푸는 거예요. 대신 제가 떠나지 않고 곁에 있을게요."

역시 넌 외계인이 아니었어. 우주선 따위는 처음부터 없었던 거지?

"두 번째는?"

"저에게 비밀을 듣는 거죠. 대신 전 오빠 곁에 머물 수 없어요."

잠시 정리를 해보았다. 명확하게 이해되지 않는 부분이 있었다.

"하나만 묻자. 나한테 비밀을 말해주는 것과 내 옆에 있는 거랑 무슨 상관이 있지?"

"지금 오빠 가슴속에는 스스로를 파괴할 엄청난 증오가 끓고 있어요. 비밀을 알게 되는 순간, 오빠는 오빠가 아니게 될 테니까요. 그런 오빠 곁에서 저는 아무 의미가 없을 거예요."

"그럼 왜 굳이 나에게 이런 선택을 하라고 하는 거야? 그놈이 어디 있는지 알게 되었다고 해도 나한테 말 안 하고 숨기면 그만이잖아?"

"알잖아요. 저 거짓말 서툰 거. 이렇게 큰 비밀을 계속 숨기고 산다면 저 역시 제가 아닌 사람이 될 거예요."

맞다. 그녀의 말이 다 맞다.

말을 마친 그녀는 처분을 기다리는 사람처럼 내 대답을 기다리고 있었다. 간단했다. 아내의 복수를 할 것이냐, 정체불명의 연인을 지킬 것이냐.

아버지는 2인실 침대에서 평화로운 표정으로 책을 읽고 계셨다.

당신은 굳이 6인실에 있겠다고 하셨지만 어머니가 2인실로 고집을 피웠다.

- 뼈 빠지게 일해서 번 돈 갈 때 다 갖고 갈라구요? 얼마 안 있다 퇴원할 건데 청승 떨지 말고 편한 병실에 있어요.

요즘은 같이 병실을 쓰던 환자가 퇴원을 해서 혼자 병실을 쓰는 셈이었다.

아버지가 암 투병을 시작한 뒤 엄마는 무척 상심했다. 인생무상이라며 탄식하던 엄마는 남은 인생을 더 편하고 풍족하게 살기로 단단히 결심했다.

- 올해 안으로 약국 일도 그만둬요. 희준이한테 다 넘겨줘요. 이제 당신은 운동하고 여행 다니면서 그렇게 지내는 거예요. 안 그러면 제가 가출할 테니까 그렇게 아세요.

엄마의 엄포는 농담 같지 않았다.

간암 수술은 다행히도 순조롭게 끝났다. 결과도 좋다고 했다. 긴 병원 생활을 끝내고 다음 주가 퇴원이었다.

내가 들렀을 때는 병실에 아빠 혼자였다. 아빠는 책을 내려놓고 빙긋이 웃었다.

"전화도 없이 어쩐 일이냐?"

"안 심심하세요?"

아빠가 읽고 계시던 책 제목을 확인했다. <인류의 기원>. 역시 내 기대를 저버리지 않는다. 나보다 더 열렬히 과학과 논리를 신봉하는 아버지에게 자기가 외계인이라는 지혜를 소개해주면 어떤 반응을 보일까?

"어쩌면 지금 인류가 크로마뇽인의 후손이 아닐 수도 있다고 하는구나. 아예 다른 인류일 수도 있단다."

아버지는 사뭇 진지한 목소리로 말했다. 인류학 토론을 할 시간이 없었다. 나는 지혜에게 오늘 밤까지 선택의 시간을 달라고 했다. 내가 아는 한 이 세상에서 가장 현명하고 믿을 만한 사람을 찾아서 조언을 구하려고 온 것이다.

"어려운 선택을 해야 되어서요."

내 말투가 심상치 않았는지 아빠는 웃음기를 거두었다.

"민서 죽인 놈을 찾을 수 있을 거 같아요."

좀처럼 구겨지지 않는 아버지의 미간에 깊은 주름이 졌다. 눈꼬리의 떨림도 선명했다.

"어떻게 찾아낸 거냐?" 목소리도 떨렸다.

"경로는 묻지 마세요. 제가 전화 한 통만 걸면 그놈이 어디 있는지 알게 돼요. 이해가 잘 안 가실지도 모르지만 들어주세요. 요즘 제가 만나는 사람이 있어요. 미연이도 무척 따르고 저에게도 잘해주는 사람이에요."

"여자친구가 생겼다는 거냐?"

"네. 민서가 그렇게 된 이후로 처음이죠. 어쩌면 마지막일지도 모르고요. 그런데 제가 민서를 죽인 놈을 알아내게 되면 그 사람은 다시 못 보게 될 거예요. 반대로, 제가 그 일을 그냥 묻어버리면 그 사람하고는 계속 만날 수 있고요."

아버지는 내 말을 있는 그대로 이해하려고 애쓰고 계셨다. 길게 숨을 쉬고는 입을 떼셨다.

"그놈을 찾으면, 경찰에 신고할 거냐?"

"아니요." 나는 바로 대답했다.

"벌써 5년 전의 일이에요. 놈이 아니라고 잡아떼면 그만이에요. 사건 당시에도 물증이 없어서 용의자 하나 못 만들었잖아요."

"그러면?"

"제 손으로 복수하려고요."

아버지의 얼굴은 슬픔으로 가득 찼다.

"그놈을... 찾지 마라."

예상했던 답이었다.

"놈을 용서하라는 말이 아니다. 내일을 위해 어제를 놓으라는 거다."

아버지는 내 손을 잡았다. 그토록 힘줘서 내 손을 잡은 적은 없었다. 늙은 아버지의 눈에 눈물이 고였다.

"희준아. 민서도 니가 이러는 걸 원하지 않을 거다. 애비를 위해서라도 제발."

아버지를 안아 주었다. 어쩌면 답이 아니라 용서를 미리 구하기 위해서 아버지를 찾은 건지도 몰랐다. 나는 울지 않으려고 얼얼해질 정도로 혀를 깨물었다.

병원을 나오면서 지혜에게 전화를 걸었다. 혹여나 마음이 흔들릴까 싶어 인사도 하지 않고 용건부터 꺼냈다.

"알려줘. 그놈이 어디 있는지."

긴 정적 뒤에 그녀의 목소리가 들렸다.

"그럼 저는 내일 떠나야 해요."

"어쩔 수 없어. 미안해. 평생 후회할지도 모르지만 지금 내 마음은 또렷하고 강렬해."

"좋아요. 차마 제 입으로는 말할 수 없네요. 지금 편지를 쓸게요. 오늘 밤 안에 오빠 집 우편함에 넣어놓을게요."

그녀는 무슨 말인가를 더 하고 싶은 듯 호흡이 가빠졌다. 그러나.

"그럼 끊을게요."

우리 사이를 잇고 있던 끈이 툭 잘리는 기분이었다. 이 순간을 평생 후회할 것임을 이미 알고 있다. 그래도 어쩔 수 없다.

지혜가 편지를 써서 우리 집 우편함에 넣어 놓으려면 최소한 한 시간은 더 있어야 할 거다. 그 무거운 시간을 어떻게 기다려야 하지? 그냥 집에 들어가 있을까?

그때 좋은 생각이 났다.

우리 집 현관문처럼 익숙하고 편안한 체육관 문을 열었다. 회원 중에 비밀번호를 아는 사람은 오직 나뿐이었다. 일요일에는 저녁 여섯 시에 문을 닫기에 체육관은 어둠에 잠겨 있었다.

"희준이 왔냐? 무슨 일이냐?"

체육관에 딸린 방문이 열리고 형이 고개를 내밀었다. 형은 처음 만났을 때부터 쭉 그 방에서 살았다. 낡은 티셔츠와 헐거운 반바지 차림인 걸 보니 늘어져서 TV라도 보고 있었던 모양이다.

"그냥 지나가다가 들렀어요. 차나 한잔 마실까 하고."

"오려면 좀 일찍 오지. 벌써 아홉 시가 넘었는데."

하면서도 형은 다기 세트를 내어왔다. 테팔에 물을 금방 끓여서 어린 녹차를 우려냈다. 그는 사시사철 뜨거운 녹차를 마신다. 한여름에도 냉 녹차를 마시는 법이 없었다.

"차 좋네요."

"얼마 전에 거금 주고 산 거야."

"비싼 게 제값을 하니까요."

형은 잠시 내 눈을 보며 말이 없었다. 그래요. 형이 짐작하는 게 맞아요.

"형이 원하는 대로 됐어요."

"무슨 뜻이냐?"

"운동 그만할게요."

찻잔을 들어 길게 한 모금을 마셨다. 아직 채 식지 않은 녹차가 식도를 일깨웠다. 형은 바닥으로 시선을 떨어뜨린 채 차를 마셨다.

비밀을 털어놓으려고 입을 막 떼려는 찰나, 형이 먼저 말문을 열었다.

"이제 너한테 말해도 되겠구나. 털어놓고 싶을 때가 많았는데 그러지 못했어. 그런 엄청난 과거를 털어놓는 순간 더 이상 너를 가르칠 수 없게 되었을 테니까."

"무슨 소리예요?"

"니 비밀을 듣기 전에 내 비밀부터 고백하려고."

그는 잠시 숨을 고르고 고백을 시작했다.

"어릴 때 권투를 했었어. 20살에는 전국체전에 나가서 은메달을 딸 정도로 유망했어. 그때가 선수로서 정점이었지. 그다음부터는 어떤 경기도 제대로 풀리지가 않았어. 그 와중에 아버지가 재산을 거의 다 날리는 사고를 치셨지. 그냥 있다가는 길거리에 나앉을 판이었어. 하나뿐인 여동생은 대학을 포기하고 집을 나갔어. 아버지는 몸이 불편해지셨고 나는 운동을 그만두고 닥치는 대로 일을 시작했지. 그렇게 십 년 넘는 세월이 흘렀어. 아등바등 살았는데도 남은 건 아무것도 없더라. 지금 니 나이쯤 되었을 때 유일한 가족이었던 아버지가 돌아가셨어."

그 뒤로 몇 년 동안의 세월은 그의 기억에 없었다. 한 푼 두 푼 돈을 모으면서 하루살이처럼 살았다. 그러다가 겨우 체육관을 열었는데, 하필 그때 15년 만에 여동생이 불쑥 나타났다. 남편과 함께. 여동생은 당장 병원 치료를 받지 않으면 살아남기 힘든 병에 걸린 상태였다. 남편이라는 녀석은 여동생보다 몇 살이 더 어렸는데 알고 보니 교도소를 들락거리던 인간 말종이었고 며칠 뒤 사라져버렸다. 그는 어떻게 해서든 여동생을 살리고 싶었다. 어쨌든 유일한 가족이었으니까. 그런데 가진 돈이라고는 한 푼도 없었다. 체육관을 차리느라 빚만 산더미였다. 그때 그 여동생의 남편이라는 녀석이 찾아왔다.

형은 찻잔에 남아있던 녹차를 비우고 고해성사를 마무리했다.

"놈의 계획은 간단했어. 자기가 빈집털이에는 일가견이 있다는 거야. 예전에 같이 일하던 놈들하고 쿵짝이 안 맞아서 감방에 간 적은 있지만 우리 둘은 같은 배에 탄 상황이니까 서로 믿을 만하다는 거였지. 나보고는 그냥 자기 옆에 있기만 하면 된다고 했어.

그래서는 안 됐었는데. 놈의 유혹에 빠져들었어. 비가 엄청 오던 날. 아직도 기억이 생생해.”

설마 아니겠지? 그저 비슷한 사건을 겪은 것뿐이겠지? 각기 다른 시공간에서. 나는 피해자로, 형은 가해자로...

나는 마취된 환자처럼 꼼짝도 할 수 없었다.

“놈은 불이 꺼진 집을 골라 창문을 따고 들어갔어. 놈이 말한 작업 시간은 딱 30분. 30분 동안만 운이 따라주면 만사 오케이라고 했지. 그런데 그만큼의 운도 허락되지 않았던 거야. 집 안에 있는 귀금속이랑 현금을 챙기고 있는데 집주인 여자가 들어왔어. 놈은 여자가 비명을 지르지 못하도록 입을 막았어. 그리고 안방으로 여자를 데리고 와서 나보고 감시를 하라고 했지. 나는 이미 패닉 상태였어. 놈이 시키는 대로 할 수밖에 없었어. 놈은 다시 집안을 뒤지기 시작했어. 그런데 갑자기 여자가 방에서 뛰쳐나가는 거야. 놈이 여자를 따라갔고 내가 방을 나갔을 때는 이미 여자가 쓰러져있었어. 바닥에는 피가 흥건했어. 난 더 이상 그곳에 있을 수가 없었지.”

나도 더 이상 그의 고백을 들을 수 없었다. 나는 신음하며 귀를 막았다. 남은 고백을 하는 그의 음성이 웅웅 울렸다.

“놈을 놔두고 혼자 나왔어. 들어왔던 것처럼 창을 통해서. 그게 끝이었어. 며칠 동안 지방을 떠돌다가 집에 돌아왔더니 거짓말처럼 여동생과 그 녀석이 사라지고 없었지. 경찰이 나를 찾아낼 거라고 생각했어. 하루하루를 저승사자를 기다리는 기분으로 보냈어. 깨어있는 시간의 대부분은 술에 취해 있었지. 그렇게 몇 달이 지난 뒤에 니가 찾아온 거야. 나만큼이나 깊은 슬픔과 두려움에 잠겨 있던 니가. 너와 함께 훈련하면서 나도 조금씩 나아졌지."

듣는 내내 그의 얼굴을 보지 못했다. 고개를 숙인 채 물었다.

"그 집이 어디였는데요?"

"역삼동."

"그게 언제였는데요?"

"5년 전."

그랬군요. 5년 전 비가 쏟아지던 그날 역삼동. 우리는 이런 인연이었군요. 형. 형이었어요? 이제 어떡하면 좋죠? 제가 형을 죽일 수 있을까요?

자르지 않고는 풀 수 없는 매듭이 내 목을 졸라오는 것 같았다. 온몸이 덜덜 떨렸다. 형에게 들키지 않기 위해 주먹을 꽉 쥐고 겨우 물었다. 형의 대답에 따라, 어쩌면 나는 형을...

"저한테 털어놓고 나니까 좀 후련하세요?"

"아니. 벌을 받아야 후련해지겠지."

나는 고개를 들어 그를 마주 보았다. 온화한 미소가 떠 있는 얼굴이었다.

"내일. 자수하러 갈 생각이야." 그가 힘주어 말했다.

나는 무슨 이유에선지 고개를 세차게 흔들었다.

"윽... 안 돼. 안 된다고..."

고통에 짓눌린 신음소리가 흘러나왔다. 고통의 이유를 정확히 모르는 그가 안심시키듯 내 손을 잡아주었다.

"괜찮아. 가끔 면회나 와주면 고맙고."

"정말로 자수하실 건가요?"

"내가 만든 감옥에 갇혀 있는 것보다는 낫겠지. 자네를 안 만났으면 어떻게 되었을까 싶어. 그렇게 폐인처럼 지내다가 죽어버렸을까? 아님 그 사실을 숨긴 채 평생 살았을까? 아니면 좀 더 빨리 자수를 했을까?"

그제야 알 수 있었다. 지혜는 나의 마지막 경기가 있던 날 밤, 다 같이 술을 마시는 자리에서 형의 마음을 읽게 된 거다. 술에 취해 고통스러운 기억을 떠올리는 그의 마음속 파동이 그녀에게 전해진 거겠지. 그래서 그 사실을 숨기느라 얼굴에서 웃음이 사라졌던 거다.

"이제 나는 다 털어놓았어. 니 차례야. 너도 숨기고 있던 과거를 말해주겠다고 했잖아."

형은 한결 편안해진 목소리였다.

"아니에요. 그건 그냥 해 본 소리였어요."

나는 자리에서 일어서려고 했다. 로우킥을 열 대쯤 맞은 것처럼 다리가 후들거렸다. 휘청거리며 겨우 몸의 균형을 잡았다.

"많이 당황스럽지? 힘든 이야기 들어줘서 고마워."

그는 다시 내 손을 잡았다. 나도 모르게 불쑥 그를 불렀다.

"형."

그리고는 더 이상의 대화 없이 마주 보기만 했다. 앞으로도 그를 형이라고 부를 수 있을까? 그의 얼굴을 다시 볼 수나 있을까? 내 아내를 죽인 놈을?

영문을 모르는 그는 침묵을 위로로 받아들인 것 같았다.

제대로 인사를 하지 못하고 체육관을 빠져나왔다. 집까지 터벅터벅 걸었다. 그 길에서 무슨 생각을 했는지 모르겠다. 수십 가지 다른 사념들이 뭉쳐 있었겠지.

아파트 현관 우편함을 확인했다. 단정하게 접힌 종이가 한 장 들어 있었다. 편지를 들고 텅 빈 아파트 벤치에 앉았다. 불 꺼진 우리 집 거실 창을 바라보았다. 장모님은 미연이를 재우고 있으려나? 아니면 같이 잠드셨을까? 내가 당신의 딸을 죽인 인간을 만나고 왔다는 사실을, 그 인간과 몇 년 동안 함께 운동을 했다는 사실을, 친형제처럼 지냈다는 사실을 알면 뭐라고 하실까?

나는 지혜가 남긴 편지를 열어 보았다. 아, 그녀는 결국 털어놓지 못했다. 대신 마지막 인사를 남겼다.

약속을 지키지 못해서 미안합니다.

당신은 좋은 사람이고 앞으로도 그랬으면 좋겠어요.

이렇게 떠나게 되어 가슴 아픕니다.

잊지 않겠습니다.

혹여나 제가 그리울 때면 밤하늘에서 안드로메다 별자리를 찾으세요.

그리고 당신이 할 수 있는 가장 큰 파동을 보내주세요.

저도 그곳에서 같은 파동을 보내고 있을 겁니다.

행복했습니다. 고맙습니다. 그리고 사랑합니다.

편지를 손에 쥔 채 울었다. 지혜의 얼굴과 아내의 얼굴이 뒤섞여 눈앞에 어른거렸다. 속으로 누군가를 미친 듯이 불렀다. 그녀였는지 아내였는지 모르겠다.

다음날 유치원에 미연이를 데려다주고 약국으로 가는 길에 지혜에게 전화를 걸었다.

- 지금 거신 번호는 없는 번호입니다. 확인 후 다시 걸어주시기 바랍니다.

기계음으로 안내 멘트가 흘러나왔다.

벌써 번호가 없어졌나? 그녀도 없어졌을까?

속이 메스껍고 현기증이 나서 대로변에 차를 잠시 멈추고 나와서 서 있었다. 10,000,000명이라는 비현실적인 숫자보다도 더 많은 사람들이 사는 메트로폴리스 서울의 아침은 언제나 그랬던 것처럼 바쁘고 빡빡하게 움직이고 있었다. 아내가 죽었을 때 나는 이 거대한 도시에서 혼자가 된 기분이었다. 지금도 그랬다.

나는 혼자다. 나는 혼자다. 나는 혼자다.

소름 끼치는 고독감이 아가리를 벌리고 나를 집어삼키려고 했다. 나는 미연이를 떠올렸다. 그리고 아빠와 엄마의 얼굴을 떠올렸다. 그렇다고 두려운 마음이 완전히 진정된 건 아니었지만 약국에 출근했고 아무 생각 없이 부지런히 일했다.

늦은 오후에 전화가 걸려왔다. 중저음의 침착한 목소리를 가진 남자는 자신을 강남경찰서 강력계 김인식 형사라고 소개했다. 5년 전 아내 사건의 범인 중 한 명이 자수를 했다며 나보고 출두하기를 바란다는 말을 했다. 나는 내일 경찰서에 들르겠다고, 하지만 범인과 대면하고 싶지는 않다고 말했다. 형사는 내가 너무 침착해서 당황한 듯했다.

"지금 진술을 들어봐서는 진범이 맞는 거 같거든요? 자기가 사모님을 찌른 건 아니라고 하지만 공범으로 선생님 댁에 침입

했다는 사실은 인정했습니다. 그래도 안 만나시겠다는 겁니까?"
"네. 그렇습니다. 마주치고 싶지 않습니다."
나는 짧게 대답했다. 형사는 다시 연락을 하겠다며 전화를 끊었다.
오후 시간이 어떻게 지나갔는지 몰랐다. 약국에 손님이 있을 때면 차라리 나았다. 혼자 남을 때마다 외로움이 으르렁거렸다. 나는 신문을 집어 들어 관심 없는 정치면 기사를 되풀이해서 읽었다.
아버지가 약국에서 빠지게 되면서 내 퇴근 시간이 좀 늦어졌다. 아홉 시가 조금 넘어 퇴근했다. 잠들기 전에 미연이하고 잠깐 놀아주었다.
"아빠 미셸 티쳐 보고 싶다."
아이가 갑자기 그녀 얘기를 꺼냈다.
"미셸 티쳐 이제 못 볼지도 몰라. 멀리 가셨거든."
"나도 알아."
순간 좀 놀랐다. 아이한테는 아직 그녀가 떠났다는 말을 하지 않았는데.
"선생님 아까 유치원에 잠깐 왔었어. 미국에 돌아간다고 했어. 편지를 주셨어."
미연이는 키티 그림이 깔린 분홍빛 편지 봉투를 가방에서 꺼내 보여주었다.

"뭐라고? 미국으로 간다고 하셨어?"

"응. 미셸 티쳐 원래 집이 미국이잖아."

"미국 어디래?"

"그건 몰라."

그녀가 아이에게 남긴 편지를 읽어 보았다. 선생님이 아이에게 남길 수 있는 최고의 애정이 담긴 편지였다. 그녀는 정말 미국으로 돌아간 걸까? 미국에 살았다는 얘기는 전혀 하지 않았는데. 그런 티도 안 났고.

아이가 내 품을 파고들었다.

"아빠 괜찮아요."

무슨 생각에서인지 아이가 나를 토닥여주었다. 그 정도로 내가 안 되어 보였나? 아이가 훌쩍 커 보였다. 그동안 있었던 일들을 털어놓고 싶은 심정을 꾹 참았다.

미연이를 재우고 거실 소파에 털썩 앉았다. TV를 켰다. 정치인들은 항상 싸우고, 기업들은 변함없이 탐욕스럽고, 범죄자는 곳곳에 들끓고, 탈선하는 청소년들은 점점 더 많아진다. 가끔 선행을 하는 이들도 있다. 1년 전 뉴스를 나란히 틀어놓으면 싱크율 80%는 넘을 텐데.

막 TV를 끄려는데 앵커의 목소리가 귀를 잡아끌었다.

"서울 광화문 상공에서 비확인비행물체, UFO가 촬영됐습니다. 무교동에서 열린 향토 먹거리 축제에 참여했던 서울 시민 정이준 씨가 오늘 오후 5시 23분께 촬영한 동영상에는 정체를 알 수 없는 발광체가 비행하다가 교보빌딩 뒤쪽으로 사라지는 모습이 담겨있습니다."

제보 동영상이 나왔다. 삼각형과 육각형으로 대형을 이룬 7여 대의 발광체가 광화문 상공 왼쪽에서 오른쪽으로 서서히 비행하는 모습. 아주 짧은 시간이었지만 빛은 또렷하고 분명했다.

"이 장면은 약 20여 명의 시민들이 함께 목격하기도 했습니다. 동영상을 확인한 전문가들은 이처럼 높은 고도에 있는 물체를 지상에서 볼 수 있다는 것은 스스로 빛을 내는 물체라는 증거라며 미확인비행물체일 가능성을 시사했습니다. 한편 공군 당국은 당시 현장에서 비행 훈련이나 출격이 전혀 없었음을 확인해주었습니다. 다음 뉴스입니다."

앵커는 무표정하게 서해안 고속도로에서 발생한 3중 추돌 교통사고 소식을 전했다.

TV를 끄고 잠시 밖에 나왔다. 바람이 적당히 선선했다. 앞으로 어떻게 살아야 할지를 생각했다.

이제 링 위에 오를 일도 없다. 5년 만의 연애도 끝이 났다. 나의 연인은 머나먼 별자리로 떠나버렸다. 이제 나에겐 친구도 취미도 없다. 억지로 뭘 배우거나 누구를 사귀거나 하고 싶은 생각도 없다. 그러고 보니 아득했다. 우주 한가운데 내동댕이쳐진 기분이었다.

그래도 앞이 어둡게만 보이지는 않았다. 암흑물질처럼 막막한 심정 속에는 가보지 않은 길 앞에서 느끼는 한 줌 정도의 설렘도 별빛처럼 섞여 있었다.

서른여섯. 인생을 다시 시작하기에 너무 늦은 나이는 아니겠지?

그녀가 보고 싶었다.

혹여나 제가 그리울 때면 밤하늘에서 안드로메다 별자리를 찾으세요. 그리고 당신이 할 수 있는 가장 큰 파동을 보내주세요. 저도 그곳에서 같은 파동을 보내고 있을 겁니다.

밤하늘은 맑았다. 안드로메다 별자리는 한층 더 밝게 빛나고 있었다.

그녀는 정말 외계인이었을까? 아니면 지금쯤 미국으로 가는 비행기에 있으려나? 어쩌면 제대로 신이 들린 무당일지도 몰라.

그녀에게 배웠다. 이 세상에는, 우리의 인생에는, 과학과 논리를 넘어서는 질서도 있다는 가르침을. 직접 겪어보지 않고서는 이해할 수 없는 일들이 있음을. 결국은 용서가 증오보다 힘이 세다는 걸.

그날 밤 안드로메다 별자리를 보며 간절히 기도했다. 그녀의 표현에 따르면 내가 할 수 있는 가장 큰 파동을 보냈다. 당신이 필요해. 당신이 그리워. 간절하게. 당신을 사랑해.

안드로메다 그녀님. 돌아와 줘요.

프라다를 입는 변호사

창밖은 온통 눈이었다. 하얀 입자들이 풍성하고 혼란스럽게 뒤엉켰다.

초겨울 추위가 맹위를 떨치던 12월의 첫날. 손유리 변호사는 2층 창밖으로 휘날리는 눈송이들을 시선으로 낚는 중이었다.

우리는 보통 어제와 비슷한 오늘을 살고 오늘과 비슷한 내일을 맞이하지만 가끔 특별한 날도 있다. 그녀에겐 오늘이 그랬다. 어제 사무실 개업식을 치렀고 오늘이 드디어 개업 첫날. 사무실 문을 연 오전 아홉 시에서 47분이 지난 지금까지 아직 고객이 나타나지 않고 있는 상황이었다.

그녀처럼 첫 클라이언트를 기다리고 있는 사무실 식구는 단출했다. 변호사인 그녀와 길지환 사무장, 행정 업무를 맡은 혁,

셋이 전부였다.

길지환 사무장 같은 경우에는 경찰을 그만뒀지만 10년 넘게 형사로 일해서인지 다들 그를 길 형사라고 불렀고 그 역시 호칭에 불만을 품지 않았다.

연예인처럼 잘생긴 외모를 가진 직원 혁은 실제로 아이돌 멤버로 활동한 경험이 있었다. 더 어렸을 때는 수영 선수이기도 했고, 다른 운동도 좋아해서 유도와 태권도 유단자이기도 했다. 자로 잰 듯 정리되어 있는 책상은 깔끔한 성격을 짐작게 했다. 가만히 있을 때도 사랑스러운 미소가 입가에 드리워져 있었다.

그들에 비해 손유리 변호사의 과거는 별로 알려져 있지 않았다. 그녀는 늘 검은색 블레이저와 역시 검은색 바지 차림이었다. 밖에는 로고가 드러나 있지 않았지만 명품 브랜드를 잘 알아보는 사람이라면 프라다의 디자인임을 눈치챌 수 있을 것이다. 오랜 세월 그녀를 봐 온 사람이라면 그녀가 프라다 정장만 고집한다는 사실도 알 테지만, 그 이유를 아는 사람은 오직 한 명뿐이었다.

이목구비가 선명한 얼굴에는 입술에만 옅은 핑크빛 립글로스를 바른 게 전부. 머리끈으로 질끈 묶은 머리는 로스쿨 시절과 달라지지 않았고, 기동성이 좋은 캔버스화도 마찬가지였다.

<변호사 손유리>. 책상 위에 놓인, 아직 낯선 명패를 손으로 쓰다듬어 보았다.

과연 개업 후 첫 의뢰인은 누가 될 것인가.

9시 59분. 드디어 문이 열리고 <법률사무소 유리>의 첫 번째 클라이언트가 모습을 드러냈다.

유리는 앉은 채로 고개를 돌려 고객을 확인했다. 30대 후반쯤 되어 보이는 차분한 인상의 여자였다. 짙은 화장에 단발머리, 어두운색의 옷을 입은 여자는 쉽게 안에 들어오지 못하고 문 앞에 서 있었다.

"들어오세요."

싹싹한 성격의 혁이 고객을 맞이했다.

"어서 오세요."

유리는 자리에서 일어나 인사하는 것으로 첫 번째 손님에 대한 예의를 갖췄다.

그녀는 손님을 상담실로 안내했고, 혁이 녹차 두 잔을 내왔다.

"편하게 말씀 나누세요."

혁은 꾸벅 인사하고 물러났다.

친절하기도 하지.

평소 친절과 거리가 먼 성격인 유리도 혁의 태도를 본받아 미소를 지어 보였다.

"반갑습니다. 무슨 일로 오셨는지요?"

여자는 좀처럼 입을 떼지 못하고 유리의 눈치를 보고 있었다. 뭔가 무섭고 무거운 그림자가 마음에 드리워진 것 같았다.

유리는 잔잔한 미소를 머금은 채 기다렸다. 다그치거나 조급해하지 않고, 상담실 안에 잔잔하게 흐르는 실내악을 감상했다.

여자는 몇 번이나 입맛을 다시고는 입을 열었다.

"저희 언니가 살해당했어요."

그렇게만 말하고, 그녀는 누설해서는 안 될 비밀이라도 말한 것처럼 입을 다물어버렸다.

"범인은 검거되었고요?"

"아니요."

"그럼 용의자는?"

여자는 머뭇거렸다. 유리는 고개를 끄덕이고는 어떤 끔찍한 이야기라도 들을 준비가 되어있다는 눈빛을 보냈다.

"언니는 집 안에서 잠을 자다가 흉기에 찔려 죽었어요. 경찰이 수사를 했는데 용의자를 찾지 못하고 결국 미결 사건으로 남았어요."

"충격이 크셨겠어요. 언제 일어난 일이죠?"

"3년 전이요. 그리고 저는 누가 언니를 죽였는지 알아요."

"범인을 아신다고요?"

"네. 확실해요."

"경찰에 말씀하셨나요?"

"네. 하지만..."

여자는 괴로운 표정으로 관자놀이를 주물렀다.

"하지만... 경찰은 증거가 없다며 혐의를 찾지 못했어요."

"어떻게 확신하시죠?"

"저한테 자백을 했거든요."

평범한 미제 사건이 묘한 흐름을 타는 순간이었다.

유리가 못 믿는다고 생각했는지, 여자가 힘주어 말을 보탰다.

"정말이에요. 죽은 언니를 걸고 맹세할 수 있어요."

"범인이 누군데요?"

"조카요. 그러니까 죽은 언니의 딸이요."

이 여자의 언니라면 기껏해야 40대 초반일 것이다. 그렇다면 딸의 나이가 아무리 많다고 해도 스무 살이 안 되었을 것 같은데?

"조카가 몇 살인데요?"

"열아홉 살이요. 이제 스무 살인가?"

그렇다면 사건 당시에는 겨우 16살? 17살?

유리의 미간에 살짝 주름이 졌다.

"자세히 말씀해주시죠."

"언니는 여느 때와 다름없는 일요일 오후에 잠을 자고 있었어요. 집안에는 조카밖에 없었고요. 외부인이 침입한 흔적은 전혀 없었어요. 조카도 자기 방에서 잠을 잤다고 하더군요. 자다가 일어나서 혼자 책도 읽고 공부도 하고 그랬대요."

"그럼 엄마가 죽은 줄도 몰랐고요? 신고를 한 사람이 조카가 아니었나요?"

"퇴근해서 돌아온 형부가 발견했어요."

유리는 고개를 갸웃했다.

정말 외부인의 침입 흔적이 없다면 이건 일종의 밀실 살인이다.

"그런데 왜 경찰에서는 혐의가 없다고 결론 내렸죠?"

"증거가 발견되지 않았어요. 분명히 아주 예리한 흉기로 목과 배, 가슴 등 여러 군데를 찔려서 죽었거든요. 그런데 흉기가 발견이 안 된 거예요."

"이상한 일이군요. 외부인의 침입 흔적도 없고, 조카가 집 밖으로 나간 흔적은요?"

"마침 집 대문 바로 앞 골목에 CCTV가 있어요. 그날 촬영분을 다 확인했지만 아무도 집에 온 사람이 없어요. 조카도 하루 종일 집 밖으로 나간 적이 없어요."

유리는 손에 든 만년필을 휙휙 돌리기 시작했다. 생각이 깊어질 때 나오는 습관이었다.

딸이 집 밖으로 나간 적이 없다면, 딸의 혐의를 입증하기 위해서 반드시 범행도구가 발견되어야 한다. 집 안에서는 범행 도구를 은폐하는 데 한계가 있으니까.

"창문 밖이나 하수구 등등 흉기를 버릴만한 곳도 다 확인했겠죠?"

"그럼요. 샅샅이 뒤졌죠. 그런데도 흉기를 못 찾았어요."

매우 한정된 공간에서 발생한 살인사건. 용의자는 단 한 명.

그런데도 증거를 전혀 찾지 못했다면…

벌써 3년 전 사건이다. 이제 와서 전혀 새로운 증거를 찾아낼 수 있을까?

"조카가 의뢰인께 범행 사실을 털어놓았다고 하셨죠? 그 얘기는 뭔가요?"

"언니 장례를 다 치르고 며칠 지나지 않은 어느 날이었어요. 언니 물건을 정리하러 집에 들렀는데 조카가 방에 들어왔어요."

의뢰인은 갑자기 한기를 느끼는 듯 양팔로 자기 몸을 감싸 안고 부르르 떨었다.

"그 아이가… 그 아이가… 저를 마주 보며 말했어요. 아줌마는 내가 죽였어요."

"아줌마요?"

"그 아이는 언니를 아줌마라고 불렀어요. 새엄마였거든요."

"아…"

새로운 사실에 유리는 바로 메모를 했다. 노트북도 태블릿도 아닌 수첩에 만년필로.

모든 계모와 딸이 다 사이가 나쁜 건 아니지만… 사이가 좋지 않았을 경우 살해 동기가 생길 수 있다.

"조카와 언니분과 사이가 썩 좋진 않았나 보죠?"

"네. 언니는 아이를 예뻐했는데 아이는 대놓고 언니에게 냉담했어요."

"그렇다면 조카가 용의자로 의심을 받았겠는데요?"

"맞아요. 경찰에서도 수사 초반에는 굉장히 의심을 했어요. 하지만 증거가 없으니."

"그런데 의뢰인께는 범행 사실을 인정했다?"

"네. 아줌마는 내가 죽였어요. 딱 그렇게 얘기했어요."

"그래서 의뢰인은 조카분에게 뭐라고 하셨나요?"

"전 너무 놀라고 무서워서 말이 안 나왔어요. 그때 그 애 눈은 보지 않고는 설명하기 힘든데…"

그녀는 부들부들 떨며 중얼거렸다.

"악마의 눈이었어요."

유리는 자기도 모르게 수첩에 두 개의 눈을 그렸다.

"그 아이는 그렇게만 말하고는 그저 절 빤히 보고 서 있기만 했어요. 전 덜덜 떨다가 그냥… 도망쳤어요."

"경찰에 알리셨나요?"

"그럼요. 하지만 그것 역시 녹취록도 없이 제 진술뿐이라며 그 아이를 기소할 방법이 없다고 하더군요. 그렇게 3년이라는 세월이 흘러버린 거죠. 다음 달에 언니 기일이 또 돌아오네요."

마침내 의뢰인의 눈에서 눈물이 흘러내렸다.

"아마 언니는 아직도 하늘나라로 못 가고 구천을 떠돌고 있을지도 몰라요. 언니의 억울함을 풀어주고 싶어요."

"그래서 조카를 고소하고 싶단 말씀이시죠?"

"네. 변호사님. 그 아이가… 그 악마가 죗값을 치르게 해주세요."

"그 아이는 지금 어떻게 지내고 있는지, 혹시 최근 근황을 아시나요?"

"혼자 살고 있어요. 그 집에서요."

"그러니까 새엄마가 죽은 집에서 살고 있다고요? 아버지랑?"

"아니요. 언니가 죽고 나서 얼마 안 있어서… 형부도 집을 나갔다가 교통사고로 죽었거든요."

점점 수상해진다. 결국 새엄마가 죽고 친아버지도 죽었다는 거지?

"그럼 그 뒤로 그 아이 혼자 살았나요?"

"네."

의뢰인은 아이의 전화번호를 건네주었다.

"혹시 아이 사진이 있나요?"

"요즘 사진은 없는데... 아이가 중학교 때 사진은 있어요."

의뢰인은 핸드폰을 뒤적이더니 사진 한 장을 액정에 띄워 보여주었다.

가족사진이었다. 엄마도 아빠도 죽기 전 세 가족의 단란한 모습이 담겨 있었다. 날씨 좋은 봄이었다. 흐드러지게 부푼 벚꽃 아래 엄마 아빠 사이에 소녀가 서 있었다.

유리는 두 가지 사실에 놀랐다. 그녀가 생각했던 것보다 아이는 훨씬 예쁜 얼굴이었다. 하얗고 투명한 피부에 선명하기 이를 데 없는 눈이 인상적이었다. 무척이나 크고 또렷한 눈은 카메라를 정면으로 응시하고 있었다. 다만 표정에 웃음기가 전혀 없어서 부자연스러운 느낌이 들었다. 활짝 웃고 있는 엄마 아빠의 표정과 대조를 이루어서 더 서늘해 보였다.

"조카분이 예쁘게 생겼네요."

"생긴 건 참 예쁜 아이였는데 통 웃질 않았어요. 이 사진을 찍고 한 달도 안 있어서... 지 엄마를 죽였죠."

유리는 사진 속 소녀의 얼굴을 다시 한번 유심히 보았다. 워낙 강렬해서 일부러 외우려고 하지 않아도 뇌리에 각인되는 인상이었다.

"아이 이름이 뭐죠?"

"지수에요. 서지수."

최초의 의뢰인이 사무실에서 나간 뒤 간단한 회의를 열었다. 친족 살인이 드문 일은 아니었고, 자식이 계모나 계부를 살해하는 사건도 적지 않았으나 살인사건이 벌어진 바로 그 집에서 유력한 용의자가 계속 살고 있는 경우는 처음이었다. 다들 그 점에 놀랐다.

"길 형사님은 당시 수사 기록 좀 부탁드릴게요."

"오케바리."

유리의 지시에 대한 그의 대답은 늘 똑같았다. 오케바리.

유리는 혁과 함께 사무실을 나섰다. 가는 길에 지수에게 전화를 걸어보았지만 전화를 받지 않아 메시지를 남겼다.

- 안녕하세요? 손유리 변호사라고 합니다. 잠시 만날 수 있을까요? 일단 제가 지수 양 집 근처로 이동 중입니다.

지하주차장에서 차 시동을 걸기 전에 혁이 물었다.

"약속을 잡은 다음 가시는 게 낫지 않나요?"

"지수를 못 본다 하더라도 집과 동네를 둘러보고 싶어서."

"아하. 알겠습니다!"

혁의 운전 실력은 훌륭했다. 서두르지 않으면서도 신호나 흐름을 놓치지 않았다. 핸들을 잡은 강인한 팔뚝은 곱상한 얼굴과 안 어울리는 것 같기도 했다.

지수가 산다는 집은 수원 외곽의 주택가에 있었다. 붉은 벽돌 외관의 연립주택들이 고만고만한 어깨를 맞대고 늘어선 골목 앞에서 혁은 차를 멈췄다.

"이 근처에 주차를 하고 걸어가는 편이 낫겠네요."

그의 판단이 옳았다. 일단 승용차가 지나다니기에도 골목은 너무 좁아 보였는데 심지어 혁의 차는 빨간색의 아메리칸 머슬카였다. 괜히 이웃들의 눈에 띄면 경계심을 불러일으킬 수도 있다는 생각에 동네 입구의 유료주차장에 차를 세우고 나왔다.

들쑥날쑥 선 전봇대들과 시체 머리칼 같은 전깃줄들이 뒤엉킨 골목을 한참 걷자 지수가 산다는 집이 나왔다. 녹슨 철문을 단 3층짜리 연립주택의 2층 집이었다. 눈으로 보기에는 주변 집들하고 똑같이 보였다.

계단 입구를 막은 철문이 번호식 자물쇠로 닫혀 있었다. 지수에게 다시 전화를 걸어보았다. 여전히 전화를 받지 않았다.

전화를 받기 힘든 상황일까? 아니면 일부러 낯선 전화를 피하는 것일까?

철문 옆의 초인종을 눌렀다. 스피커를 통해 어떤 아줌마의 목소리가 들렸다. 변호사라는 신분을 밝히자 잠시 후, 덜컹 소리와 함께 철문이 열렸다. 펑퍼짐한 홈드레스 위에 카디건을 걸친 50대 여자가 몸을 내밀었다. 그녀는 전부 여덟 가구가 사는 연립주택 건물의 주인이자 관리인이었다.

"이 집 2층에 사는 서지수라는 아이 때문에 왔습니다."

서지수라는 이름을 듣자마자 여자의 안색이 급속도로 어두워졌다.

"걔가 왜요?"

유리는 여자의 안색이 왜 갑자기 어두워졌는지 궁금했다.

"3년 전 사건 때문에 의뢰가 들어와서요."

"아휴. 그 사건이라면 말도 마. 그때 경찰들이 얼마나 들락거렸는지, 아주 그냥... 그 사건 때문에 괜히 3층 집도 이사 가고, 지하에 살던 사람도 월세 깎아달라고 하고, 나도 손해가 이만저만이 아니었어. 누가 살인사건이 난 집에 세 들어오려고 하나?"

"그러셨겠어요. 돌아가신 지수 어머니도 잘 아셨어요?"

"아유, 그럼 잘 알고 지냈지. 사람이 사근사근하고 아주 친절했지. 원한 관계 같은 거 질 일이 없는 사람이었어. 그런 일을 당할 사람이 아닌데…"

유리는 목소리 톤을 낮춰서 조심스럽게 물었다.

"사실은 여동생 되시는 분이 저를 찾아왔습니다. 여기 살고 있는 서지수 학생한테 혐의를 두고 있더라고요."

"아… 예전에 그런 얘기가 돌기도 했어. 걔가 지 엄마를 어떻게 했다고. 새엄마인 건 알고 있죠?"

"네, 들었습니다. 사이가 별로 좋지 않았다고."

"응. 잘 살았으면 좋겠지만, 큰 소리도 나고 그랬어. 아니 뭐 그런 거야 친부모 자식 간에도 살다 보면 싸우기도 하고 그러지."

"아주머님께서는 지수 학생에 내해서는 특별히 이상한 걸 못 느끼셨고요?"

"사실 나는 잘 모르겠어. 애가 너무 조용하고… 뭐랄까 대인기피증까지는 아니어도 말수가 너무 없고… 그래도 그런 짓을 할 것 같진 않은데."

"그 사건 이후에는 별일이 없었고요?"

"그 일 있고 나서 지 아빠가 바로 죽었지. 애가 많이 울더라고. 그거 보면서 참 안 됐다 싶기도 했어. 그 뒤로 이 집에 혼자 살았는데 내가 밑반찬도 챙겨줄까 했는데 애가 워낙 똑 부러져서 뭐… 지 혼자 잘 해먹고 살았어."

"집세는요?"

"저거는 지 집이야. 지네 아빠가 산 집이지. 나는 3층에 하나랑 지하 방 두 개만 세놓고 있어."

"친척이 없다고 들었는데 생활비는 어떻게 해결하죠? 혹시 알고 계신가요?"

"잘은 모르지만, 엄마 아빠가 들어놓은 보험금도 꽤 있었고. 국가에서 보조금도 받고, 지가 아르바이트도 열심히 하더라고. 애가 보통이 아니라니까."

보험금? 그렇다면 보험금을 노린 살인일까?

여자의 이야기를 들으면 들을수록 유리는 더욱 지수가 궁금해졌다. 3년 전 사건의 진실도.

문득 등 뒤가 서늘한 기분이 들었다. 얼음을 쥐지 않아도 손을 가까이하면 느껴지는 한기 비슷한. 찬바람이 부나 싶어 뒤를 돌아보았다.

그 아이가 골목에 서 있었다. 이제 열아홉이 된 지수. 새카만 눈동자가 유리의 시선을 빨아들였다.

지수로부터 유리를 보호하려는 듯 혁이 막아섰지만 유리는 그를 비키게 했다. 오히려 지수 앞으로 다가갔다.

"니가 지수니?"

"그런데요. 당신은... 아까 문자 한 사람인가요?"

지수는 조금도 놀라지 않는 표정으로 이어 물었다.

"응. 손유리 변호사라고 한단다."

유리는 변호사 명함을 꺼내 지수에게 건네주었다. 지수는 명함을 잠시 들여다보다가 주머니에 쏙 넣었다.

아까부터 대문 밖에 나와 있던 아줌마는 좋은 구경거리라도 났다는 식으로 상황을 지켜보고 있었다. 유리는 지수에게 빙긋 웃으며 제안했다.

"커피라도 한잔 하면서 얘기할까?"

"변호사님께서 저한테 무슨 볼일이시죠?"

"윤미영 씨라고 알지?"

무표정하던 지수의 얼굴에 한 줄기 동요가 스쳤다.

"나한테 사건을 의뢰하셨어."

지수는 냉랭한 얼굴로 돌아서서 어딘가로 걸어가기 시작했다. 유리가 바로 따라붙었다.

"지수야. 어디 가니?"

그녀는 뒤도 안 돌아보고 대답했다.

"커피 마시자면서요?"

프랜차이즈가 아닌 동네 커피하우스. 많지 않은 테이블 중에서 제일 구석진 곳에 자리를 잡았다. 혁은 조금 떨어진 테이블에 앉아서 대기했다. 유리는 사시사철 언제나 그렇듯 아이스 아메리카노, 지수는 루이보스 차를 한 잔씩 손에 쥐었다.

지수는 말없이 유리를 응시했다. 처음 만난 사람의 눈을 똑바로 노려본다는 일이 쉽지 않은 일인데 그녀는 거리낌이 없었다.

보통 아이가 아니야. 정신 똑바로 차려야겠군.

"참 예쁘게 생겼구나."

좀처럼 하지 않는 외모 칭찬을 했는데도 여전히 묵묵부답.

"이모가 너 어릴 때 사진을 보여줬는데, 그때도 예쁘다고 생각했는데 이제 숙녀가 된 모습을 보니 더 예쁘네."

지수는 고개를 보일 듯 말 듯 옆으로 기울였다.

"변호사님. 제 얼평 하러 오셨어요?"

무심하게 쏴붙이는 말에 오히려 유리가 머쓱해졌다.

"변호사님도 예쁘세요. 뭐 이런 식의 화답을 해드려야 싸가지 없다는 소릴 안 듣겠죠?"

"지수야 그런 게 아니라..."

"저는 지금 이 자리가 불편하거든요. 당신이 저를 성가시게 하고 있다고요. 빨리 용건을 말씀하셨으면 좋겠습니다."

조금 떨어진 자리에 앉아있었지만, 무례하기 짝이 없는 지수의 말을 들은 혁의 눈살이 찌푸려졌다.

"그래. 언니가 지수 시간 많이 안 뺏도록 할게."

유리는 전략적으로 언니라는 호칭을 슬쩍 내밀었다.

"이모가 3년 전 살인사건을 다시 조사해달라고 오셨어."

"제가 그 사건의 범인이라고요?"

"이모는 그렇게 생각하시는 것 같더구나."

"3년 전에도 그런 헛소리를 하시더니, 여전히 그러시는구나."

"그때는 혐의가 없다고 결론이 났다던데. 이모는 아직도 확신을 하시는 것 같아. 이모 말로는 니가 이모한테 자백했다고 하던데?"

"자백이요?"

유리를 노려보는 지수의 시선은 얼음공주의 눈에서 나오는 레이저 같았다.

"니가..."

유리는 차마 입 밖으로 꺼내기 힘들었는데 지수가 농담을 하듯 말했다.

"제가 그 여자를 죽였다고요?"

그 여자. 죽은 엄마에게 지수가 허락한 유일한 호칭인 듯했다.

"응. 이모는 니가 그렇게 고백했다고 하더구나."

"전 그렇게 말한 적이 없는데요?"

유리는 지수의 시선과 표정을 면밀히 살폈다. 동요는 전혀 없었다. 거짓말 탐지기도 소용없을 듯했다. 오히려 그 점이 더 의심스러웠다.

정말 살인을 저지르지 않았다면, 억울하지 않을까?

"그렇다면 이모와 너, 둘 중에 한 명은 거짓말을 하고 있다는 뜻이구나. 이모는 분명히 들었다고 하니까. 아주 구체적인 상황까지 기억하고 계시던데."

"거짓말을 하려고 마음먹으면 그깟 상황쯤이야 못 지어내겠어요?"

"만약 이모가 거짓말을 한다면, 왜 그러실까? 이유가?"

"보험금 때문이겠죠?"

"보험금?"

"그 여자와 아버지 앞으로 들어있던 보험금을 제가 수령했어요. 제가 그 여자를 죽인 걸로 밝혀진다면, 그 보험금은 자연스럽게 다음 수익자에게로 가게 되니까요. 그 여자한테 남은 가족은 동생밖에 없어요. 바로 당신의 의뢰인이요."

유리가 생각 못했던 부분이었다. 쓱쓱 만년필 소리를 내며 수첩에 메모했다.

- 보험금 액수와 가입연도, 보험수익자 확인할 것

"이야기 다 끝나셨나요?"

"어... 아직 묻고 싶은 게 조금 더 남았는데, 10분만 더 시간을 내주겠니?"

지수는 스마트폰으로 10분 타임워치 설정을 했다.

"사실 언니는 사건과 상관없이 니가 걱정이 되더구나. 엄마가 돌아가시고… 아빠도 돌아가셨다면서?"

지수는 고개만 까닥까닥.

키우던 강아지가 죽은 얘기에도 이렇게 무심하게 반응하진 않을 텐데.

"어린 너 혼자 이렇게 커준 것도 참 대견하고, 그동안 얼마나 힘들었을지…"

지수가 웃어서 유리는 말을 맺지 못했다.

"하하하. 힘들었냐고요? 저는 행복했어요."

단어와 상황이 빚어내는 이질감이란.

유일한 피붙이인 아빠가 사고로 죽고, 아무리 새엄마라지만 엄마가 살해당한 집에 혼자 살면서 행복했다고?

"무섭지 않았니? 엄마가 참혹하게 살해당한 현장에 산다는 게."

"그 집에서 사람이 죽은 게 처음도 아닌걸요?"

유리는 귀를 의심했다. 혁도 놀란 눈치였다.

"사람이 죽은 게 처음이 아니라니, 그게 무슨 소리지?"

"제일 먼저 죽은 건 동생이었어요."

"동생? 동생이 있었니?"

"그 여자가 얘기 안 하던가요?"

지수는 잠시 가만히 있었다. 그녀의 시선은 더욱 집요해져서, 마치 속마음을 들여다보는 듯했다. 당신이 어떤 사람인지 알아내고야 말겠다는 의지 같은 것이 느껴졌다. 유리도 시선을 피하지 않았다. 다만 힘을 빼고 부드럽게 받아주었다.

지수는 핸드폰을 꺼내 사진을 한 장 보여주었다. 열 살쯤 되었을까? 앞니가 하나 빠진 채 해맑게 웃고 있는 남자아이였다.

"제 동생 지훈이에요. 열 살 때."

지훈이는 왜 죽었냐고 물어보려는데 지수가 물었다.

"변호사님은 왜 저를 찾아오셨어요?"

"그거야 의뢰인이 사건을 맡겼기 때문이지. 사실관계를 알아보려고."

"말하자면 돈 때문에 이런 변두리 동네 커피집에서 살인마일지도 모르는 아이를 마주하고 있는 거죠?"

"그렇다고 해두자. 노동은 이 세상에 얼마 남지 않은 신성한 가치야. 그걸 알기에 넌 너무 어리지만."

그 말을 이해하려고 하는 듯, 지수는 가만히 생각하다가 말했다.

"제 동생은 아파서 죽었어요. 11살 때."

유리는 섣불리 위로하고 싶지 않았다. 자신의 어린 시절이 떠올라서였다. 그때 그녀가 가장 바랐던 건 누군가의 손이었다. 누구라도 그녀의 손을 잡아주길 기도했다. 공포에 떠는 그녀의 손을 잡아준 사람은 끝내 나타나지 않았지만.

그녀는 지수의 손을 잡아주었다. 빙산처럼 단단하게 얼어 있던 그녀의 눈빛에 툭, 균열이 생겼다.

오래가진 않았다. 지수는 잡혀 있던 손을 슬그머니 빼고 원래의 철벽 표정으로 돌아와서 말을 이었다.

"동생이 죽은 뒤에 전 죽음이 익숙해졌어요. 그 여자가 죽고, 또 아빠가 죽은 뒤에 혼자 사는 일은 어렵지 않았어요. 오히려 이제 더 이상 죽을 사람이 없다는 생각에 안심이 되었어요."

더 이상 죽을 사람이 없어서 안심이 되었다고?

"요즘은 뭘 하고 지내니?"

"편의점에서 아르바이트를 해요."

"학교는?"

"제가 어떻게 지내는지가 왜 궁금하신지 모르겠지만, 더 하실 얘기가 없으면 일어나겠습니다."

지수는 먼저 자리에서 몸을 일으켰다.

조금 더 대화를 나누고 시간을 보내면 들여다볼 수 있을 것 같은데.

지금으로 봐서는 잔혹한 살인을 저지르고도 시치미를 떼는 악마인지, 가족을 모두 떠나보낸 불쌍한 아이인지 판단이 서지 않았다.

"지수야. 잠깐 집을 구경해도 되겠니?"

"만약 안 된다고 하면요?"

"다시 찾아오겠지. 그때는 재판이 시작되고 널 기소한 후에 경찰들과 함께 오겠지?"

"협박인가요?"

"나는 변호사야. 의뢰인으로부터 사건을 의뢰받았고 정해진 절차에 따라 사건을 조사할 뿐이야. 너의 집에 가 봐도 괜찮겠니?"

"네. 대신 변호사님 혼자만요."

지수는 옆 테이블의 혁을 보며 말했다. 졸지에 따돌림을 당한 그는 눈을 동그랗게 뜨고 고개를 흔들었다.

"변호사님. 위험합니다."

그러자 지수가 피식 웃으며 혁에게 물었다.

"왜요? 제가 변호사님을 해치기라도 할까 봐요?"

혁이 무섭게 인상을 썼다.

"말조심해라 꼬마야."

"일단 저 꼬마 아니고요. 그 정도 농담도 못해요? 과민반응하시네."

그냥 놔뒀다간 둘이 한 판 붙기라도 할 모양이었다. 유리가 둘 사이에 끼어들었다.

"좋아. 혁이는 집 앞에서 기다려. 집에는 나 혼자 들어갈게."

카페를 나와 살인사건이 벌어졌던 현장으로 향했다.

유리는 고개를 들어 지수의 집을 올려다보았다. 반지하를 포함한 지상 3층짜리 연립주택. 층마다 두 집씩 있고 1층에 건물 주인이자 관리인이 산다. 그중 201호가 지수가 사는, 아버지가 죽은 후 그녀 소유가 된 집이었다. 겉으로 봐서는 평범한 외관이지만 안에 들어가면 어떨지 알 수 없었다.

올라가기 전에 혁은 유리에게 귀엣말을 했다.

"아무리 봐도 기분이 나빠요. 이상한 기운이 느껴집니다. 나중에 제대로 영장 받아서 오면 안 될까요? 어차피 3년 전의 사건이잖아요? 지금 올라간다고 증거가 있는 것도 아니고."

유리도 귀엣말로 대답했다.

"영장이 안 나올 수도 있어. 이미 증거불충분으로 무혐의가 된 사건이야. 결정적인 증거를 찾지 못하면 영장은 기대 못해."

"그래도..."

"금방 보고 나올게."

유리는 혁의 등을 두드려주고 지수에게 다가갔다. 그녀가 비아냥거렸다.

"애절하네요. 이산가족인 줄."

지수는 비밀번호를 눌러 철문을 열었다. 텅- 소리와 함께 자물쇠가 풀리고 문이 열렸다.

지수가 저벅저벅 계단을 올랐고 유리도 뒤를 따랐다. 등 뒤로 철문이 닫히는 소리에 왠지 소름이 돋기도 했다.

지수는 계단을 올라가면서 휘파람을 불었다. 음침한 공간 속으로 깔리는 낯선 멜로디. 그것은 멜로디라고 말하기도 어려웠다. 주문을 걸듯이 몇 개의 음이 반복되는 식이었다.

202호라고 적힌 현관문 앞에 서자 지수의 휘파람 소리도 멈췄다. 그녀는 문을 열기 전에 유리를 돌아보았다.

"그거 아세요? 변호사님이 3년 만에 첫 손님이에요."

지수는 다시 비밀번호를 누르고 현관문을 열었다. 보통의 가정집에서는 맡을 수 없는 낯선 냄새가 유리의 후각을 파고들었다.

"들어오세요."

유리는 주먹을 꽉 쥐고 따라 들어갔다. 잔인한 살인마의 소굴인지 가련한 소녀의 보금자리인지, 아직은 알 수 없는 곳으로.

스무 평이 조금 넘어 보이는 집 안은 혼자 사는 스무 살 여자

아이의 집답지 않게 깨끗하게 정리되어 있었다. 가구는 거의 없었다. 거실에도 소파가 없고 TV조차 보이지 않았다. 열대어를 키우는 수족관이 있었는데 집에 어울리지 않게 거대했다. 사람이 들어가도 될 만큼. 워낙 아무것도 없는 거실에 커다란 수족관이 놓여 있으니 기괴한 느낌마저 들었다.

집 안에 은은하게 감도는 특이한 냄새는 수족관 때문인가?

유리는 오감을 모두 총동원해서 사건의 단서를 찾으려고 했다.

"수족관이 대단하구나. 원래부터 있었니? 아니면...."

"원래는 작은 어항이 있었는데, 혼자 살면서 큰 수족관을 샀어요."

"물고기를 좋아하니?"

"아니요."

"그럼 왜…"

"동생이 물고기를 좋아했어요."

유리는 되묻고 싶은 질문을 참았다.

동생은 죽었잖아?

지수의 얼굴 생김만 보자면 또래 소녀들 중에서도 예쁘고 여성적인 느낌이었지만 집 안에서는 소녀 취향을 전혀 찾아볼 수 없었다.

벽에 걸린 낡은 시계, 옛날식 창호, 기분 나쁘게 삐걱거리는 마룻바닥 등은 혼자 사는 50대 남자의 집이라고 해도, 혹은 노부부의 집이라고 해도 믿을 것 같았다. 부엌도 마찬가지였다. 간단한 조리도구와 식기들이 보였지만 그것 역시 남루했다.

일부러 아름다운 것들을 멀리하나?

이미 3년이라는 시간이 지났기에 증거 따위가 남아 있을 리 없었지만, 당시 상황을 되짚어보기 위해서라도 꼼꼼하게 곳곳을 살폈다.

현관 밖을 지키는 CCTV에는 사건 당일 집에 드나든 사람이 아무도 안 찍혔다고 했다. 바로 그 점이 지수를 밀실 살인의 유력한 용의자로 만드는 동시에, 반대로 그녀의 혐의에 대해 '증거 없음'이라는 면죄부를 주고 있었다. 만약 지수가 엄마를 죽였다면, 밖에 나가지도 않고 이 작은 집에 살해 도구를 숨길 수 없었을 테니까.

집을 둘러보는 내내 유리는 지수의 시선을 느낄 수 있었다. 유리가 집 안을 살피는 시선이 집요한 만큼, 지수가 유리를 살피는 시선도 집요했다. 공항의 엑스레이 검색대처럼 샅샅이 투시당하는 기분이었다.

"방을 좀 둘러봐도 될까?"

"그러세요."

지수는 순순히 방문을 열어주었다.

"예전에 부모님이 쓰시던 방이에요."

안방은 텅 비어 있었다. 말 그대로 텅. 가구도 물건도 옷가지도, 아무것도 없었다.

"왜 이렇게 방을 비워놨어?"

"두 분 다 돌아가신 뒤에 다 치웠어요. 쓸 사람도 없는걸요."

"사건 현장이 이 방이니?"

"네."

방이 텅 비어 있으니 사건 당시의 정황을 짐작해볼 수가 없었다. 나중에 길 형사를 통해 수사기록을 받으면 당시 현장 사진이 있겠지.

유리는 안방에 큼직하게 달려있는 창문으로 시선을 돌렸다. 창문 밖에 방범창살이 달려 있었다.

"원래 창살이 있었니?"

"네. 원래부터요."

그렇다면 창문으로 사람이 드나드는 건 불가능.

하지만 현장 사진을 확인해봐야겠다. 정말로 사건 당시부터 방범 창살이 있었는지.

지수는 자기 방도 보여주었다. 그리 넓지 않은 방에 침대, 책상, 화장대가 빼곡하게 자리 잡고 있었다. 집 전체의 분위기와 마찬가지로 소녀 취향은 눈을 씻고 찾아봐도 없었다. 책상 한가운데 놓인 노트북이 꼭 이 방의 주인 같아 보였다.

"넌 집에서 주로 뭘 하니?"

"절 알고 싶으세요?"

"응."

"제가 사람을 죽였나 안 죽였나 궁금해서요?"

"그래. 그런 이유도 없지 않지."

지수는 유리를 빤히 쳐다보다가 말했다.

"저는 글을 써요."

"글? 어떤 글?"

"소설과 시나리오요."

"아 그렇구나. 원래 글 쓰는 걸 좋아했어?"

지수는 고개를 끄덕였다.

"니가 쓴 글이 궁금하구나."

"정말 궁금하세요?"

그녀의 눈이 반짝였다.

이번에도 지수의 눈이 소녀처럼 반짝였다.

이 아이, 악해 보이진 않아. 내가 속고 있는 것일까? 원래 악마는 잘 속인다잖아.

유리가 혼란스러워하는 사이, 지수는 책장에서 책을 한 권

빼서 건네주었다. '서지수'라는 지은이 이름이 표지에 선명하게 박혀 있었다.

제목은 <너와 나의 미스터리>. 목차를 훑어보니 단편집이었다.

"와, 대단하다."

"드릴게요."

지수는 책장 뒤 페이지에 쓱쓱 사인까지 해서 건네주었다. 집에 들어오기 전까지만 해도 잔뜩 경계하는 태도였는데.

이제는 유리가 경계심의 끈을 다시 조여 매고 방 안을 둘러보았다. 안방과 달리 지수의 방 창문에는 방범창살이 없었다. 창문을 열자 한겨울의 날카로운 냉기가 유리의 얼굴을 찢을 듯 덮쳤다. 오늘이 올겨울 최악의 한파라고 했던가?

창문 아래를 슬쩍 내려다보았다. 창문 아래는 돌보지 않아서 잡초가 듬성듬성하게 난 화단이었다.

사건 당일의 정황이 얼핏 스쳐 지나갔다. 안방에서 잠든 엄마를 칼로 찌르고 창밖으로 칼을 던져버린다? 너무 허술하다. 겨우 2층 창문에서 떨어진 흉기를 경찰이 못 찾았을 리 없다.

유리는 창문을 닫았다. 그런 행동을 지수가 관찰하고 있었다. 신비스러운 만큼 크고 새까만 눈동자로.

유리는 지수의 방을 나섰다. 이제 제일 작은 방이 남았다. 이번에도 지수가 문을 열어주었다.

방 안은 여느 꼬마 아이의 방과 다를 게 없었다. 작은 침대와 장난감들, 그리고 초등학교 교과서와 그림책들이 단정하게 꽂혀 있었다. 옷가지와 귀여운 모자도 벽에 걸려 있었다.

잠깐만. 이건 뭐지?

유리는 잠시 헛갈렸다.

동생이... 죽었다고 하지 않았나? 그런데 이 방은 지금도 쓰는 방 같은데?

“미안한데, 동생이...”

“네. 지훈이는 죽었어요.”

“그런데 왜 물건을 하나도 안 치웠어?”

“요즘도 지훈이가 이 방을 다시 찾아오거든요.”

온몸에 소름이 돋아서 고양이처럼 부르르 몸을 떨고 싶었다.

“그래서 방을 그대로 놔뒀어요. 지훈이가 좋아하던 장난감도 만화책도 그대로.”

“영혼을 본다는 거니?”

“네.”

“그럼 부모님 방은 왜 그렇게 싹 치웠니?”

“그 사람들이 다시 못 돌아오게요.”

지수가 유리의 손을 덥석 잡았다. 유리는 너무 놀라 소리를 지를 뻔했다.

"변호사님. 정말로 진실을 파헤치실 건가요?"
"그래야지. 내 일이니까."
"끝까지?"
유리는 고개를 끄덕였다.
지수가 빤히 쳐다보았다.
이 아이, 어쩌면 정말 엄마를 죽였을지도 몰라.

지수의 집에서 나오는 유리를 보고 혁이 달려왔다.
"괜찮아요, 누나?"
괜찮지 않았다. 어딘가 몸이 으슬으슬할 정도로 기분이 나빴다.
"잘 둘러봤어."
더 자세하게 물어보려는 혁의 입을 미리 막았다.
"가는 동안 생각 좀 정리할게. 조용히 운전해줄래."
"첫! 냉정하시긴!"

사무실로 돌아온 유리는 지수가 준 책을 펴들었다. <너와 나의 미스터리>.
혹시 사건과 관련된 내용이 있지 않나 싶어서 읽어보았지만 소설 내용은 사건과 상관없었다. 대부분이 초자연적인 판타지를 다루는 단편들이었다. 글솜씨가 제법이었다. 스무 살이라는 어린 나이답지 않게, 내용도 묵직하고 문장도 훌륭했다. 보통 아이가 아닌 건 틀림없다.

유리가 골똘히 생각에 잠겨 있는데 사무실 문이 열리고 길 형사가 들어왔다.

"아우, 추워!"

그는 코까지 빨개진 얼굴로 다가와서는,

"자, 여기 수사 자료 대령이요!"

한 뭉치 서류를 건네주었다.

"고마워요."

"아이는 만나보셨고?"

"네. 집에도 가봤어요."

"이야, 우리 변호사님 실행력은 정말 짱."

"자료 읽고 같이 말씀 나누죠."

유리는 수사 자료를 검토하기 시작했다. 한 글자도, 한 장의 사진도 빠짐없이 확인하면서 서류를 넘겼다. 3년 전 그날의 사건이 머릿속에 생생하게 재구성되었다.

사건 당시 42세였던 윤미진은 일요일 오후 자택 안방 침대 위에서 시체로 발견되었다. 사인은 과다출혈. 목과 가슴, 배를 예리한 흉기에 찔린 상처가 있었다.

사건 현장 사진은 참혹했다. 침대가 피로 물들어 있었다. 모두 합쳐 일곱 군데나 되는 상처는 매우 뚜렷한 편이어서 시체 부검 사진으로도 선명하게 보였다.

부검의 소견으로는 잠든 사이에 치명상을 입어 저항할 틈도 없었던 것으로 보인다고 했다. 예상되는 흉기로는 날이 있는 물체, 이를테면 칼이 아니라 끝이 뾰족한 송곳이나 화살촉이 의심된다고 했다. 일곱 군데의 상처 모두 베인 상처가 아니라 찔린 상처라는 것.

경찰은 사건 당시 집안으로 드나드는 입구를 지키는 CCTV를 모두 확인했지만 외부인의 침입은 없었다. 시체를 발견하고 신고한 의붓딸 서지수의 진술도 일치. 지수는 집안에 다른 사람이 들어온 기척은 느끼지 못했다고 했다.

자물쇠도 파손된 흔적이 없었다.

피해자의 남편, 그러니까 지수의 친아빠는 일 때문에 출장 중이었던 것으로 확인.

그러다 보니 자연스럽게 지수에게로 모든 혐의가 쏠렸다. 그런데 살해 도구가 발견되지 않았다. 경찰은 집 안은 물론 집 주변도 샅샅이 뒤졌다. 유리가 방문했을 때 살짝 의심했던 창문 아래 화단도 물론이고. 집 안에 있는 칼이나 공구를 쓰고 피를 씻어냈을 가능성도 염두에 두었지만 집 안에 있는 물건들 중에서는 시체의 상흔과 맞아떨어지는 것이 없었다.

결국 서지수에 대해서는 혐의 없음으로 결론. 다른 용의자가 없었기에 사건은 미결로 남았다.

수사기록을 다 읽은 유리는 지그시 눈을 감았다.

“아무래도 당시 수사를 맡았던 형사를 만나봐야겠어요.”

“오케바리.”

이번에도 길 형사의 대답은 변함없었다.

워낙 해가 짧은 한겨울의 오후 여섯 시. 흐린 날씨까지 더해져 깊은 밤 같은 분위기가 거리에 드리웠다.

유리와 혁, 그리고 길 형사. ‘손유리 법률사무소’의 세 식구는 개업 첫날을 축하하는 회식을 가졌다. 오전에 윤미영이 찾아와 지수 사건을 의뢰한 뒤에도 오후에 두 명의 의뢰인이 더 찾아왔다. 한 건은 단순한 이혼소송이었고 다른 한 건은 재건축 아파트 노동조합 비리와 관련한 소송이었다. 수임료나 성공보수가 꽤 될 터였다.

“첫날에 세 건 수임이면 나쁘지 않네요. 축하합시다!”

길 형사가 잔을 들고, 유리와 혁도 그에 맞춰 건배했다.

첫 회식 메뉴는 양꼬치에 소맥.

“매일 이렇게 사건이 들어오면 직원 더 뽑아야겠는데요?”

혁은 상기된 얼굴이었다.

“첫날 오픈빨일 수도 있어.”

유리가 제일 침착했다. 그녀는 늘 그랬다.

배부르게 양꼬치를 빼먹은 다음 코스는 노래방. 아이돌 출신인 혁의 화려한 무대에 이어 길 형사는 김광석의 노래를 음치 버전으로 불렀다.

“사랑했지만, 그대를 사랑했지만. 그저 이렇게 멀리서 바라볼 뿐, 다가설 순 없어.”

음정 박자 모두 불안한 노래를 들으면서 혁은 깔깔대고 웃었지만 유리는 심연으로 침잠했다.

그 노래 때문이었을까. 노래방을 나와 딱 한 잔만 더하자는 길 형사의 제안을 뿌리치고, 유리는 혼자 그곳으로 향했다.

“저 왔어요.”

동네 어귀에 있는 낡고 허름한 국숫집이었다. 한자리에서 30년을 넘게 간판도 없이 장사해서 아는 사람만 찾는 곳. 처음 가게를 열었을 때 마흔 살 아주머니가 이제 백발성성한 70대 노인이 되어 유리를 맞이했다.

“아이고, 우리 변호사님. 안 먹던 술을 왜 이렇게 드셨어?”

“그러게요.”

유리는 비틀거리며 자리에 앉았다.

"좀 많이 마셨어요."

"그래. 조금만 기다려."

메뉴라고 해봤다 두 개뿐이었다. 멸치국수 아니면 비빔국수. 다만, 유리처럼 10년 넘게 발길을 이어온 단골들에게는 맞춤 메뉴를 제공하기도 했다. 오늘처럼 술자리의 마무리인 경우엔 면은 적게 국물은 칼칼하고 넉넉하게 준다던가. 계란을 하나 풀어주기도 한다던가.

잠시 후 할머니는 김이 모락모락 나는 해장용 국수를 유리에게 건네주었다.

"잘 먹겠습니다."

조용히 국수를 건져 먹던 유리를 보다가 할머니가 주름진 입을 열었다.

"그만 좀 놔줘."

유리는 묵묵부답.

"언제까지 남의 서방 생각하면서 살 거야?"

"생각 안 해요. 다 잊었어요."

"난 니 얼굴만 봐도 알어. 진짜로 다 잊었으면 예전처럼 싹싹 웃는 얼굴로 돌아가야지."

맞다. 그래야지.

"못 그러고 있잖어. 지금 니 얼굴은 그놈 떠나고 썩어갈 때 하고 다를 게 하나도 없어."

"할매. 나 오늘 사무실 개업한 날이에요. 오늘만 사건 수임이 세 건이라고요. 썩다니요."

"일 잘되는 게 전부냐? 얼굴이 여전히 썩었는데."

반박 불가. 유리는 문득 오늘 몇 번이나 웃었나 생각해보았다. 한 번이라도 웃었을까?

"복잡하게 살지 말어. 국숫발도 꼬이면 영 못 써."

할머니 말에 유리는 일부러 씨익 웃었다.

"오케이. 심플하게. 앞만 보고 쭉쭉."

"그래. 쭉쭉 마셔."

유리는 보란 듯이 국물을 들이마셨다.

"으이구. 예쁜 옷 좀 입지. 맨날 시커먼 옷, 안 지겹나?"

할머니의 핀잔이 싫지 않았다.

싱글 침대 매트리스였지만 좁다는 생각은 한 번도 해본 적 없었다. 함께 누울 때면 늘 꼭 안고 있었기에. 스물에서 몇 해가 더 지난 나이. 좋아하는 마음만 있다면 뭐든 아무래도 좋았던 시절이었다.

자다가 깨면 늘 도준이 먼저 일어나 있었다.

"아함... 일어났어 오빠?"

"응. 금방. 불편했지?"

"아냐. 너무 편하게 잤어."

"결혼하면 엄청 큰 침대 들여놓자. 떼굴떼굴 굴러다닐 수 있는."

"싫어. 계속 요만한 침대에서 오빠랑 꼭 붙어서 잘 거야!"

"넓은 침대에서 꼭 붙어 자면 되지."

도준은 유리의 이마에 입 맞추며 속삭였다.

"아하! 그럼 되겠다."

바보 같은 대화를 나누다가 서로에게 입 맞추었다.

꿈이었다. 추억의 한 장면을 고스란히 재연한 꿈.

꿈을 꾸는 동안 스물몇 살 시절의 천진한 미소를 짓고 있던 유리는 스르륵 눈을 뜨면서 미소를 거두었다. 그리고 트레이드 마크와도 같은 무표정한 얼굴로 돌아왔다.

응. 현실을 직시해. 그 사람은 이제 없어.

잠이 깨고 감각이 돌아오면서 숙취가 밀려왔다.

어제 꽤나 마셨지. 그럴 만한 날이었어. 인생의 새 챕터를 여는 날이었으니까.

"심플하게. 앞만 보고 쭈욱."

혼잣말을 하고 몸을 일으켰다.

수원경찰서 강력계의 강민한 형사는 올해로 15년 차 베테랑 형사였다. 길 형사가 약속을 잡아주었다. 점심시간을 앞두고, 근무하는 경찰서 바로 맞은편 허름한 카페에서 그를 마주했다.

"얘기는 들었습니다. 윤미진 씨 사건을 의뢰받으셨다고요?"

"네. 동생분한테서요."

"윤미영 씨. 잘 알죠. 아이고, 그 양반 때문에 얼마나 고생을 했는지."

"고생이요?"

"그 양반이 조카애한테 범행 자백을 들었다고 해서 아주 난리가 났었죠. 막상 조사해보니까 사실무근이었지만."

"어제 지수네 집에 다녀왔어요."

"지수? 아, 그 여자애요. 빠르시네요."

"당시에 형사님이 보신 지수는 어땠나요?"

"범행 동기는 충분하다고 봤죠. 새엄마인 데다가, 둘이 사이가 상당히 안 좋았던 거 같고. 애도 약간 음침하잖아요."

음침하다. 유리도 동의하지 않을 수 없었다. 그러나 가끔 지수가 내비친 모습 중에서는 밝고 따스한 기운이 드러나기도 했다.

나를 속이기 위한 연기였을까?

"피해자 윤미진 씨 주변은 어땠습니까?"

"그렇게 많이 알려진 건 없어요. 다만 노래방 도우미로 일하다가 지수 아빠를 만난 모양이더라고요."

처음 듣는 이야기였다. 유리는 메모를 했다.

"처음에는 술집에서 만났다고 했는데 제가 주변을 조사하다 보니까 피해자 친구들 중에서 그런 진술이 나왔어요."

"지수 아빠가 손님이었고요?"

"그랬나 봐요. 그런데 동생분, 그러니까 변호사님한테 사건을 의뢰한 윤미영 씨한테 확인을 해봤는데 그럴 리가 없다고 팔짝 뛰긴 했죠."

"흠. 지수 아빠가 죽은 사고는 어떻게 된 건가요?"

"지수 아빠는 전기기사였습니다. 일 때문에 출장을 나갔다가 교통사고로 죽었죠."

"타살 흔적은 없었고요?"

"없었던 걸로 기억합니다. 그 사건은 형사사건이 아니고 단순 교통사고라서 따로 조사하진 않았는데. 교통과에 기록이 남아 있을 겁니다."

"그 기록도 혹시 구할 수 있을까요?"

"그거야 어렵지 않죠."

유리는 카페에서 나와 강 형사와 함께 경찰서로 향했다. 기록을 복사해서 사무실로 돌아왔다.

콜드브루 아이스커피와 함께 기록을 검토했다.

출장을 가는 길에 직접 몰던 승용차가 가로등을 들이받고 즉사한 케이스였다. 추정 속도는 시속 90km. 늦은 밤 2차선 외곽도로치고 빠른 속도였다. 가로등을 들이받은 차체가 종잇장처럼 구겨져 있었다. 사고 원인은 졸음운전, 운전미숙 등으로 추정.

얼핏 봐서는 일반적인 충돌 사고였지만 어떤 촉이 계속 꼼지락거렸다.

뭔가 있어. 이건 그냥 교통사고가 아니야. 이 안에 뭔가가 있다고...

밤이 되면 간유리 창밖에 켜진 가로등이 꼭 달처럼 보였다. 자기 방에서는 달이 보이지 않았는데도 지훈이는 닫힌 창문 밖으로 어렴풋하게 빛나는 가로등을 달이라고 우기곤 했다. 어릴 때 <달님 안녕>이라는 그림책을 무척 좋아했는데 유난히 달을 좋아하는 이유도 그 책 때문인지도 몰랐다.

지수는 지훈이 침대에 조용히 누웠다. 이제는 책장 몇 군데가 너덜너덜하게 낡은 그림책을 빼 들었다. 창밖으로 빛나는 가짜

달을 보며 그림책을 소리 내어 읽어주었다.

"달님 안녕."

주문처럼 마지막 문장을 읽으면 지훈이가 와서 옆에 누웠다.

"안녕 누나. 오늘 하루는 어땠어?"

"오늘은 아주 평범한 날이었어."

"그 변호사님은 연락 없고?"

"응. 집에 왔다 간 후론 연락이 없어."

"좋은 사람 같아?"

"이모한테 의뢰를 받고 날 고소하려고 온 사람이야. 좋은 사람일지는 몰라도 나한테는 아니겠지."

"그 사람이 누나를 도와줄지도 모르잖아."

"누군가를 도와준다는 게 쉬운 일이 아니야. 나도 널 도와주지 못했으니까."

"그런 말 하지 마. 누나도 어쩔 수 없었잖아."

지훈이는 아기처럼 지수의 품을 파고들었다.

지수는 이제 더 이상 꼬마 여자애가 아니었다. 그러나 지훈이는 몇 년째 11살 꼬마의 모습이었다. 지수는 지훈이의 머리를 쓸어주었다.

"나 졸려 누나."

"응. 어서 자."

토닥토닥 동생의 등을 두드려주는 지수의 손길이 점점 느려졌다. 누나가 동생을 재운 걸까? 동생이 누나를 재운 걸까? 그저 평화로운 밤이 흐르고 있었다.

유리는 지수가 일하는 편의점으로 향했다. 주변을 천천히 돌아보면서 생각을 정리하려고 일부러 차를 놓고 혼자 지하철을 타고 갔다.

수원역 근처에 있는 편의점 부근은 한눈에 봐도 유동인구가 무척 많았다. 당연히 드나드는 손님도 끊이질 않았다. 유리는 편의점이 보이는 맞은편 커피숍에 들어가 지수가 일하는 모습을 지켜보았다.

웃음기 없이 기계적으로 바코드 리더를 찍는 지수의 모습은 여느 아르바이트생과 다를 게 없었다. 손님이 없을 때면 카운터 안쪽에서 책을 꺼내 읽었다. 그래봤자 1분도 안 있어서 손님이 닥치곤 했지만 아랑곳하지 않고 짬짬이 계속 책을 읽었다. 스마트폰에 관심을 전혀 두지 않는다는 것만 빼면, 평범한 편의점 알바생의 모습이었다.

저 아이가 정말 살인을 저질렀을까?

만약 저 아이가 살인범이 아니라면 누가 윤미진 씨를 죽였을까?

혹시 남편? 아니면... 의뢰인인 동생 윤미영?

윤미영은 아닐 거다. 이미 잠잠해진 사건을 범인이 다시 들쑤실 이유는 없으니까.

지수를 관찰하면서 생각에 잠겨있는데 핸드폰이 울렸다. 혁이었다.

"변호사님! 지수 만났어요?"

혁의 목소리는 매우 다급했다.

"아직. 무슨 일인데?"

"좀 황당하네요. 지수 동생 지훈이 말이에요. 죽은 거 맞나요?"

"그럼. 지수한테 들었는데. 동생이 죽었다고."

"동생 이름이 지훈이 맞죠? 사망신고가 안 되어 있어요."

유리는 숨이 턱 막히는 기분이었다.

"동사무소에 가서 확인했어요. 전 지금 지훈이가 다니던 학교에 왔는데요. 하여튼 자세한 건 만나서 말씀드릴게요. 제가 그쪽으로 갈게요."

"알았어. 내가 위치 찍어줄게."

유리는 메시지로 커피숍 위치를 찍어주었다. 같은 수원에 있던 혁은 20분도 안 걸려 도착했다.

"사망신고가 안 되어 있는 건 확실해요. 그리고 학교 기록도 좀 황당하네요. 지수 말로는 지훈이가 11살 때 죽었다고 했죠?"

"응. 확실히 들었어."

"그럼 4학년 때라는 얘긴데... 학교에는 1학년을 다닌 기록밖에 없어요."

"뭐?"

"2학년에 올라가자마자 건강상의 이유로 학교를 쭉 쉬었어요."

"건강상의 이유?"

혁이 서류를 건넸다.

"의사 소견서가 있더라고요. 복사해왔어요."

머리가 복잡해졌다.

"담임선생님은 만나봤어? 뭐래?"

"1학년 때 담임을 맡았던 선생님이 아직 학교에 계시더라고요. 솔직히 잘은 기억 안 난다고 하시네요. 생활기록부에는 밝고 명랑한, 여느 아이들과 별다를 게 없는 평범한 아이라고 기록이 되어 있었고요."

"아무래도 당장 지수를 만나봐야겠어."

유리는 지수의 편의점 알바 근무가 끝나자마자 낚아채듯 만났다. 서류 한 장을 내밀었다.

"니 동생 지훈이는 학교를 1년밖에 안 다니고 그만뒀더구나.

그때 부모님이 학교에 제출한 의사 소견서야. 건강이 많이 안 좋아서 학교를 쉬어야만 한다는."

지수의 눈꼬리가 파르르 떨렸다. 감정의 동요 없는 지수에게 유일한 아킬레스건이 있다면 동생 지훈인 듯했다.

"니가 보기엔 어땠니? 지훈이가 정말로 학교를 몇 년이나 쉬어야 할 정도로 아팠니?"

"지훈이 이야기를 하기 전에 먼저 하나만 물어볼게요. 정말로 지훈이 이야기에 관심이 있나요?"

"그러니까 이렇게 알아봤겠지?"

"저를 살인범으로 기소하려고요?"

"진실을 알고 싶어서라고 해두자."

지수는 잠시 고민했다.

너는 고민하고 있구나. 내가 널 해칠 사람인지 도와줄 사람인지.

후자라고 판단했는지 지수가 입을 뗐다.

"그 여자가 지훈이를 아프게 만들었어요."

"그 여자? 그 말은... 새엄마 윤미진 씨가 지훈이를 학대했다는 뜻이니?"

차마 그러지 않기를 바랐지만 지수는 고개를 끄덕였다.

유리의 머리가 더 복잡해졌다. 지금 지수가 내뱉은 말은 살해 동기를 강화시켜주는 진술이었다. 사랑하는 어린 동생을 새엄마가 학대해서 학교를 못 다닐 정도로 아프게 만들었다? 그래서 새엄마를 죽였다?

"그 여자가 지훈이를 죽였어요."

커피숍 안의 동작과 소리가 모두 멈추고, 우주의 암흑처럼 고요해지는 착각이 들었다. 동생을 학대하다 못해 죽음에 이르게 한 새엄마가 있다. 유난히 동생을 사랑했던 누나는 동생의 복수를 하기 위해 새엄마를 죽인다. 동기로는 완벽하다. 그런데 이 가설 역시 증거가 없다. 지수의 진술뿐이다.

"혹시 새엄마가 동생을 학대한 증거가 있니?"

"있다면 어쩔 거고 없다면 어쩔 건데요?"

"지수야. 언니는 변호사야. 증거가 있으면 진술의 힘이 몇 배로 강해지지."

"증거가 없다면 제 말을 못 믿으시겠다?"

"솔직히 말할까? 심정적으로는 니 말을 믿어. 왜냐하면 넌 지금 자신에게 불리한 진술을 하고 있으니까. 거짓말이란 자기에게 유리한 상황을 만들기 위해 하는 건데."

"저도 알아요. 이런 얘기 해봤자 제가 더욱 의심을 받겠지요. 동생의 복수를 하기 위해 제가 새엄마를 죽였다고."

"그랬니?"

대답 대신 지수의 얼굴에 비웃음이 스쳤다. 마치 이렇게 말하는 양.

제가 그랬다고 순순히 말하겠어요?

"그럼 왜 나한테 지훈이가 학대받아다 죽었다는 얘길 털어놓았지?"

"상이에요."

"상?"

"지훈이에게 무슨 일이 있었다는 걸 찾아냈잖아요."

상... 유리는 소름이 쫙 끼쳤다.

"바보 같은 경찰은 지훈이에 대해서는 신경을 쓰지 않았어요. 그 여자와 아빠 말만 듣고 그냥 지훈이가 아파서 어릴 때 죽은 줄로만 알았죠."

"사망신고는 왜 안 했니?"

지수의 표정이 굳어버렸다. 그 얼굴은 마음의 가장 여린 부위를 깊이 찔렸을 때 자연스럽게 나오는 고통의 표현이었다. 곧이어 커다란 눈에 눈물이 고이기 시작했다.

이 아이에게도 감정이 있고 눈물이 있구나.

유리는 냅킨을 건네주었다.

"장례식은 치렀니?"

지수는 고개를 내저었다.

"혹시 동생이 죽는 걸 봤니?"

이번에도 고개를 내젓는 지수.

"그럼 동생 묘지에라도 갔었니?"

"아뇨. 장례식도 안 치렀는데 묘지가 있을 리가 없죠."

"그렇다면 동생이 죽은 걸 어떻게 아니? 동생의 시체는?"

길고 긴 침묵 속으로 두 여자의 시선이 끝없이 섞여들었다. 결국 지수가 눈을 피했다.

"그거 아세요?"

"뭐?"

"상을 너무 많이 줬네요."

하! 유리는 또 허를 찔린 기분이었다.

"오늘은 여기까지만 알려드릴게요. 더 알고 싶으시다면 변호사님도 더 실력을 보여주셔야 해요. 지훈이의 죽음에 대해 알아 오시면 상을 드리죠. 제가 만든 룰이에요."

"왜 그런 룰을 만들었는데?"

"생각해보세요. 제가 비밀을 알려드리면 알려드릴수록 전 불리한 입장이 될 수도 있어요."

"내가 널 지켜줄 수도 있다는 생각은 못 해봤니?"

"당신은 그 여자 동생의 의뢰를 받고 날 살인범으로 잡아넣기 위해 찾아왔잖아요?"

"맞아. 시작은 그랬지. 하지만 내가 가장 관심 있는 건 정의야."

"칫. 정의 따위."

지수의 시니컬한 말투는 유리를 머쓱하게 만들었다.

"정의라는 게 있다면 우리가 이렇게 마주 보는 일도 없었겠죠."

"정의는 있어. 가끔 뒤늦게 찾아올 뿐이지."

"만약 제가 정의의 편에 있다면... 절 도와주실 건가요?"

"물론이지. 그게 변호사가 하는 일이야. 원래는."

"저는 변호사님한테 돈을 드릴 수도 없어요."

"어차피 윤미영 씨도 큰 수임료를 주진 못해."

"하지만 여전히 전 변호사님의 실력을 확인할 필요가 있어요. 아무리 좋은 마음을 갖고 있다 해도 실력이 없으면 재판에서 지잖아요. 제 운명을 맡겨야 하는데, 실력 없는 변호사한테 맡길 수는 없죠."

지수의 말이 자신의 유죄를 인정하는 것인지, 아니면 무죄를 주장하는 것인지 가리기 힘들었다.

유리는 손을 내밀어 악수를 청했다.

"어쨌든 일부분이나마 솔직하게 말해줘서 고마워."

지수는 잠시 망설이다가 악수를 받아주었다.

지수와 헤어지자마자 유리는 바로 전화를 걸었다. 이 사건의 의뢰인 윤미영에게.

보험설계사인 그녀는 고객과 상담 중이라며, 잠시 있다가 다시 전화를 걸어왔다.

"네, 변호사님. 무슨 일인가요?"

"어디신가요? 잠깐 만나서 드릴 말씀이 있는데요. 여쭤볼 것도 있고요."

그녀는 역삼동에 있었고 최대한 빨리 그녀를 만난 시간이 오후 다섯 시였다. 서울과 수원을 왔다 갔다 하다 보니 하루가 금방 가버렸다.

유리는 의뢰인에게 껄끄러운 이야기부터 골랐다.

"부모님이 죽으면서 보험금이 꽤 되는 걸로 알고 있는데, 지수가 보험금을 수령했더군요."

"큰돈이죠. 그 돈으로 집도 사고, 그러고도 좀 남았을 거예요."

"만약 지수가 살인범이라는 사실이 밝혀지면 수혜자가 바뀌나요?"

"정관상으로는... 그렇죠."

"누가 수혜자가 되죠? 보험설계사시니까 잘 아시겠죠? 당연히 제가 직접 확인해볼 겁니다."

윤미영은 난감해하다가 이윽고 화가 난 얼굴로 바뀌었다.

"지금 제 의도를 의심하시는 겁니까? 제가 죽은 언니 앞으로 나온 보험금을 빼앗겠다고 조카를 모함하는 것 같은가요?"

"사실관계만 확인할 뿐입니다."

"다음 수혜자는... 접니다. 다른 친척이 없거든요."

"그렇군요."

윤미영이 주먹을 불끈 쥐었다.

"제 의도를 의심하신다면 이렇게 하죠. 제가 보험금 수령 포기각서를 쓰겠습니다. 아니면 전액 기부를 한다고 서약해도 좋습니다."

"그렇게까지 하실 필요는 없습니다. 진실이 밝혀지면, 법에 따라 합당한 절차가 이뤄지면 될 일이죠."

"저는 정말 언니의 억울함을 풀어주고 싶은 생각뿐입니다!"

"또 여쭤볼 게 있습니다. 언니 윤미진 씨가 지훈이를 학대했고, 그것 때문에 지훈이가 죽었다고 하던데요?"

윤미영이 카페 테이블을 주먹으로 쾅 내리쳤다. 그 힘이 얼마나 셌던지, 테이블 위에 있던 찻잔이 흔들려 차가 넘칠 정도였다.

"변호사님! 지금 그 악마 같은 애 말을 믿는 겁니까?"

"아까도 말씀드렸지만 저는 변호사로서 사실관계를 확인하는 것뿐입니다."

유리의 말투는 너무나도 침착해서 나른하게 들리기까지 했다.

"언니는 지훈이를 학대한 적이 없어요! 주변 사람들한테 다 물어보세요! 안 그래도 몸이 아파서 비실비실한 애를 언니가 건강하게 만들어주려고 얼마나 애를 썼는데요!"

"지훈이는 아직 사망신고도 안 되어 있더라고요. 지수 말로는 장례식도 안 치렀다고, 묘지도 없다고 하고요. 왜 그랬을까요?"

윤미영은 다시 테이블을 치려다가 이번에는 머리를 쥐어뜯었다.

"변호사님. 제가 사실을 다 말씀드릴까요? 감당하실 수 있겠어요?"

유리는 느릿하게 고개를 끄덕였다.

"언니한테 다 들었어요. 아이가 죽은 걸 차마 인정하지 못해서 사망신고를 못했다고. 장례식도 마찬가지지요."

"그렇다면 이모님도 지훈이가 죽었다는 건 언니에게 들어서 아시는 거군요? 시체는 확인 못 했군요."

"아니요! 전 직접 갔었어요. 그 아이가 묻혀있는 추모 공원에."

"정말입니까? 장례도 안 치르고 아이를 화장했다고요? 그건 불법인데요?"

"언니하고 같이 가기도 했고, 언니도 죽고 형부도 잘못된

후에는, 그 어린 것이 불쌍해서 저 혼자 몇 번이나 가서 기도를 해주고 온걸요."

유리의 미간이 찌푸려졌다.

그렇다면 지수가 거짓말을 했다는 건데...

"여기요. 지훈이가 잠들어있는 추모공원이에요."

윤미영은 핸드폰을 뒤져서 전화번호와 주소를 건네주었다. 그리고 유리의 손을 꼭 잡았다.

"변호사님. 악마의 속임수에 넘어가시면 안 됩니다. 제발 우리 언니의 억울함을 풀어주세요."

윤미영의 눈에 눈물이 고였다.

악어의 눈물일까? 진심일까?

의뢰인인 윤미영, 용의자인 서지수. 둘 중 한 명은 거짓말을 하고 있다. 당사자의 말만 들어서는 판단이 쉽지 않았다.

유리는 집에 돌아가는 길에 혁에게 전화를 걸었다.

"지수 주변 사람들 좀 알아봐. 아무래도 평을 들어봐야겠어."

지수는 부엌 식탁에서 지훈이와 나란히 앉아 닭을 뜯었다. 오랜만에 먹는 치킨이었다.

"맛있어?"

"응. 누나."

"계속 닭만 먹으면 답답하니까 무도 먹고 콜라도 좀 마셔."

"응. 누나도 많이 먹어."

지수는 좀처럼 TV를 틀지 않았지만 지훈이와 함께 치킨을 먹을 때는 꼭 TV를 켰다. 특별히 보고 싶은 프로그램이 있어서가 아니라 왠지 배달 치킨을 먹을 때는 그래야 더 맛이 좋아지는 것 같아서. 특히 연예인들이 농담을 하면서 웃고 떠드는 프로그램을 보다 보면 따라서 실없는 웃음이 나왔다.

"그 변호사 있잖아. 제법이야. 너에 대해서 다 조사를 해왔어. 니가 학교를 못 다닌 것도 알아 왔어."

"우와. 대단하다."

"그래서 나도 얘기를 해줬어. 그 여자가 널 괴롭힌 이야기."

"그런 얘기는 누나한테 불리하잖아?"

"그 여자가 얼마나 잘하는지 보려고. 실력이 좋으면 우릴 도와달라고 할 생각이야."

"믿어도 될까?"

"아주 어려운 문제를 냈어. 그 문제를 풀면 실력을 인정해줄 만하지."

"실력이 좋다고 다 믿을 수 있는 건 아니잖아?"

"백 번은 더 들여다봤거든. 그 여자 눈을."

"그렇다면 됐어."

지수는 지훈이를 꼭 끌어안았다. 머리에서 여전히 아기 냄새가 났다.

지수는 생텍쥐페리의 <어린 왕자>와 지훈이가 닮았다고 생각했다. 고소한 머리 냄새도 어린 왕자의 머리 냄새와 비슷할 거라는 생각이 들었다.

"지훈아. 누나는 너에게 길들여졌나 봐."

"그게 무슨 뜻이야?"

"길들여진다는 건 행복해진다는 뜻하고 비슷해. 널 통해서 기대를 하고 또 만족한다는 뜻이지. 너를 통해 행복해지는 방법을 배운다는 뜻이지."

"그럼 나도 누나한테 길들여져 있는 거네?"

"그렇게 말해주면 고맙지."

"어차피 난 누나밖에 없는걸."

지훈이가 이 말을 할 때면 지수는 고마운 동시에 겁이 덜컥 났다. 어쩌면 이 불쌍한 아이의 손을 영원히 놓지 못할 거라는 생각에.

다음날, 유리가 출근하자마자 혁이 다가왔다. 그가 건넨 물건은 지수가 졸업한 중학교 졸업앨범이었다.

"오. 빠른데?"

"변호사님 바쁘시면 제가 다녀올까요? 지훈이 학교에도 제가 갔었잖아요."

의욕이 넘치는 직원이었다.

"아냐. 내가 가볼게. 직접 얘기를 들어봐야겠어."

"넵! 그럼 오늘은 제가 사무실을 지킬게요."

"그래."

"그런데 어떡하죠? 의뢰 건수가 너무 쌓이는데요. 벌써 열 건이 넘었어요. 계속 지수 사건만 파실 겁니까?"

"너 굶기진 않을 테니까 걱정 마. 오늘 중으로 하나 더 맡을 사건 골라서 알려줄게. 미팅 잡아."

"넵!"

일단은 지수가 다녔던 학교로 향했다. 당산동에 있는 남녀공학 중학교였다. 지수의 담임을 맡은 적이 있다는 선생님은 마흔쯤 되어 보이는 여린 인상의 여자 선생님이었다.

"지수... 그 아이 이름을 또 듣게 될 줄은 정말 몰랐네요."

"왜죠?"

"제가 교편을 잡은 지가 15년이에요. 수많은 학생들이 있었지요. 똑똑한 아이, 운동을 잘하는 아이, 잘생긴 아이, 예쁜 아이, 키가 큰 아이... 그런데 졸업하고 몇 년이 지난 뒤에도 얼굴과 이름이 모두 기억나는 아이들은 많지 않아요. 그런데 지수는 아마 제가 교직을 그만둘 때까지 잊지 못할 거예요. 제가 본 가장 으스스한 아이였거든요."

선생님이 학생에게 으스스하다는 표현을 쓴다는 건, 어떤 의미일까?

"기억나는 사건이 있다면, 말씀해주실 수 있나요?"

"많죠. 여러 가지가 있는데... 한 번은 이런 일이 있었어요. 짝을 바꾸었는데 지수하고 새 짝꿍하고 다툼이 있었나 봐요. 그런데 지수 짝꿍이 기절을 해서 양호실에 실려 간 일이 있었어요. 지수가 짝꿍 책상 서랍에 죽은 쥐를 넣어놨거든요."

유리는 깜짝 놀랐지만 애써 평정을 유지했다.

"왜 그랬대요?"

"별다른 얘기는 안 해주더군요. 학교 창고에 가면 쥐는 얼마든지 잡을 수 있다면서. 비닐봉지에 쥐를 담아 와서 전날 오후에 넣어두었다고 하더군요. 네. 그 일 때문에 학부모들이 지수를 퇴학시키라며 난리가 났었어요."

"그래서 퇴학을 당했나요?"

"다행인지 불행인지 벌점을 주는 선에서 끝나긴 했어요. 지수 부모님이 세상을 떠난 사실이 많이 정상참작이 된 거죠. 어쨌거나 불우한 환경이니까요. 그런데 몇 달 안 있어서 그 학생한테 또 시뻘건 포스터컬러 물감을 뿌리는 일이 벌어졌어요.

그 사건은 그냥 넘어갈 수가 없어서 정학 처분을 당했었죠."

선생님은 핸드폰을 뒤졌고 오래전 사진을 찾아내 유리에게 보여주었다.

"학교폭력위원회에 증거로 제출한다고 사진을 찍어뒀었거든요. 제가 폰을 바꿀 때마다 사진은 그대로 옮겨놓은 거예요."

이번에는 놀란 티를 내지 않을 수 없었다. 사진에는 하얀 교복을 입은 소녀들이 시뻘건 피를 뒤집어쓰고 있었다. 선생님의 말처럼 빨간 물감이었겠지만, 사진으로 보기에는 피라고 해도 믿을 것 같았다.

"이런 행동뿐 아니라 지수가 쓰는 글, 그리는 그림 모두 다 기괴했어요. 제가 국어 담당인데 지수의 글을 보면 미치 악마 숭배자가 쓴 글 같았어요. 악과 죽음을 숭배하는 내용들이 많았죠. 글솜씨가 좋아서 읽다 보면 더더욱 섬뜩했어요."

"거짓말을 하거나 그러진 않았나요?"

"거짓말을 밥 먹듯이 한다는 표현이 있잖아요. 지수가 딱 그랬어요. 안 해도 될 거짓말, 절대 해서는 안 될 거짓말을 밑도 끝도 없이 했어요."

유리는 더 이상 할 말이 없었다. 지수는 그런 아이였던 것이다. 극도로 폭력적 성향에, 거짓말을 잘하는 아이.

배신감에 허탈해 있는 유리에게 선생님이 물었다.

"지수의 별명이 뭐였는지 아세요?"

"뭐였죠?"

"교복을 입은 악마."

그리고 경고하듯 덧붙였다.

"그 아이에게 속지 마세요."

지수의 예전 담임선생님을 만나고 돌아가는 길, 유리는 차 안에서 지수에게 전화를 걸었다. 좀 더 침착해진 다음 통화를 하는 게 낫다는 생각도 들었지만 이번만큼은 감정이 이성을 이겼다. 지수는 아직 편의점에서 알바 중이라며 건방진 조건을 내걸었다.

"교대 시간이 두 시간쯤 남았으니까 여기로 오시면 만나드릴게요."

유리는 한걸음에 달려갔다. 아르바이트를 끝내고 스키니 진에 베이지색 파카를 입은 지수가 밖으로 나왔다. 이렇게 평범한 차림을 보니 도저히 믿기지 않았다. 그녀가 어릴 때 저지른 경악할 만한 범죄들. 그리고 교복을 입은 악마라는 별명도.

"차 한잔하자. 배고프면, 저녁을 사줄까?"

"별로 밥 생각 없어요."

"그럼 어디서 얘기를 할까?"

"적당한 곳이 있는데, 가보실래요?"

지수가 유리를 이끈 곳은 작은 성당이었다. 평일인 데다 미사 드리는 시간이 아니라서 신자들은 별로 없었다.

지수는 익숙한 걸음으로 성당 안으로 들어갔다. 입구에 서 있는 성모마리아상을 지나쳐 본당 건물 안으로 향했다.

천정의 스테인드글라스를 통해 스민 늦은 오후의 햇살이 성당 내부에 가득했다. 하얀 회벽에 매달린 부활예수상이 그들을 맞이했다.

유리는 무신론자였지만, 예의상 두 손 모아 기도를 올렸다.

지수는 기도도 하지 않고 제일 뒤쪽 자리에 앉았다. 다른 사람은 아무도 없었지만 유리는 목소리를 낮춰 물었다.

"윤미영 씨를 만났어. 이모 말이야. 이모 말로는 돌아가신 엄마가 지훈이를 학대한 적이 절대로 없다고 하던데."

"그 여자한테 철저하게 속은 거죠. 그 여자는 주변 사람들한테는 끔찍하게 지훈이를 위하는 척했으니까요."

"서정미 선생님이라고 기억하니?"

지수의 표정이 차갑게 굳었다.

"아까 낮에 만나서 잠깐 얘기를 나눴어. 니 말을 어디까지 믿어야 할지 몰라서."

"제 뒤를 캐신 거네요? 뭐, 예상은 했어요."

"좀 놀라운 얘기를 들었다."

"좋은 얘기가 나왔을 리 없죠."

"니가 친구들한테 저지른 짓... 모두 사실이니?"

"저는 단 한 번도 먼저 친구를 괴롭힌 적이 없어요."

"죽은 쥐를 넣어둔 이야기는 충격적이었어. 어떻게 된 거니?"

"그 아이가 저한테 한 짓도 들었어요? 애들이 쓰레기통에 버린 생리대를 제 가방에 잔뜩 넣어놨던 이야기요? 제가 남자 선배들하고 자고 다닌다는 거짓말을 퍼뜨린 이야기는요?"

"!"

"절 왕따로 만들고 매일 괴롭히던 아이였어요. 저한테 너 같은 건 죽는 게 낫다고 저주하던 아이였어요. 확실하게 대응을 하지 않으면 정말 제가 죽을 것 같은 상황이었고요."

지수의 눈에 서린 생의 의지가 엿보였다.

"그럼 친구에게 붉은 물감을 뿌린 일은?"

"그 얘기만 하던가요? 정말 우습군요. 죽은 쥐 사건 후에 그 아이는 더 악랄해졌어요. 제 머리에 껌을 던져 붙이고, 체육 시간에 벗어놓은 제 교복을 변기에 빠뜨리고, 제 도시락에 흙을 부어놓던 아이에요. 왕따는 기본이었고요."

생각지 못했던 이야기 앞에서 유리는 맥이 풀렸다.

"그랬구나."

"담임이라는 사람도 그 아이를 감싸주기 바빴죠. 저는 혼자고 그 아이는 친구들도 많았어요. 저를 지켜줄 부모님은 없었지만 그 아이에게는 든든한 부모님이 있었죠. 제가 제 자신을 지킬 수 있는 방법은 만만하게 보이지 않는 수밖에 없었어요. 그래서 교복을 입은 악마라는 자랑스러운 별명을 얻었죠."

선생님이 강조해서 한 말이 유리의 귓가에 울렸다.

- 그 아이에게 속지 마세요.

유리는 짙은 해무에 휩싸인 기분이었다. 한 치 앞도 보이지 않는다. 어디가 육지고 어디가 바다인가? 무엇이 진실이고 무엇이 거짓인가?

유리는 제대 뒤편 벽의 정중앙에 매달린 부활예수상으로 시선을 올렸다.

주여, 저는 어디로 가야 하나이까?

유리는 신의 대답을 듣지 못한 채, 악마라는 별명을 가진 아이에게 물었다.

"니가 그랬지? 지훈이는 장례식도 치르지 않았다고. 묘지도 없다고."

"네."

유리는 윤미영에게 받은 추모공원의 주소와 번호를 지수에게 보여주었다.

"이모가 주셨어. 지훈이의 유골이 있는 추모공원이래. 지수야. 진실을 말해줄래?"

"추모공원이라니 말도 안 돼요."

"이모가 여러 번 가기도 했대."

지수는 싸늘하게 비웃었다.

"실망스럽네요. 허상과 실체를 구별하지 못하시는군요. 변호사님을 믿어볼까 했던 제가 바보였네요."

"서지수. 지금까지 너의 무례함, 무심함, 모두 참았어. 그러나 내가 계속 널 믿어주기 바란다면 최소한의 증거는 보여줘야 해."

지수는 천천히 유리 앞으로 얼굴을 내밀었다.

"만약 이곳에 정말 지훈이의 유골이 있다면 저의 모든 비밀을 알려드리죠."

"이렇게 주소와 번호까지 받았어. 전화로 확인도 했다고. 11살 때 죽은 서지훈이라는 아이의 유골함이 있대!"

사람이 없는 성당 안에 유리의 카랑카랑한 목소리가 울려 퍼졌다.

열받은 유리와 반대로 지수의 표정은 점점 더 차가워져 명왕성 너머의 캄캄한 어둠을 연상케 했다.

"지훈이 유골을 직접 보셨어요?"

"전화로 확인은 했지."

"변호사님. 어둠이 짙을 때는 직접 만져봐야 진짜가 뭔지 알죠."

유리는 침착해 지려고 애썼다. 겨우 스무 살짜리 아이에게 밀리고 있다!

"제가 장담하죠. 윤미영이라는 여자가 봤다는 그 유골함, 텅 비어 있을걸요?"

"좋아. 직접 확인해볼게. 지훈이의 유골이 정말 있는지 없는지, 내 눈으로 확인해볼게."

지수를 만나고 서울로 돌아오는 길, 유리는 추모공원에 전화를 걸었다. 유골함을 확인하기 위해서 어떤 절차가 필요한지 물어보기 위해서였다. 차분한 목소리의 추모공원 직원이 대답해 주었다.

"저희 추모공원의 유골함은 2중의 잠금장치로 안전하게 보관되고 있습니다. 유골함에 접근하려면 반드시 유골함 관리인으로 지정된 가족이 직접 오셔야 합니다."

절차를 확인한 유리는 미영에게 바로 전화를 걸었다.

유골함에 정말로 유골이 있는지 확인해보고 싶다는 말에 미영은 버럭 화를 냈다.

"변호사님! 그게 무슨 소리십니까? 유골함에 당연히 유골이 있지요!"

유리는 거짓말로 둘러댈 수밖에 없었다.

"재판에 증거로 제출될 수도 있거든요. 미리 확인해봐야 합니다."

"그래요? 지훈이의 유골이 왜 재판에 증거가 될까요?"

"만약 재판이 시작되면 지수 측 변호사는 우리 주장을 무조건 반박하고 태클을 걸 겁니다. 계속 의혹을 부풀릴 거고요. 지훈이의 죽음에 대해서도 의혹을 제기할 수 있죠. 지훈이의 죽음이 거짓이라는 등등."

유리는 말도 안 되는 소리를 지어내면서 들킬까 봐 겁이 났지만 미영의 법적 상식과 논리는 그다지 치밀하지 못했다.

"그렇다면 어쩔 수 없지만 아이가 잠들어 있는 유골함을 건드린다는 게 영..."

"유골 자체는 건드릴 필요 없어요. 그냥 유골함 뚜껑을 열어 보기만 하면 됩니다. 제가 추모공원에 연락해봤더니 유골함을 관리하는 가족으로 정해진 사람만 접근이 가능하다던데요?"

"네. 언니랑 형부가 죽으면서 제가 맡게 되었어요."

"잠시만 시간을 내주시죠. 재판을 위해 꼭 필요한 과정입니다."

"유골이 발이 달려있는 것도 아니고 어딜 가겠어요. 참 나..."

다음 날 아침. 유리는 윤미영을 태우고 추모공원으로 향했다. 운전을 하는 혁도, 조수석에 탄 유리도 내내 말이 없었다. 뒷자리에 탄 미영만 가끔 불만을 내뱉었다.

"이렇게까지 번거롭게 할 필요가 있는지 모르겠네요. 그냥 고소하시면 안 되나요?"

"이미 한 번 증거불충분으로 기각된 사건이에요. 새로운 증거를 찾아내지 못하면 기소가 힘듭니다."

창밖으로 보이는 하늘이 잿빛이었다. 금방이라도 눈을 퍼부을 것처럼.

낮게 틀어놓은 라디오에서는 한파가 누그러질 기세가 안 보인다며 걱정하는 기상 리포터의 목소리가 들렸다.

서울 시내에서 한참 떨어진 추모공원에 도착했을 때는 11시가 조금 넘어 있었다. 뼈까지 스미는 칼바람과 어울리지 않게 햇살은 맑고 투명했다.

차에서 내린 세 사람은 함께 추모공원의 납골당 건물로 바쁜 걸음을 옮겼다.

전화를 받고 내려온 직원은 이제 갓 서른이 넘었을까 싶은 젊은 남자였다. 가족 확인을 한 후 지훈이의 유골함이 있는 곳으로 함께 이동했다. 인적이 없는 안치실 내부에 대리석 바닥을 울리는 발자국 소리가 따악따악 울려 퍼졌다.

유리 칸막이로 된 안치단이 즐비한 벽에서 지훈이의 자리를 찾았다. 해맑게 웃는 어린 지훈이의 사진이 주소처럼 그곳이 자기 집임을 알려주었다. 흰색 도자기로 만들어진 유골함 주변에는 지훈이가 예전에 좋아했을 법한 로봇 장난감, 팽이, 피규어 등이 놓여있었다.

"열어드리겠습니다."

직원은 2중으로 잠금장치가 된 안치단의 한쪽 자물쇠를 해제했다.

"이따가 안치단 문을 닫으면 자동으로 2중 잠금이 됩니다. 불편하신 점이 있으면 또 불러주세요."

추모공원 직원은 공손하게 인사를 하고 사라졌다.

유리는 안치단 안에 놓인 지훈이의 사진을 응시했다. 사진 속 아이의 얼굴을 마주하는 것만으로도 먹먹한 감정이 솟아올랐다.

지훈아 안녕.

미영은 한숨을 길게 내쉰 후 자물쇠로 안치단을 열었다. 드디어 하얀 유골함이 손에 잡힐 듯 모습을 드러냈다.

"열어봐 주시겠습니까?"

유리의 부탁에 미영은 고개를 내저었다.

"직접 열어보세요. 전 도저히 못하겠네요."

유리는 지훈이에게 양해를 구하는 기분으로 유골함의 뚜껑을 열었다. 하얀 도자기 뚜껑을 열자 습기와 곰팡이를 방지하는 황토 이중 뚜껑이 나타났다. 심호흡을 하고 두 번째 뚜껑도 열었다.

안을 들여다본 유리의 미간이 찌푸려졌다.

유골함은 하얀 가루와 곰팡이로 범벅이었다.

뼛가루에도 곰팡이가 피나? 그런 말은 못 들어봤는데.

유리는 곰팡이가 피지 않은 가루를 손으로 찍어 비벼보았다. 너무나도 곱다. 정체를 쉽게 알 수 있었다.

미영을 불렀다.

"뭔가 문제가 있네요."

유골함을 확인한 미영도 소스라치게 놀랐다.

"아니 왜 곰팡이가."

"밀가루가 들어있었으니까요."

유리는 손가락 끝에 묻은 하얀 가루를 보여주었다. 손으로 만져 확인한 미영이 탄식했다.

"말도 안 돼! 왜 여기 밀가루가!"

그녀는 머리를 쥐어뜯으며 신음을 흘렸다.

"변호사님. 이게 대체 어떻게 된 일일까요? 이것도 다 지수가 꾸민 일일까요?"

"그건 불가능하죠. 추모공원에 유골함을 갖다 놓은 사람은 바로 윤미진 씨니까요."

"그럼 언니가 절 속였단 거예요?"

"그랬다고 봐야겠죠."

"언니가 왜 저를 속여요? 네?"

"지훈이 장례식에는 갔었나요?"

"장례식은 치르지 않았어요."

"왜요?"

"아이 죽음을 인정하고 싶지도 않고 사람들에게 알리고 싶지도 않다면서... 아이를 가슴에 묻고 싶어 했어요. 저는 그 심정 이해해요."

이해 못할 마음은 아니었다. 그러나 밀가루가 든 가짜 유골함을 갖다 놓았다면, 얘기는 달라진다.

대체 왜? 아이의 진짜 유골은 어떻게 하고?

이 모든 궁금증을 풀어줄 사람은 단 한 명뿐이었다.

유리는 메시지를 보냈다.

- 추모공원에 다녀오는 길이야. 유골함 확인했어. 니 말이

맞았어.

잠시 후 답장이 왔다.

- 성의를 보여주셨네요. 어제랑 같은 시간에 성당에서 뵈어요.

유리는 긴장으로 빳빳해진 고개에 힘을 빼고 차창 밖으로 시선을 던졌다.

이제 모든 사실을 다 알게 되려나? 지수를 믿어도 될까? 혹시 이번 일조차 나를 완전히 속이려는 계략이 아닐까?

멀리 검은 새 한 마리가 맴돌다 사라졌다.

사무실에 들러 다른 사건 서류를 살피다가 다시 수원으로 향했다. 성당에 도착하기 전에 눈이 쏟아지기 시작했지만 혁이 성당 앞에 내려줘서 눈을 맞지 않고 성당에 들어섰다.

지수가 미리 와서 기다리고 있었다. 유리는 떨리는 마음을 가라앉히고 다가가 옆에 앉았다.

"어떻게 알았니? 유골함이 비어 있다는 걸?"

지수는 시선을 먼 허공에 놓은 채 움직이지 않았다.

"그 아이가... 죽긴 한 거니?"

지수의 눈빛이 아련해졌다.

"저랑 지훈이를 낳아주신 엄마는... 제 기억에 없어요. 제가 아주 어릴 때 집을 나갔다고 들었어요. 아빠가 저희 두 남매를 키워주셨어요. 얼굴도 모르는 엄마가 보고 싶을 때도 많았지만 제가 불행하다고 생각한 적은 별로 없었어요. 아빠가 정말 잘 해주셨고 지훈이도 너무 착하고 귀여운 동생이었거든요. 그러니 그렇게 불쌍한 눈으로 보지 마세요."

차분하던 지수의 목소리가 갑자기 날카로워졌다. 유리는 속마음을 들킨 것 같아 다문 입술에 힘을 꾹 주었다.

"하지만 그 여자가 온 뒤로 모든 것이 달라졌죠."

그 여자, 윤미진.

"저는 너무 어려서 아빠한테 여자친구가 생긴 줄도 눈치 못 채고 있었어요. 아빠가 집에 데려온 날 처음 봤죠. 잊을 수 없는 날이에요. 7년 전 12월 25일."

"크리스마스였구나."

"네. 이제부터 제가 해드리는 이야기... 믿기 힘들겠지만.... 전부 사실이에요."

스무 살 소녀는 낮은 목소리로 털어놓기 시작했다. 7년 전 크리스마스로부터 잉태된 한 가족의 비밀을.

*

같이 저녁을 먹던 아빠가 조심스럽게 말을 꺼냈다.

"아빠가 좋아하는 사람이 생겼어."

또래보다 성숙한 아이였던 지수는 아빠가 평생 혼자 살 거라는 생각은 하지 않았다. 그래서도 안 된다고 생각했다. 착하고 부지런한 아빠는 사춘기 딸인 지수가 봐도 좋은 남자였으니까.

새엄마가 생기는 일은 무척이나 싫고 두려운 일이었지만, 언젠가는 닥쳐올 일이라고 각오하고 있었던 것이다. 그럼에도 불구하고 막상 아빠 입에서 여자 이야기를 들었을 때는 당혹감을 피할 수 없었다.

아빠는 조심스럽게 말했다.

"너무너무 착한 사람이고, 무엇보다 너희들을 정말 좋아해."

그 말이 딕 길렸다.

우리를 좋아한다고? 나랑 지훈이를 본 적도 없으면서 어떻게 좋아하지? 이런 말을 하는 여자는 믿을 수가 없는데.

지수는 이것저것 물어보지 않았다. 아빠의 선택을 믿고 싶었다.

마침내 크리스마스 날, 그 여자가 집으로 왔다. 지수가 봐도 미인이었다. 하얀 피부에 잘록한 허리, 풍만한 가슴에 긴 생머리까지. 대체 애가 둘이나 딸린 전기기술자 아빠에게 어떻게 이런 여자가 생겼을지 의문일 정도로.

"니가 지수구나? 잘 부탁해."

상냥한 미소로 인사하는 그녀의 얼굴에서 지수는 앞으로 벌어질 비극의 조짐을 엿봤다.

환한 미소를 머금은 그녀의 눈꼬리 입꼬리에 뭔가가 매달려 있었다. 예민한 여중생의 눈에서만 보이는, 두고 보자는 식의 썩은 미소.

그날부터 여자는 함께 살기 시작했다. 초반에는 부담스러울 정도로 남매에게 친절했다. 특히 겨우 초등학교 1학년이던 지훈이는 새엄마를 무척이나 좋아했다.

지수에게는 아주 어렴풋하게나마 친엄마의 존재가 각인되어 있지만, 지훈이에는 엄마에 대한 기억이 전혀 없었다. 새엄마가 그의 첫 엄마였던 셈이다. 지훈이는 늘 새엄마를 졸졸 쫓아다녔고 그녀의 품을 갈구했다. 갓난아기처럼. 그런 지훈이를 새엄마는 귀찮고 부담스러워했다.

아침 일찍 출근하면 저녁 늦게 들어오는 아빠와 달리 지수는 많은 시간을 집에서 보냈고 특히 방학 때는 하루 종일 새엄마의 행동을 관찰할 수 있었다. 아빠가 집에 있을 때와 없을 때 그녀의 말투와 행동은 천지차이였다.

어느 정도 큰 지수는 자기 힘으로 지낼 수 있었지만, 초등학교 1학년인 지훈이는 달랐다. 처음에는 밥도 차려주고 옷도 입혀주던 새엄마는 언젠가부터 지훈이를 보살피지 않기 시작했다. 그럴수록 지훈이의 행동은 더 아기처럼 서툴러졌다. 엄마의 관심을 끌고 싶은 퇴행 행동이었다. 투정이 늘었다. 밥을 먹다 울기도 하고 오줌을 싸기도 했다.

그즈음부터 새엄마는 본색을 드러냈다. 일부러 지훈이를 약 올리고, 굶기고, 상처가 남지 않는 방법으로 때리기도 했다. 놀랍게도 그럴수록 지훈이는 더 그녀에게 집착하고 맹목적으로 순종했다. 마치 서커스 조련사에게 학대당하는 동물처럼.

건강하던 아이가 자꾸 아프게 된 것도 그즈음이었다. 결국 학교를 쉬고 집에서 누워있는 신세가 된 지훈이는 완벽하게 새엄마의 손아귀에 들어왔다. 집에 누워있으면서 지훈이의 건강은 점점 더 안 좋아졌다.

지수는 새엄마를 의심했다. 그러나 지훈이에게 물으면 오히려 그녀를 감쌀 뿐이었다.

"엄마는 나한테 너무 잘해줘. 내가 자꾸 아파서 엄마가 힘들 뿐이지."

보다 못한 지수는 새엄마에게 따진 적도 있었다.

"지훈이가 좀 이상해요. 몸에 힘이 하나도 없고, 살이 1학년 때보다 더 빠졌어요. 매일 어지럽다고 하고..."

새엄마는 담배를 뻑뻑 피우면서 심드렁하게 대답할 뿐이었다.

"애가 아픈 걸 왜 나한테 묻니?"

"원래는 안 아프던 아이니까 그렇죠. 지금 일주일 동안 대변도 못 보고 있다고요!"

"참 나. 애가 똥 못 싸는 것도 내 책임이니?"

"병원에라도 데려가야죠."

"병원에 가봤자 돈만 깨지지. 의사들이 뭐 제대로 아는 거라도 있니? 전부 뻔한 소리나 해대고선 진료비나 받아 챙기지."

시간이 지날수록 지훈이의 상태는 더 심각해졌다. 결국은 부축을 받지 못하면 제대로 걷지도 못할 정도로 나빠졌다.

그리고 정말 이상한 점이 한 가지 있었다. 몸은 그 지경이 되어 가는데 얼굴만큼은 이상하리만치 뽀얗게 빛이 나는 것이었다.

"지훈아. 많이 아파?"

물으면 언제나 대답은 똑같았다.

"몸에 힘이 없어. 빨리 일어나서 학교 가고 싶은데."

가끔은 지훈이가 너무나도 싫어하는 질문을 할 수밖에 없었다.

"엄마가 너한테 무슨 짓을 한 건 아니지?"

그러면 지훈이는 축 늘어져 있다가도 화를 냈다.

"왜 자꾸 그런 소리를 해? 그러다가 엄마가 가버리기라도 하면 어쩌려고?"

그거였다. 지훈이가 정말 무서워하는 건, 엄마가 자신을 떠날지도 모른다는 사실이었다.

보고만 있을 순 없었다. 지수는 아빠에게 말하고 싶었지만 새엄마의 눈치가 보여 말을 꺼낼 수조차 없었다.

여름내 푸르던 나뭇잎들이 마른 몸으로 떨어지던 늦가을의 어느 날, 지수는 작정을 하고 집 앞에서 아빠를 기다렸다.

해가 저물고 한참 더 시간이 지난 후에 아빠의 차가 골목으로 모습을 드러냈다. 하루 종일 출장 수리를 다닌 아빠는 지친 모습으로 차에서 내렸다.

그는 집 앞에 나와 있는 딸을 보고도 미소를 짓지 못했다. 지훈이 때문이었다. 아들이 아파서 몸져누운 뒤로 아빠의 얼굴에선 미소가 사라졌다.

"아빠. 할 얘기가 있어요."

지수는 집에 들어가지 않고 다시 차 안으로 아빠를 잡아끌었다.

"아빠. 이러다가 지훈이 진짜 큰일 날지도 몰라요. 어지럽고 힘이 없어서 침대에서 일어나지도 못하고 있단 말이에요."

"그래서 학교도 쉬게 했잖니. 엄마가 열심히 간호하고 있으니까 좋아지겠지."

"열심히 간호를 하고 있다고요?"

지수는 그동안 아빠와 새엄마를 이간질시키는 것 같아 꾹 참았던 이야기를 쏟아부었다. 아빠가 볼 때와 보지 않을 때 그녀가 얼마나 다르게 행동하는지. 그리고 지훈이를 전혀 돌보지 않고 방치하고 학대하고 있음을 털어놓았다.

이야기를 다 들은 아빠의 눈이 붉어졌다. 그는 떨리는 목소리로 물었다.

"지금 니가 무슨 얘기를 하고 있는 건 줄 아니?"

"전 사실만을 말했어요."

그날 밤, 아빠는 새엄마와 큰 소리가 나도록 싸웠다.

지수는 지훈이의 침대를 지키며 손을 꼭 잡아주었다.

"누나. 엄마 아빠가 왜 싸우지? 나 무서워."

"어른들은 원래 싸워."

"이러다가 엄마가 날 버리고 가버리면 어떡하지?"

"걱정하지 마. 지훈아."

몇 시간을 이어진 고성이 잦아들고, 자정이 다 된 시간에 새엄마는 옷가지만 싸 들고 집을 뛰쳐나갔다. 지수가 바라왔던 일이었다. 이제 다 예전의 행복한 세 식구로 돌아갈 수 있을 것 같았다.

그런데, 아빠가 그날부터 술을 입에 대기 시작했다. 며칠 뒤부터는 일을 나가지도 않고, 하루 종일 술을 마셨다. 술에 많이 취하면 울기도 하고 소리를 지르기도 했다. 지수가 아빠를 위로해주려고 했지만, 허사였다.

그녀는 그때 깨달았다. 아이가 채워줄 수 없는 어른들만의 무엇인가가 있다는 것을.

새엄마가 사라졌지만 그렇다고 지훈이의 건강이 좋아지는 건 아니었다. 지훈이는 여전히 침대에서 꼼짝도 하지 못하고 시름시름 앓았다. 화장실에 갈 때도 지독한 현기증으로 비틀거리고 밥을 제대로 넘기지도 못했다. 가끔은 기력이 하나도 없는 입술로 이렇게 말하곤 했다.

"엄마... 엄마는 어디 있어?"

그 소리를 들으면 지수는 미칠 것 같았다.

"누나 때문이야. 누나 때문에 엄마가 가버렸어. 누나가 엄마를 싫어하니까..."

엄마? 엄마?! 그 잘난 엄마가 너를 이렇게 만들었다고!

소리라도 지르고 싶었지만, 이를 꽉 물고 참았다.

정말 기괴한 상황이었다. 악마 같던 그 여자를 아빠도 지훈이도 그리워하고 있다. 술에 절어가면서, 죽어가면서도...

지옥 같은 분위기가 몇 달이 더 흐른 후. 장마도 아닌데 차가운

빗줄기가 하루 종일 대지를 때리던 어느 날 저녁, 아빠는 새엄마를 다시 데리고 집으로 돌아왔다. 지훈이는 갑자기 무슨 힘이 생겼는지 비틀거리는 걸음으로 침대에서 일어나 엄마에게 안겼다.

"지훈아! 내 새끼! 보고 싶었어!"

"엄마... 엄마..."

새엄마는 지훈이의 머리를 쓸어주며 눈물까지 지어 보였다. 그러다가 지수와 눈이 마주쳤을 때, 입꼬리를 씨익 올리는 사악한 미소를 화살처럼 날렸다.

악마가 돌아왔다.

집안 분위기는 한결 나아졌다. 아빠는 술을 끊고 지훈이도 더 이상 울지 않았다. 마치 폭풍전야처럼... 잠시 평온한 시간이 흘렀다.

지수가 끔찍한 비밀을 알아버린 건 한 달쯤 뒤의 일이었다.

겨울방학을 하고 집에 있는 시간이 많아졌다. 지수는 대부분의 시간을 지훈의 곁에 머물렀다. 책을 읽어주기도 하고 TV를 보거나 라디오를 같이 듣기도 했다.

직업이 없으면서도 새엄마는 매일 어딘가로 외출을 했는데, 그래도 저녁 한 끼 만큼은 꼭 자기 손으로 차려주었다. 늦게 퇴근해도 집에서 저녁을 먹는 아빠 때문이었겠지만, 어쨌든 그 한 끼가 새엄마가 지수-지훈 남매를 위해 베푸는 유일한 호의였다.

몸이 많이 안 좋아진 뒤로 지훈이는 제대로 밥을 넘기지 못해 항상 죽을 먹었다. 최근에는 한 그릇 죽도 다 먹지 못하고 반은 남기곤 했다. 그날따라 배가 많이 고팠던 지수는 자기 밥을 다 먹고 지훈이가 남긴 죽을 무심코 먹었다. 그런데 야채죽의 맛이 뭔가 이상했다.

미각이 감지한 낯선 느낌이 그녀의 뇌에 전해지는 순간, 온몸에 소름이 돋았다. 불길한 예감이 그녀를 덜덜 떨리게 만들었다.

"지훈아. 죽 맛이 이상하지 않니?"

지수는 조심스럽게 물었다. 지훈이는 입을 꾹 다물고 대답을 하지 않았다.

"언제부터 이랬어?"

역시 묵묵부답.

"지훈아. 누나한테 솔직히 얘기해 줘. 언제부터 음식 맛이 이랬냐고!"

지훈이는 없는 힘을 짜내어 돌아누워 버렸다.

피가 끓는다는 표현이 뭔지 알 것 같았다. 지수는 당장이라도 새엄마한테 죽 그릇을 들고 달려가고 싶었다. 대체 내 동생한테 무슨 짓을 한 거냐고 따져 묻고 싶었다. 그러나 상대는 무시무시한 악마였다. 이미 아빠와 동생을 집어삼킨. 신중해야 한다.

다음 날 저녁이 오기를 기다렸다. 새엄마가 차려준 저녁을 먹기 전에 지수는 지훈이의 죽그릇을 다시 맛보았다. 역시, 심상치 않은 맛이 났다. 맛에 둔감한 사람이라면 그냥 지나칠 수도 있겠지만, 매일 이런 맛이 난다면 알아차리지 못할 리가 없었다.

지수는 그동안 새엄마가 차려줬던 저녁을 떠올렸다. 이런 맛이 난 적은 한 번도 없었다. 그렇다면 지훈이의 밥에만 뭔가를 넣었다는 얘기다. 이대로 넘어갈 수 없는 문제였다.

마음이 아팠지만, 지훈이에게 캐물을 수밖에 없었다.

"지훈아. 이건 니 목숨이 달린 문제야. 솔직하게 말해줘야 해. 언제부터 밥에서 이런 맛이 났어?"

입을 꾹 다물고 있던 지훈이 들릴 듯 말 듯 말했다.

"약속해줘. 엄마한테 뭐라고 하지 않겠다고."

"그럴게."

그렇게 말하면서도 이미 지수는 새엄마를 가만히 놔두지 않겠다고 다짐하고 있었다.

"아주 오래전부터."

"아주 오래전? 그게 언젠데? 엄마가 오고 나서부터?"

지훈이는 고개를 끄덕였다.

"그런데 왜 얘기를 안 했니? 응?"

"엄마가 싫어할까 봐..."

"뭐?"

"몇 번 엄마한테 말 한 적도 있었는데 화를 많이 내셨어. 밥투정을 한다고..."

지수의 손이 부들부들 떨렸다.

당신... 대체 무슨 짓을 한 거야?

지수는 하룻밤을 더 참았다. 뜬눈으로 밤을 지새웠다. 공포와 슬픔, 분노가 뒤섞인 감정이 빅뱅처럼 폭발해 가슴을 가득 메웠다.

다음 날 아침, 새엄마가 어디론가 외출을 한 사이 지수는 집 안을 뒤지기 시작했다. 냉장고, 찬장, 다용도실, 세탁기 주변 등등 평소에 무심하게 지나치던 곳들까지 전부. 그리고 싱크대에 딸린 서랍장 제일 아래 칸에서 무언가를 발견했다. 마치 양념통처럼 생긴 플라스틱 병에 묵직한 액체가 들어있었다. 지수는 덜덜 떨리는 손으로 병을 열어보았다.

휘발유 비슷한 자극적인 냄새가 코를 훅 찔렀다. 페인트였다.

악마 같은 인간...

이걸 밥에 타서 지훈이한테 먹인 거야? 몇 년 동안이나?

지수는 하마터면 병을 떨어뜨릴 뻔했다. 스스로를 침착하게 다독이고는 핸드폰으로 사진을 찍었다. 페인트가 담긴 병과 병이 들어있던 싱크대 서랍장 모습까지. 그리고 다시 병을 서랍장에 넣어두고는 지훈이에게 달려갔다.

"지훈아. 오늘부터 새엄마가 해주는 저녁 먹지 마."

지수는 자신이 발견한 끔찍한 사실을 차마 말해줄 수 없었다. 지금 당장 숨이 멎어도 이상하지 않을 만큼 지훈이는 병약해져 있었으니까. 충격을 줄 수 없었다.

지수는 오후 내내 인터넷으로 검색을 했다. 페인트의 성분이 뭔지, 그리고 페인트를 먹었을 경우 어떻게 되는지 등등. 이런저런 연관검색어가 이어지던 컴퓨터 창에 납중독이라는 단어가 떴다. 이런 설명이 뒤따랐다.

'납은 호흡기로 들어오거나 먹으면 혈류로 들어와 뼈를 비롯한 몸의 여러 조직에 저장된다. 이렇게 납이 몸속에 쌓이게 된 경우를 납중독이라고도 한다. 초기에는 식욕부진, 변비 등이 나타나며 납중독이 진행되면 복부에 발작적인 통증이 나타나고 두통, 불면증, 권태감, 빈혈, 구토 등의 증상도 함께 생긴다. 얼굴이 창백해지는 것을 볼 수도 있다. 또 납중독은 신경계에도 영향을 미쳐 흥분과 정신착란과 같은 정신이상과 경련, 발작, 마비를 일으키기도 한다. 적혈구에도 염기성 반점이 나타나거나 포르피린 증세가 나타난다.'

식욕부진, 체중감소, 복부의 통증, 변비, 팔과 다리의 마비, 무기력, 권태감, 어지러움...

증상이 지훈이의 상태와 완벽하게 일치했다.

몇 년 사이 지훈이가 보여 온 이상한 증상들이 모두 이해되었다. 시체처럼 몸에 힘이 다 빠지고서도 왜 얼굴만큼은 뽀얗게 빛이 났는지도...

왜 나에게는 먹이지 않았는지도 알 것 같아. 눈치를 챌지도 모르니까 그랬겠지. 유난히 자신을 따르고, 아직 너무 어려서 아무것도 모르는 지훈이를 대상으로 삼았겠지.

얼마나 마우스를 세게 움켜쥐었는지 플라스틱 덮개 부분이 툭, 빠져버렸다.

지수는 울지 않았다. 입술에 피가 나도록, 이를 꽉 물고 울음을 참았다.

싸워야 한다. 악마와의 싸움은 이제부터다. 눈물은 싸움이 끝난 후에.

저녁에 퇴근하는 아빠를 기다렸다가 만났다.

지난번의 일로 서로 말도 거의 없이 서먹해진 상태였다. 지수는 핸드폰으로 찍은 페인트 병 사진을 보여주었다.

"새엄마가 지훈이에게 몇 년 동안 페인트를 먹였어요. 밥에 타서. 먹기 싫다는 애를 협박하고 굶기고 때려서 억지로 먹게 했다고요!"

지수는 그때 봤던 아빠의 눈동자를 아직도 잊을 수 없었다. 마치 좀비처럼, 영혼이 사라진 것 같은 눈이었다.

"아빠! 정신 차려요! 새엄마가 지훈이를 매일매일 죽이고 있다고요!"

"내가 널... 어떻게 믿을 수 있겠니?"

"네? 아빠 왜 그런 말을 해요? 제가 왜 거짓말을 하겠어요?"

"니가 새엄마를 싫어하는 거 다 안다. 이해는 가지만, 그래서는 안 돼. 억울한 사람을 험담하면 안 되는 거야!"

"아빠! 이렇게 사진까지 찍었다구요!"

"니가 엄마를 모함하려고 갖다 놓은 건지, 내가 어떻게 알겠니?"

지수는 절망의 낭떠러지에서 떨어지고 말았다.

"아빠. 가서 봐요. 아빠 두 눈으로 똑똑히 보라고요!"

그녀는 아빠의 손을 끌고 집으로 올라왔다. 마침 새엄마가 아빠를 위한 저녁상을 차리고 있었다.

"오호, 오늘은 부녀가 사이좋게 같이 들어왔네요."

그녀는 현모양처의 전형 같은 미소를 띤 채 식탁에 찬을 올리고 있었다. 지수는 미친 사람처럼 그녀를 밀치고 부엌 안으로 들어갔다. 그리고 싱크대 서랍장을 열어젖혔다.

"아빠! 두 눈이 있으면 보라구요! 여기…"

그런데 없었다. 낮에만 해도 분명히 서랍장 안에 들어있던 병이, 페인트가 담긴 병이 보이지 않았다.

"어머, 지수야. 너 왜 그러니?"

아빠는 세상에서 가장 슬픈 눈동자로 지수를 응시했다.

지수의 턱이 덜덜 떨리기 시작했다. 자기도 모르게 마주친 새엄마의 눈.

그녀는 지수만 볼 수 있게 웃고 있었다. 사악한 윙크까지 봤을 때, 지수는 그만 쓰러져 버렸다.

*

긴 이야기를 마친 지수는 지그시 눈을 감았다. 유리는 아무 말도 할 수 없었다.

성당 안은 경건한 침묵이 흐르고 있었다. 그러나 유리는 신의 존재가 의심스러웠다.

신이 있다면, 어떻게 이런 일이 생길 수 있단 말인가?

지수의 손을 꼭 잡아주었다. 지수도 손을 빼지 않았다.

"그래서, 어떻게 되었니?"

"한 달 뒤 지훈이는 죽었어요."

유리는 지그시 눈을 감았다.

"저는 지훈이가 죽은 줄도 몰랐어요. 방학 때였는데 잠에서 깨보니 집에 아무도 없더라고요. 저는 직감했죠."

"장례식은 안 치렀다면서?"

"네. 그 여자와 아빠가 지훈이를 어떻게 했는지는 모르겠어요. 밤늦게 돌아온 아빠한테 묻고 또 물었지만, 아빠는 더 이상 저하고 얘기를 하지 않으려고 했어요."

유리는 자기도 모르게 입술을 깨물기 시작했다.

"아빠는 다시 입에 술을 대기 시작했죠. 그 여자와의 사이도 예전 같지 않았고요. 저는... 이상한 아이로 변해갔죠. 제 머릿속에는 동생의 복수를 해야 한다는 생각, 오직 그 생각 하나밖에 없었어요."

"그래서... 복수를 한 거니?"

지수는 천천히 고개를 돌려 성당 벽 가운데 매달린 부활예수상으로 시선을 향했다.

"제 말을 믿으세요?"

유리는 고개를 끄덕였다.

"얼마나요?"

"팔십 퍼센트 이상이라고 해두자."

진심이었다. 하지만 여전히 20퍼센트의 의심은 지울 수가 없었다. 지훈에 관한 지수의 이야기를 증명해줄 사람은 이제 아무도 없으니까.

유리는 지수가 소설을 쓴다는 사실을 떠올렸다. 이 모든 이야기가 전부 지어낸 것일 수도 있다.

유리를 가만히 지켜보던 지수가 말했다. 마치 머릿속을 들여다본 것처럼.

"반대로 말하셨네요. 이십 퍼센트만 믿고 팔십 퍼센트는 의심하고 있군요. 그렇다면."

지수는 주머니에서 종이쪽지를 꺼내 유리에게 건네주었다.

"팔십 퍼센트의 의심을 믿음으로 바꿀 수 있을 거예요."

쪽지에는 주소가 적혀 있었다. 일반적인 주택의 주소가 아니라 산속의 위치를 표시해놓은 설명이었다.

"이게 뭐니?"

지수는 냉정하게도 더 이상 물어볼 여지도 주지 않고 자리에서 일어났다.

"눈이 많이 오네요."

그렇게 중얼거리고는 먼저 밖으로 나가버렸다.

유리는 아무도 없는 성당 안에 잠시 더 앉아 있었다. 손바닥에 놓인 의문의 주소를 보면서.

다음날 오후. 유리의 신고를 접수한 수원경찰서 소속 현장감식반이 팔달산으로 출동했다. 현장팀을 이끄는 강 형사는 수원 토박이였다. 자신도 팔달산에 자주 오르곤 했던 강 형사는 산에 아이의 시체가 묻혀있다는 제보를 믿기 어려웠다. 그러나 변호사가 구체적으로 장소를 알려준 터라 그냥 무시할 수도 없었다.

칼바람이 몰아치는 한겨울인데도, 감식반원들과 일꾼들, 그리고 경찰과 구경 나온 시민들까지 몰려들어 평화로운 오후의 산이 시끌벅적해졌다.

"자, 시작합시다!"

강 형사의 지시에 일꾼들이 땅을 파기 시작했다. 워낙 추운 날씨 탓에 흙바닥이 꽁꽁 얼어서 작업이 영 쉽지 않았다.

유리는 차에 들어가 있지 않고 현장을 지켜보았다. 단단히 옷을 껴입고 나왔지만 금방 뼛속까지 스미는 한기를 느꼈다.

30분쯤 지났을까? 감식반원 중 한 명이 데리고 있던 탐지견이 땅을 발로 긁으며 짖기 시작했다.

일꾼들이 더욱 분주해졌다. 삽질이 한참 더 이루어지는 와중에 현장을 지휘하던 강 형사의 명령이 울려 퍼졌다.

"멈춰! 조심조심!"

유리도 현장으로 더 다가갔다. 파헤쳐진 구덩이 속에 뭔가가 보였다. 누런색 포대자루의 한쪽 끝이었다.

저 안에 지훈이가 들어있단 말인가?

마침내 감식반의 들것에 포대자루가 옮겨졌다. 한눈에 봐도 어린아이 정도의 크기였다.

"어머! 어떡해"

구경하던 사람들의 입에서 탄식이 흘러나왔다.

반장이 직접 나서서 포대자루를 젖히고 머리 부분을 확인했다. 백골화가 진행된, 어린아이의 해골이 모습을 드러냈다.

지수에게 들은 슬픈 이야기가 해일처럼 유리의 가슴으로 몰려들었다. 사진으로 본 지훈이의 얼굴이 떠올랐다.

어쩌자고 저 조그만 아이가 얼어붙은 땅에 묻혀 있단 말인가? 어쩌자고...

"지훈아..."

유리는 신음을 흘리고 말았다. 다리에 힘이 풀려 몸이 휘청거렸다.

"괜찮으세요?"

놀란 강 형사가 유리를 부축했다.

"괜찮습니다. 저는 괜찮습니다."

유리는 힘을 주어 다시 혼자 일어섰다.

괜찮지 않았다. 누가 괜찮을 수 있단 말인가? 저 어린 것의 죽음 앞에서...

지훈이의 시체 발견으로 특별수사팀이 급히 꾸려졌다. 지수가 진술한 날짜에 팔달산 등산로 근처 도로를 지나는 차량을 조회하기 위해 당시 CCTV 화면을 샅샅이 조사했다. 지수 아빠의 차가 화면에 찍혀 있었다. 정밀 분사 결과 조수석에 탄 사람도 윤미진으로 확인되었다. 마지막으로 국과수에서 지훈이의 뼈 조직을 검사한 결과까지 나왔다. 사인은 중증 납중독.

지수의 말이 사실로 확인된 셈이었다.

모든 사실을 전해 들은 윤미영은 금요일 늦은 오후에 유리의 사무실을 찾아왔다. 무척이나 초췌한 모습이었다.

"저는 정말... 꿈에도 몰랐어요. 저희 언니가 그런 사람인 줄... 지훈이한테 제가 죽을죄를 지었어요. 가끔 놀러 갔을 때 아픈 애를 보고 제가 그랬거든요. 엄마가 해주는 밥 많이 먹으면 나을 거라고. 제가 대체 무슨 소릴 한 건지..."

"미영 씨가 자책하실 필요는 없습니다."

"변호사님. 정말 죄송한 말씀을 드려야겠어요. 저... 포기할 게요."

"네?"

"지수를 기소하겠다는 거... 안 하겠다고요."

유리는 고개를 끄덕였다. 충분히 심정을 이해할 수 있었다.

"저는 아직도 지수가 언니를 죽였을 거라고 생각해요. 하지만 차마 그 아이를... 기소하진 못하겠어요."

충격과 슬픔에 몸을 가누지 못하는 미영이 사무실을 떠나고, 유리는 착잡한 마음에 몇 잔이나 물을 마셨다.

애매한 상황이었다. 고소인이 없으면 더 이상 사건을 조사할 필요가 없어지니까.

"그럼 여기서 이 사건은 덮나요?"

길 사무장이 묻기가 무섭게 유리의 핸드폰이 울렸다. 강 형사였다.

"네, 형사님."

"오늘 저희 서에서 결정된 상황에 대해서 말씀드려야 할 것 같아서요. 새로운 증거가 발견됨에 따라서 윤미진 씨 살인사건을 다시 조사하기로 했습니다."

유리는 눈을 감고 한숨을 내쉬었다.

"아무래도 지수가 다시 용의선상에 오를 것 같아요. 동기가 확실해져서 기소도 될 것 같고요."

살인사건은 고소인이 없어도 기소가 가능하다. 그러므로 지수는 법정에 서야 한다. 엄마를 살해한 혐의로.

이제 끝인 줄 알았는데 전혀 다른 게임의 시작이었다. 이렇게 될 줄 예상 못한 바는 아니었지만.

"지수도 이 사실을 알고 있나요?"

"아니요. 아직 연락 안 했습니다."

"알겠습니다."

유리는 강 형사와 전화를 끊자마자 지수에게 전화를 걸었다. 유리는 마음이 급했지만 지수는 언제나처럼 차분한 음성으로 전화를 받았다.

"네, 변호사님."

"지수야. 오늘 저녁 같이 먹을까?"

수원역 근처의 흔한 삼겹살 식당. 유리는 직접 삼겹살을 구워 지수의 앞 접시에 올려주었다.

"제가 구워도 되는데. 저 고깃집 알바해봐서 진짜 잘 구워요."

집게를 받아드는 지수의 표정도 그렇고 말투도 그렇고, 훨씬 더 마음을 연 태도였다.

"그런데 넌 지훈이가 묻힌 장소를 어떻게 알았니?"

"아빠가 알려줬어요. 돌아가시기 전에."

아들도 죽고, 헛되게 사랑했던 여인도 죽고, 모든 것을 잃은 아빠는 뒤늦게 어렴풋이 알아차렸다. 비극이 비극을 잉태한 끔찍한 진실에 대해.

그는 총체적 진실을 마주할 용기가 없었다. 그는 어린 아들을 자기 손으로 묻은 곳을 딸에게 알려주었다. 그것은 유언과도 같았다. 그리고 그는 떠났다.

속죄할 수 없음을 알면서도 속죄하기 위해... 아들을 만나러.

"넌 지훈이가 묻힌 곳을 알면서도 왜 안 가봤어?"

"지훈이의 시체를 직접 볼 용기가 없었어요."

"경찰에 신고할 수도 있었잖아?"

"경찰이 절 믿어줄 리가 없다고 생각했어요. 가뜩이나 살인범으로 몰리던 상황이었는데 더 의심만 받을 거 같고."

"지수야. 이번에 지훈이가 발견되면서 상황이 달라졌어. 널 기소할 모양이야."

"상관없어요. 증거가 없으니까."

"지수야. 난 이제 윤미영 씨의 변호사가 아니야. 이모가 아까 와서 의뢰를 취소하고 갔어."

"그래요? 그럼 이제 변호사님은 이 일하고 상관이 없어지셨네요?"

유리는 고개를 끄덕일 수밖에 없었다.

"아… 그래서 이렇게 고기를 사준다고 하셨구나. 이별 선물로?"

그렇게 말하는 지수의 표정이 몹시 쓸쓸해 보였다.

"지수야. 기소가 되면 재판을 받아야 해. 넌 지금 증거가 없다고 안심하고 있지만 막상 재판이 시작되면 무슨 변수가 생길지 몰라. 지금 너에겐 강력한 살해 동기가 생겨버렸다고! 그 말은 변호사가 필요하단 뜻이야."

"전 변호사를 살 돈이 없어요."

유리는 오늘 고기를 먹자고 한 진짜 이유를 꺼냈다.

"언니가 변호를 해줄까?"

지수의 동공이 흔들렸다.

"제가 불쌍해요?"

"지수야. 살다 보면 도움을 받아야 할 상황도 있어. 나도 그랬고."

유리는 지수의 손을 잡았다. 아주 꼭 힘주어서.

"당당한 건 좋지만 무모한 건 좋지 않아. 재판을 전투라고 한다면 변호사는 칼이면서 방패와도 같아. 상대가 칼을 휘두르며 달려드는데, 넌 맨몸으로 싸울래?"

지수는 말이 없었다.

"대답하지 않으면 승낙한 걸로 알게."

"다시 말할게요. 전 변호사님한테 드릴 돈이 없어요."

"나중에 형편이 되는 대로 갚아. 난 무료 변론은 안 해."

유리는 잔을 비우고 지수의 잔에도 술을 따라주었다.

"계약 기념으로 건배할까?"

머뭇거리던 지수가 겨우 건배를 했다.

서로의 눈을 보며 잔을 비운 후, 유리는 궁극적인 질문을 던졌다.

"이제 변호사로서 할 수밖에 없는 질문을 해야겠다. 솔직하게 대답해줘야 해. 그래야 제대로 재판을 준비할 수 있으니까."

지수는 대답을 하지 않았다. 유리는 심호흡을 하고 물었다.

"니가... 죽였니?"

꾹 다물고 있던 지수의 입이 열렸다.

"변호사님. 지금까지 아주 잘 와주셨어요."

또 허를 찌르는 말이었다. 분명히 호의를 베푸는 쪽은 유리인데도, 지수는 단박에 갑을 관계를 뒤집는 재주가 있었다.

"이제 딱 한 계단 남았어요. 그것만 오르면 마지막 진실까지 다 말씀드릴게요."

"지수야. 지금 진실게임 할 때가 아니야."

"제가 게임을 하는 것처럼 보이세요? 전 절박해요. 변호사님을 만나서 사실을 털어놓은 덕분에 살인 혐의로 법정에 서게 생겼다고요."

틀린 말은 아니었다. 그러고 보면 유리가 지수의 변호를 맡아야 하는 건 당연한 일처럼 느껴졌다.

"제가 마지막 진실마저 털어놓으면 저는 더 큰 위험에 빠질지도 몰라요. 그렇게 되면 변호사님이 저를 지켜줘야겠죠. 그러니 제가 변호사님을 믿고 모든 것을 털어놓을 수 있게..."

"실력을 보여달라고?"

"네."

"살해 도구를 알아내기 전에는 진실을 말해줄 수 없다?"

"네."

지수의 태도는 단호했다.

유리는 고개를 끄덕였다. 사이좋게 고기나 구워 먹는 시간은 이제 끝났다.

"고기 다 먹었니?"

"네. 많이 먹었어요."

"그럼 집으로 가자. 한 번 더 집을 보고 싶어."

그렇게 두 번째로 지수의 집을 방문했다.

날씨가 얼마나 추운지, 집으로 이어지는 골목을 걷다가 얼어 죽나 생각이 들 정도였다. 집안은 크게 달라지지 않은 가운데 지훈의 방이 깨끗이 치워져 있었다.

"보고 싶은 건 마음껏 보세요."

유리는 집을 사기 위해 보러 온 부동산 손님처럼 집안 곳곳을 살펴보았다. 관심은 오직 하나. 3년 전, 지수가 윤미진을 죽일 때 썼을 법한 흉기를 떠올려내야 했다.

가장 많은 시간을 보낸 곳은 주방이었다. 여러 가지 크기의 칼, 송곳, 포크, 젓가락 등등 살해 도구로 변할 수 있는 물건들이 많아서. 그러나 흉기로 쓰일 법한 물건들은 하나같이 조건에 맞지 않았다. 윤미진의 시체에서 발견된 자상의 크기보다 작거나, 모양이 달랐다.

그녀는 집안을 살피면서 살해 도구가 갖춰야 할 상호 모순적인 조건을 끊임없이 복기했다. 1에서 2센티미터 정도의 지름을 가진 뾰족한 물체. 피부를 뚫을 수 있을 정도로 단단하되, 경찰의 눈에 띄지 않게 숨길 수 있는 물체. 도저히 동시에 성립할 수 없을 것 같은 조건들.

유리는 그리스 신화 속 스핑크스의 수수께끼를 떠올렸다. 스핑크스는 여성의 얼굴에 날개 돋친 사자의 몸을 가진 괴물이었다. 스핑크스는 헤라 여신에 의해 테베 땅으로 보내져 그곳 사람들을 괴롭혔다. 테베의 왕가가 천륜을 어긴 죗값이었다. 스핑크스는 테베 땅으로 가는 길목에 버티고 서서 행인들을 막고 수수께끼를 냈다.

"아침에 네발, 낮에는 두발, 밤에는 세발이 되는 것은 무엇이냐?"

수수께끼를 맞히는 사람은 없었고 모두 스핑크스에게 잡아먹혔다. 오이디푸스가 나타나기 전에는.

아버지를 죽이고 어머니를 아내로 맞게 될 것이라는 끔찍한 예언이 이루어지지 않기 위해 고향을 떠나 정처 없이 떠돌던 왕자 오이디푸스는 스핑크스를 맞닥뜨리고 수수께끼의 정답을 내놓았고 스핑크스는 바위에 몸을 던져 죽어버렸다. 오이디푸스가 내놓은 답은 '사람'이었다. 아기 때는 네발로 기고, 어른이 되면 두 발로 걷고, 노인이 되면 지팡이를 짚어야 하니까.

지수의 방으로 들어가 보았다. 닫힌 창문이 소리를 내며 떨리고 있었다. 밖에서 불어대는 겨울밤 삭풍 때문에.

꼭 3년 전이었으니까 사건이 일어났던 때도 겨울이었겠구나.

유리는 마치 뭐라고 절규라도 하는 것처럼 부들부들 떨고 있는 창을 마주했다. 마치 창밖에 진실이 몸부림치고 있는 것 같았다.

내가 여기 있다고, 나를 봐 달라고, 왜 나를 못 보냐고...

깨달음은 햇살이 아니라 벼락처럼 찾아온다고 했다. 유리는 뭔가에 홀린 사람처럼 창문을 열었다. 두 겹으로 된 창문 중 하나를 열었음에도 불구하고 한기가 훅 느껴졌다. 나머지 창문도 마저 열자 피부를 벗겨버릴 것처럼 찬바람이 달려들었다.

그녀의 눈앞에 있는 것은 비밀이요 진실이었다.

꽁꽁 얼어붙은 채 주렁주렁 매달린 고드름.

1에서 2센티미터 정도의 지름을 가진 뾰족한 물체. 피부를 뚫을 수 있을 정도로 단단하되, 경찰의 눈에 띄지 않게 처리가 가능한 물체. 16살 소녀가 쉽게 구할 수 있고, 또 쉽게 없애버릴 수 있는 무엇...

유리의 머릿속에 3년 전 어느 날의 끔찍한 광경이 영상처럼 스쳐 지나갔다.

목숨처럼 아끼던 어린 동생을 독살한 계모에게 복수할 생각에 매일 몸부림치던 소녀는 창밖에서 그녀의 손길을 기다리고 있던 자연의 흉기를 발견한다.

마녀를 없애기 위해 신이 주신 선물이라고 생각했을까?

소녀는 신이 계시해주신 얼음의 칼을 들고 마녀의 방으로 건너간다. 어쩌면 마녀의 피가 튈 것을 염려해서 옷을 모두 벗고 갔을지도 모른다. 곤히 잠든 마녀의 목에 얼음의 칼을 내리꽂았겠지. 모든 것은 확률의 문제. 어쩌면 고드름이 부러질 가능성이 더 컸을 지도 모른다. 그러나 그날 고드름은 부러지지 않고 마녀의 목에 치명상을 입혔다.

피 흘리며 고통스러워하는 마녀에게 소녀는 뭐라고 했을까? 끔찍하게 독살당한 동생 대신 욕을 해줬을까? 그러면서 몇 번을 더 찔렀을까?

얼음은 녹으면 물이 된다. 그뿐이다. 소녀는 싱크대에 물을 틀어놓고 얼음을 녹였을지도 모른다. 아니면 욕조에서. 어느 쪽이건 자연의 섭리에 의해 흔적은 완벽하게 지워졌을 것이다.

그렇게 흉기 없는 밀실 살인이 이루어졌겠지. 용의자는 있으되 살해 도구는 없는, 풀 수 없는 수수께끼가 만들어졌겠지.

유리는 등 뒤에서 인기척을 느꼈다. 지수가 서 있었다.

니가… 맞구나. 니가 죽였구나.

섬뜩한 느낌에, 유리는 자기도 모르게 뒷걸음질을 쳤다.

지금 내 앞에 사람을 죽인 자가 서 있다.

그러나 지수는 당황하지 않았다. 오히려 이 순간을 기다려온 사람처럼 편안한 표정이었다.

"추워요. 문 닫아요."

유리는 창을 닫았다.

"네. 제가 그 여자를 죽였어요."

막상 지수가 시인을 하자 유리는 가슴속의 어떤 벽 하나가

와르르 무너지는 기분이었다. 갑자기 몰려오는 슬픔에 휩싸였다. 유리는 지수를 와락 안았다. 막상 안고 나니 그녀의 여린 몸이 파르르 떨리고 있음을 알 수 있었다.

"괜찮아. 지수야 괜찮아."

"뭐가 괜찮죠?"

"내가 널 지켜줄게."

"사람을 죽였는데도요?"

지수의 목소리가 평점을 잃고 흔들렸다.

유리는 그녀의 두 뺨을 손으로 감쌌다.

이제 모든 비밀을 내려놓은 지수는 그저 스무 살 계집아이에 불과했다. 그녀를 감싸고 있던 보호막이 모두 사라져버렸다.

유리는 두려움에 질려있는 지수의 눈을 똑바로 보며 말했다.

"니 말이 맞아. 이유야 어쨌건 살인은 무척 큰 죄란다. 내 직업은 변호사야. 죄를 지은 사람이 지은 죄 이상의 불이익을 받지 않게 도와주는 게 내 일이란다."

이제야 진심이 고스란히 전해진 것일까?

지수는 파르르 입술을 떨더니 상상도 하지 못한 말을 내뱉었다.

"언니..."

이번에는 그녀가 먼저 유리에게 안겼다.

유리는 지수의 등을 천천히 쓸어주었다. 그리고 텔레파시를 보내듯 속으로 되뇌었다.

떨지 마 지수야. 넌 혼자가 아니야.

미친 듯이 불어대던 삭풍이 어느새 잠잠해졌다. 절규하는 듯 소리를 내던 창문도 떨림을 멈추었다.

유리는 가늘고 부드러운 지수의 긴 머리칼을 쓰다듬으며 생각했다.

이제 한파가 좀 풀리려나? 재판은 아마 겨울의 끝자락에 열리겠지?

다음 날, 이른 아침부터 회의가 열렸다. 하루 종일 사람들로 들끓는 스타벅스가 유일하게 한가한 시간, 출근 시간이 막 지난 오전이었다. 손유리 법률사무소의 세 식구가 모두 모였다. 고급 원두를 쓴 리저브 커피를 마시는 작은 호사를 누리면서.

"의뢰인이 반대로 바뀌는 경우는 처음 보네."

길 사무장이 혀를 찼다.

"수임료도 없다는 게 진짜 반전이죠."

혁도 한탄을 보탰다.

"걱정 마요. 돈 되는 것도 시작했으니까."

유리는 이혼 사건 두 개를 동시에 수임했다.

“그리고 제가 지수를 변론하기로 한 건 단순히 그 아이를 두우려는 이유 때문은 아닙니다.”

“지수 양이 로또라도 맞았나요?” 혁이었다.

“두고 보면 알아. 수임료 몇억 원 이상의 가치가 있을 테니까. 무료변론이라고 생각하지 말고 최선을 다해주세요.”

“변호사님만 믿고 갑니다. 길 사무장은 그렇게 말하면서도 의심을 거두지 못하는 눈초리였다.

“아직 수사팀에서는 고드름에 대해 모르죠?” 혁이 물었다.

“아마도. 고드름을 알아내지 못한다면, 이번에도 무혐의로 풀려날 가능성이 크지.”

“경찰 입장에서는 지훈이 시체를 발견한 뒤에 그냥 있을 수 없으니까 어쩔 수 없이 다시 재수사를 시작했고, 검찰에서도 다시 기소했겠죠. 하지만 고드름이 살해 도구였다는 걸 알아내면 실형을 피하기 힘들 겁니다.”

오랜 형사 경험을 바탕으로 한 길 사무장의 말이었다.

“그럴까요?”

“그럼요. 정당방위도 아니고.”

“수사팀에서 고드름을 알아낸다면. 비슷한 판례가 있을까요?”

“김보은 양 사건이 있죠.”

“아, 저도 공부했던 기억이 나요. 남자친구가 보은 양 아버지를 살해한 사건이죠?"

사건에 대해 전혀 모르는 혁에게 길 사무장이 설명을 해주었다.

"김보은 양한테 새아빠가 있었는데 보은 양이 아주 어릴 때부터, 아마 열 살도 되기 전부터 무려 10년이 넘게 상습적으로 강간을 했지. 보은 양 어머니도 그 사실을 알았지만 새아빠가 하도 폭력적이라 어떻게 할 엄두를 못 냈고. 그런데 김보은 양이 대학에 들어가서 기숙사에서 살게 되면서 주중에는 새아빠로부터 떨어져 지낼 수 있었지. 마침 남자친구가 생겼고 자신이 당해온 일들을 털어놓았지."

"처음부터 살해할 계획은 아니었죠 아마?"

"맞아요. 보은 양의 남자친구는 처음에는 말로 해결하려고 했어요. 실제로 보은 양 새아빠를 찾아갔는데 새아빠가 황당하게도 경찰이었죠."

새아빠는 오히려 남자친구까지 협박을 했다. 결국 김보은과 남자친구는 강도로 위장하여 새아빠를 살해할 계획을 세웠다.

1992년 1월 17일. 그들은 술에 취해 잠들어 있는 새아빠 김영오를 식칼로 살해했다. 그리고 계획대로 강도살인처럼 위장하고 집을 나갔다. 경찰의 조사 끝에 범행이 들통나고 둘 다 구속되었다.

"사건 추이로 보자면 지수 사건과 공통점이 있네요." 혁이 말했다.

"그렇지. 하지만 차이도 있어. 보은 양 같은 경우는 자기 자신의 목숨을 구하기 위한 정당방위의 측면이 있지만 지수의 경우에는 아니야. 윤미진이 지수를 위협하지는 않았으니까." 유리가 설명했다.

"동생이 독살당한 뒤 자기도 그렇게 될지 모른다는 공포가 있지 않았을까요?"

"어느 정도는 인정될지 모르겠지만, 정당방위로 받아들여지기는 힘들 거야. 누가 봐도 지수의 케이스는 복수지. 자력구제. 국가 권력을 통하지 않고 자기 스스로 복수를 하는 행위. 대부분의 법치국가에서 아주 엄격하게 다스리는 범죄지."

"김보은 양 같은 경우엔 판결이 어떻게 났나요?"

유리는 태블릿을 꺼내 판례자료 사이트에 접속했다.

"음. 여기 있네. 역시 당시 변호인단은 정당방위를 주장했어. 그런데 재판부는 받아들이려고 하지 않았고."

검찰과 변호인 측의 치열한 법리 공방이 있었다.

"정당방위의 구성요건 중에 몇 가지가 빠졌어. 현재의 심각한 침해가 있어야 하는데, 둘이 살인을 하던 바로 그 순간에는 새아빠가 잠들어 있었거든. 그건 지수의 경우도 마찬가지고."

가만히 듣고 있던 길 사무장이 끼어들었다.

"하지만 넓게 보면 아주 오랜 기간 동안 계속 지속적으로 강간과 폭행이 행해져 왔고, 살인이 일어났던 그때도 새아빠가 여전히 그런 식의 폭력적 관계를 유지하던 시기니까, 어느 정도의 현재성은 확보되는 거 아닙니까?"

"그건 해석하기 나름인 것 같고요. 또 한 가지 구성요건. 정당방위는 상대의 위협에 의한 방어 의사로 인한 행위여야 하는데 김보은 양과 남자친구의 살인은 방어가 아니었죠. 지수 역시 마찬가지고요."

"그것 역시 새아빠의 위협을 순간적인 행동으로 보느냐 지속적인 상태로 보느냐의 문제 아닐까요?" 이번엔 혁이었다.

"그렇게 볼 수 있어. 하지만 지수의 경우에는 정당방위 요건 성립이 더 어렵겠어. 김보은 양하고 남자친구도 결국 정당방위는 인정 못 받았거든. 1992년 4월 4일 1심에서 남자친구 김진관에게 징역 7년, 김보은에게 징역 4년을 선고했네."

"생각보다 중형이네요. 항소했죠?" 길 사무장이었다.

"네. 10월 2일 항소심에서 김진관에게 징역 5년, 김보은에게 징역 3년 집행유예 5년."

"음... 아무래도 옛날 일이라 지금보다는 형이 과한 느낌이네요." 혁이었다.

"맞아. 다행히 김보은은 1993년 김영삼 대통령 특별 사면으로 사면, 복권되었어. 김진관도 잔여형의 절반을 감형받았고. 김진관은 1995년 2월 17일에 출소했네. 결과적으로는 3년 정도 실형을 산 셈이야."

지수의 입장은 김보은 양이 아니라 남자친구 김진관하고 비슷할 것이다. 본인의 일이 아니라 동생 지훈을 위한 복수니까.

유리는 물론 길 사무장과 혁도 핸드폰을 열어 김보은 양 사건을 검색해보았다. 당시 여론을 살펴보기 위해서였다.

법이라는 것도 사람들이 만드는 거다. 시대가 변하면서 사람들의 정서에 따라 법이 고쳐진다. 판사의 판결이 국민의 법 정서에 맞지 않는다는 비판을 받는 것도, 현재의 법이 시대의 변화를 바로바로 따라가지 못하기 때문이다. 당시 재판을 둘러싼 여론을 살펴보면 지금 재판을 어떤 식으로 끌고 가야 할지 방향성을 엿볼 수도 있다.

"전국에서 '김보은 김진관 사건 공동 대책 위원회'가 구성되어 이들의 구명 활동을 벌였고... 와우. 무려 22명의 무료 변호인단이 구성되었네요." 혁이 감탄했다.

"이 재판 이후에 성폭력 특별법이 제정되었대요. 그리고 역사상 살인 사건에 대해서 집행유예가 선고된 최초의 고등법원 판례이기도 하고요."

"남자친구 김진관은 실형을 살았지. 그게 중요해. 우리 의뢰인은 지수니까. 지훈이가 아니라."

길 사무장이 고민하다가 중얼거렸다.

"심신상실은 어때요? 동생의 죽음 때문에 제정신이 아니었다고. 유죄를 인정하고 형을 깎으면 최대 5년 안쪽으로 나오지 않겠어요?"

"심신상실..."

유리는 생각에 잠겼다.

그렇게 방향을 잡고 갈까? 형법상 심신상실은 피의자의 행동이 일반적으로 사리분별을 할 수 있는 사람의 행동이 아닌 경우 인정받을 수 있다. 지수가 학교에서 괴이한 짓을 했다는 교사의 증언이 있으니, 충분히 심신상실을 주장할 수 있다. 그러나 유리의 마음 한구석에서 저항감이 소용돌이처럼 일어났다.

"우리의 첫 번째 사건이잖아요. 의뢰인을 단 하루도 감옥에서 지내게 하고 싶지 않아요. 그것을 목표로 달려봅시다."

유리는 건배라도 하듯 커피잔을 들었다. 석 잔의 커피가 모였다가 떨어졌다.

*

일주일 넘게 재판 준비에 골몰했다. 그리고 어느 정도 가닥이 잡혔을 무렵, 지수를 서울로 불러냈다.

유리가 지수를 데려간 곳은 서래마을에 있는 파스타 레스토랑이었다. 정원이 넓은 주택을 레스토랑으로 리모델링한 곳이었다.

"겨울이라서 꽃이 없네. 여기 봄이나 여름에 오면 정말 예쁜데."

"지금도 예쁜걸요?"

꽃 대신, 녹지 않은 눈들이 정원에 앉아 햇살에 빛나고 있었다.

잠시 후, 주문한 파스타와 와인이 나왔다. 지수는 음식을 먹으면서 감탄을 숨기지 않았다. 그 모습을 보던 유리의 가슴이 갑자기 먹먹해졌다.

한 줌의 친절에, 맛있는 음식에, 멋진 레스토랑에 이토록 감격한다는 건... 이 어린 소녀가 얼마나 절망적인 삶을 살아왔는지의 반증이기에.

지수는 남자가 먹기에도 많은 양의 파스타 한 접시를 혼자 싹 비워버리고 와인도 몇 잔이나 마셨다.

"이렇게 근사한 곳에서 먹어본 건 처음인 것 같아요."

"앞으론 많을 거야."

"정말 그럴까요? 감옥에 갈지도 모르는데요? 그래서 더 열심히 먹었는데!"

"아니. 넌 절대로 감옥에 가지 않아."

"어떻게 그렇게 확신할 수 있어요? 변호사님이 범행도구를 찾아낸 것처럼 검사도 찾아낼 수 있잖아요. 하지만 감옥에 간다 해도 전 변호사님이 고마울 거예요. 절 믿어주시고, 절 포기하지 않고... 제 변호까지 맡아주셨잖아요. 오늘 이렇게 멋진 점심을 사주신 것도, 정말 고맙습니다."

뭉클한 감정이 솟아올랐지만 유리는 애써 눌렀다.

"몇 가지 힘든 이야기를 해야 해. 이왕이면 좋은 곳에서, 니가 기분 좋을 때 하고 싶었어. 좋은 기분을 망치고 싶지 않다면, 여기서 말고 사무실로 가서 들어도 괜찮아."

"아뇨. 지금 해주세요."

"다음 주 중에 피의자 신문이라는 걸 받게 될 거야. 검찰청에 가서 검사를 만나서 사건에 관한 질문에 대답해야 해."

"변호사님도 같이 가나요?"

"응. 하지만 나는 신문 과정에서 불법적인 처우가 있는지 정도만 볼 거고, 대부분은 검사와 너의 대화로 이루어질 거야. 그 부분에 대해 오늘 너한테 할 얘기가 있어."

곤혹스러운 지점이었다. 진실을 알면서도 의뢰인을 위해 진실을 감추는 것. 과연 이런 행위가 변호사라는 이유로 정당화될까?

유리는 일주일이 넘도록 고민하고 또 고민했다. 그리고 하나의 결론에 도달했다. 진실이라는 가치 앞에 정의라는 가치를 놓기로.

지수가 윤미진을 살해한 사실은 불변의 진실이다. 이 진실을 밝히는 순간, 지수는 법적인 처벌을 받아야 한다. 그것이 법적인 정의이기도 하다. 그러나 인간의 정의는 다르다. 아무리 생각해도, 인간으로서의 정의는 법적인 정의와 일치하지 않았다. 그래서 결심했다. 인간의 정의를 위해 진실의 한 귀퉁이를 가리기로.

그녀는 지수의 손을 부드럽게 잡고 말했다.

"지수야. 법은 피의자의 권리도 보호하고 있어. 이런 말 들어봤니? 피의자에게는 자신에게 불리한 진술을 하지 않을 권리가 있다."

지수는 고개를 끄덕였다.

"이렇게 생각하자. 우리는 모두 우리 자신을 보호할 의무와 권리가 있다고. 검사 앞에서도, 재판장에서도, 그걸 잊지 말자."

차마 직접적인 표현을 쓰기 곤란해서 추상적인 말로 에둘렀지만, 영리한 지수는 핵심을 간파했다.

"만약 검사가 저한테 그 여자를 죽였냐고 물어보면, 저보고 거짓말을 하라는 얘긴가요?"

유리는 고개를 끄덕였다. 침묵 속에 두 여자의 시선이 마주했고, 결국 지수는 고개를 끄덕였다.

"언니가 시키는 대로 할게요."

"그렇다면 하나만 더. 니 사건을 언론에 노출시켜도 되겠니?"

"그게 무슨 뜻이죠?"

"재판은 법적 다툼의 결과로 형량이 나오지만 종종 여론의 영향을 받기도 해. 특히 가치관이나 감정적인 부분이 많이 개입되는 우리 사건 같은 경우엔 더더욱."

"저를 불쌍하고 비극적인 운명의 희생자로 만드시겠다?"

이번에도 냉정한 언어로 핵심을 짚어내는 지수였다.

"의뢰인 입장에서는 그렇게 표현할 수도 있겠지. 변호사 입장에서 부연 설명을 하자면 한 뼘이라도 더 승리의 가능성을 높이자는 의도야. 언론의 힘은 생각보다 강력하단다. 우리가 알지 못하는 곳에서 승리의 씨앗이 발아할 수도 있어."

유리는 괜히 찔려서 덧붙였다.

"그리고 이 기회에 변호사로서 내 이름을 알리고 싶은 생각도 있어."

혁과 길 사무장에게 아직 말하지 않은, 수억 원의 효과가 바로 이것이었다. 수많은 변호사들이 어떻게든 방송에 출연해 이름을 알리고 싶은 것과 같은 이유. 언론에 오르내리는 사건을 맡는 순간, 승패에 상관없이 변호사로서 유명세가 올라가고 그 것은 매출로 직결된다.

"언니가 그렇게 솔직히 말해주니 거절할 이유가 없네요. 저한테도 도움이 되고 언니한테도 도움이 된다는데 뭐. 이상한 애로 쭉 살았는데 이번 기회에 이미지 변신하죠. 불쌍한 애로."

지수는 쿨하게 대답하고 주먹을 내밀었다. 이런 식의 액션에 익숙하지 않았지만 유리도 주먹을 맞대어주었다.

며칠 뒤. 피의자 신문이 있는 날 아침.

유리는 오랜만에 드레스 룸 거울 앞에서 고민을 했다.

무슨 옷을 입을까?

정답은 정해져 있었다. 프라다 블랙 재킷에 바지 정장, 흰색 블라우스를 받쳐 입었다. 가벼운 메이크업에 안경을 썼다.

집 앞에서 혁이 기다리고 있었다. 이미 아침 일찍 수원에서 지수를 태우고 오는 길이었다.

지수는 유리의 조언대로 입었다. 최대한 어리고 평범해 보이게 청바지에 흰색 후드, 오리털 파카를 걸친 차림이었다. 유리가 타자마자 혁은 차를 출발시켰다.

유리는 뒷자리에 앉은 지수를 돌아보았다.

"좋은 꿈 꿨어?"

“잘 모르겠어요. 언니는요?”

“기억이 잘 안 나는데 좋은 꿈이었던 것 같다.”

유리의 집에서 그렇게 멀지 않은 서초동 서울 중앙지방 검찰청까지는 채 20분이 걸리지 않았다. 정문 앞에 적지 않은 수의 기자들이 기다리고 있었다.

혁이 각종 포털사이트 게시판에 글을 올리고 방송국에도 제보를 한 덕이었다. 끔찍한 아동학대 사건인 데다 야산에 묻혀 있다가 드러난 아이의 시신 같은 충격적인 팩트도 있었다. 거기에 죽은 아이의 누나가 연루된 미제 살인사건까지. 기자들이 흥분하기 딱 좋은 아이템이었다.

검찰청으로 들어서는 지수와 유리에게 수많은 질문이 쏟아졌다. 유리는 담담하게 서 있다가 충분히 카메라 플래시가 터졌다 싶을 때쯤 입을 열었다.

“제 의뢰인은 살인자가 아니라 가정폭력의 피해자입니다. 국가의 방임의 피해자이기도 합니다. 제 모든 힘을 다해 의뢰인의 무죄를 증명해내겠습니다.”

유리는 가볍게 목례를 하고 기자들 앞을 떠났다. 지수도 유리를 따라 건물 안으로 들어왔다. 빗소리 같은 카메라 셔터 소리를 뒤로 한 채.

이제 담당 검사를 만날 시간이었다.

피의자 신문을 앞두고 유리는 이번 사건을 맡은 검사에 대해 조사를 해보라고 길 사무장에게 부탁했다. 지금까지 나온 간단한 정보는 이랬다.

남진우 검사. 올해로 검사 생활 7년 차인 남 검사는 특이하게도 경찰대를 졸업한 경찰 출신이었다. 검사조직 안에서는 몇 없는 드문 케이스. 자세한 정보는 얻을 수 없었다. 다만 그의 별명이 들개라는 이야기는 곳곳에서 들렸다. 한번 물면 상대가 죽을 때까지 놓지 않는다고. 근성과 끈기 하나만큼은 서울법대를 졸업한 엘리트 출신 검사들보다 더 대단하다는 평이 많다고 했다.

실제로 유리가 검찰 조사실에서 마주한 남 검사의 인상은 무척이나 강인해 보였다.

"안녕하세요? 서지수 양 변호를 맡은 손유리라고 합니다."

"네. 처음 뵙겠습니다. 아주 사건을 제대로 키우셨더군요."

남 검사는 씩씩하게 손을 뻗어 악수를 했다. 그리고 자리에 앉아 지수에게로 시선을 향했다.

"니가 지수로구나?"

"네."

인사를 나누는 남 검사와 지수를 보던 유리가 끼어들었다.

"검사님. 저희 의뢰인은 엄연한 성인입니다. 특별한 이유가 없다면 존대해주시기 바랍니다. 검사의 반말에 위압감을 느낄 수도 있으니까요."

남 검사는 대수롭지 않은 표정으로 고개를 주억거렸다.

"네. 그러지요. 하도 앳되게 생겨서, 순간 미성년자로 착각했나 봅니다. 서지수 양. 제 말투가 무례했다면 사과드리겠습니다."

유리는 흠칫 놀랐다. 그동안 봐온 검사들과 다르다. 권위나 자존심 따윈 관심 없고, 실리적이다.

유리는 맞서 싸울 상대를 면밀히 관찰하고 있었다.

"신문을 시작하기에 앞서 지금부터 이 방에서 진행되는 모든 신문 과정은 녹음과 녹화가 되고 있음을 알려드립니다. 지수 양, 듣고 있나요?"

지수는 알겠다는 표시로 고개를 끄덕였다.

"형사소송법 제243조 2에 1항에 따라 법무법인 유리의 손유리 변호사가 의뢰인과 함께 신문에 참석했습니다. 같은 조 3항에 따라 변호인은 신문 후 의견을 진술할 수 있고, 신문 중에도 부당한 신문 방법에 대한 이의를 제기할 수 있습니다. 확인하셨지요?"

"네, 확인했습니다." 유리가 대답했다.

"그리고 수사준칙 제21조 4항에 따라 다음과 같은 경우에는 변호인을 신문에서 제외시킬 수 있습니다."

그다음에 이어질 남 검사의 말을, 유리는 지그시 눈을 감고 머릿속으로 따라 했다. 오래전 그녀가 지수의 자리에 앉아서 들었던 말이었다.

- 첫째, 부당하게 신문에 개입하거나 모욕적인 말과 행동을 하는 경우.

- 둘째, 피의자를 대신하여 답변하거나 특정 답변 또는 진술 번복을 유도하는 경우.

- 셋째, 신문 내용을 촬영 또는 녹음하는 경우.

"모두 이해하셨습니까?" 남 검사가 유리에게 물었다.

"네. 간단한 메모는 허락해주세요."

"네. 그 정도야 뭐."

유리는 지수를 돌아보고 눈으로 말했다.

지수야. 겁내지 마. 내가 곁에 있으니까.

지수는 유리의 마음을 읽기라도 한 듯 가볍게 고개를 끄덕이고 남 검사와 시선을 마주했다.

남 검사는 10여 초쯤 가만히 지수의 눈을 들여다보다가 입을 열었다.

"지금부터 피의자 신문을 시작하겠습니다. 서지수 양은 계모 윤미진 씨의 살해 혐의를 받고 있습니다. 3년 전 그날 밤 무슨 일이 있었는지 말씀해주세요."

"저는 아무것도 모릅니다. 깊은 잠을 잤고, 일어나 보니 모든 일이 벌어져 있었어요."

남 검사는 삐뚜름하게 고개를 기울였다.

"정상참작이라는 말 들어보셨나요?"

지수는 고개를 끄덕였다.

"들어보셨다니 다행이네요. 똑같은 죄를 저질러도 상황에 따라 형이 달라집니다. 가장 흔하게 정상참작을 받는 경우가 바로 자수입니다. 내가 죄를 저질렀다고 스스로 인정하면 크건 적건 정상참작이 되죠. 그러나..."

유리가 손을 들고 남 검사의 말을 끊었다.

"검사님. 지금 형량 협상을 하시는 건가요? 아직 혐의도 밝혀지지 않은 제 의뢰인을 데리고?"

"그럴 리가요. 변호사님이 아시다시피 형량 협상은 국내법으로 인정되지 않습니다. 좀 더 들어보시죠."

남 검사는 침착하게 유리에게 대응하고는 다시 지수에게 말했다.

"끝까지 혐의를 잡아떼면 정상참작을 받을 기회가 날아갑니다."

지수의 얼굴에 동요하는 눈빛이 역력했다. 그녀는 유리를 돌아보았다. 유리는 걱정 말고 계획한 대로 하라는 의미로 고개를 끄덕여주었다.

"잡아떼는 거 아니에요. 저는 정말로 아는 바가 없어요."

"지수 양도 잘 아시다시피 사건이 일어나던 그날 그 집에는 오직 피해자와 지수 양 둘뿐이었어요. 아무도 드나든 흔적이 없죠. 하지만 그동안은 범행도구를 찾지 못했으니 살인을 입증할 수도 없었죠."

남 검사는 입가에 미소를 머금고 있었다. 유리는 불안한 기운에 주먹을 감아쥐었다. 그리고 다음에 이어진 남 검사의 말 때문에 소름이 돋았다.

"그런데 제가 범행도구를 찾아냈던 말이죠."

유리도 놀랐지만 지수는 바람 앞의 촛불처럼 눈빛이 흔들리고 있었다.

"뭐 그렇게 어려운 일은 아니었습니다. 그렇다고 당시 형사들을 탓하고 싶진 않아요. 그 당시 지수 양이 분명히 수사를 더 어렵게 만들었을 테니까."

유리는 혼돈에 빠져버렸다. 정말일까? 아니면 심리전일까?

남 검사 옆에 앉은 수사관은 한마디도 하지 않고 가만히 앉아 있었다.

결국 유리가 나설 수밖에 없었다.

"검사님이 밝혀낸 살해 도구라는 게 뭔가요?"

남 검사는 큰 소리를 내어 웃어버렸다.

"하하. 제가 그걸 여기서 말해버리면 어떡합니까? 변호사님께서 재판에 대비하실 거 아닙니까?"

유리도 반격했다.

"있지도 않은 증거를 밝혀낸 것처럼 허풍을 떨어서 저희 의뢰인의 자백을 유도하는 겁니까?"

"자백이요? 자백할 게 있나 보군요?"

"형사 출신이시라고 들었는데, 경찰에 계실 때도 이런 식으로 용의자들을 회유하셨나요?"

"허허. 손 변호사님. 제가 정말로 살해 도구를 찾아냈다면 어쩌시려고요?"

남 검사의 가늘게 찢어진 눈이 웃고 있었다. 잠시 유리와 맞서던 그는 지수에게 시선을 돌렸다.

"계속 아무것도 모른다고 잡아뗄 거면 굳이 피의자 신문을 길게 할 것도 없겠어요. 그렇죠?"

지수는 완전히 말려든 듯 숨소리마저 가빠졌고, 남 검사는 그런 모습을 놓치지 않고 눈에 담았다.

"서지수 양. 변호사님께서 뭐라고 시켰는지는 모르겠지만 아까 제가 한 말 잊지 말아요. 정상참작."

그는 자기 명함을 꺼내 지수에게 건네주었다.

"혹시라도 진실을 털어놓고 싶은 마음이 생긴다면 전화해 줘요."

지수는 떨리는 손으로 명함을 받아들었다.

유리는 당장 명함을 빼앗아서 남 검사의 얼굴에 던져주고 싶은 마음을 꾹 참았다.

"오늘은 이 정도로 하죠. 두 분 다 이제 가보셔도 좋습니다."

남 검사는 빙긋 웃으며 말했다.

유리는 바로 자리에서 일어섰지만 지수는 움직이지 못했다.

"두 분 모셔드리세요. 저는 정리할 게 좀 있어서 멀리 안 나가겠습니다."

남 검사가 젊은 수사관에게 지시했다. 그런데 갑자기 지수가 입을 열었다.

"검사님."

"왜요? 지수 양?"

"만약... 제가 범행을 시인하면... 형량을 어느 정도나 받나요?"

아... 유리는 탄식을 뱉을 뻔했다.

이런 바보 같은 소릴 하다니!

아니나 다를까, 가뜩이나 여유롭던 남 검사의 입꼬리가 더욱 올라갔다.

"동생 일도 있고, 불우한 가정환경도 참작할 수 있으니, 재판 전에 자백까지 하면 10년 안쪽으로 구형할 생각입니다."

"10년! 말도 안 되는 소리! 지금 제 의뢰인을 협박하는 겁니까?"

지수가 더 패닉에 빠지기 전에 유리가 항의했다.

남 검사는 어깨를 으쓱했다.

"누가 뭐래도 이 사건은 치밀한 계획에 의해 이루어진 1급 살인입니다. 게다가 법적인 어머니를 죽인 패륜 살인이에요. 10년이라는 세월이 길게 느껴질지도 모르지만 한 사람의 소중한 목숨에 비하면 결코 길다고 할 수 없죠."

지수의 입에서 떨리는 목소리가 흘러나왔다.

"그 여자는 제 어머니가 아니었어요. 사람도 아니었어요."

유리가 지수의 입을 막았다.

"지수야. 그만. 이제 가자."

남 검사가 자리에서 벌떡 일어섰다.

"변호사님. 그 손 치우시죠. 지금 피의자가 자발적인 의지로 진술하려는 걸 막고 계세요!"

유리는 천천히 손을 거두었지만 분명히 강조했다.

"지수야. 명심해. 넌 자신에게 불리한 진술을 하지 않을 권리가 있어!"

지수는 유리를 돌아보았다. 그녀의 눈에는 모든 것을 초월한 해탈자의 심정이 깃들어 있었다. 떨리는 눈이 마치 이렇게 이야기하는 듯했다.

언니. 이제 다 내려놓고 싶어요.

유리도 눈으로 말했다.

포기하지 마. 제발. 너는 이미 너무나도 많이 희생하고 다쳤어. 우리의 법은 너의 희생과 고통을 오롯이 인정해줄 만큼 너그럽지 않단다. 그러니 제발...

남 검사가 지수 바로 앞으로 다가왔다.

"지수 양. 원한다면 변호인을 배제하고 저와 둘이 얘기해도 됩니다."

지수는 유리와 남 검사의 얼굴을 번갈아 보았다. 갈림길에 선 사람처럼 머뭇거리던 지수의 표정이 천천히 가라앉았다. 예전의 차갑고 냉정한 모습으로.

"아니요. 더 이상 할 말 없습니다."

잔뜩 기대하던 남 검사가 허탈해하는 모습을 뒤로하고, 유리는 지수의 손을 붙잡고 조사실을 빠져나왔다.

혁이 기다리는 차에 탈 때까지 유리는 한마디도 하지 않았다. 차 문이 닫힌 후에야 유리는 탄식했다.

"지수야! 왜 그랬어? 검사 말에 흔들린 거니?"

"아니요."

"그럼 왜 자백하면 형량이 얼마냐고 물어본 거니? 마치 다 털어놓을 것처럼 얘기한 건 뭐고?"

"언니가 이렇게 열심히 하는데, 저도 도와야죠."

"뭐? 나를 도왔다고?"

"연기였어요. 검사가 너무 자신만만해하는 것 같아서, 좀 흔들어 놓고 싶었어요."

유리는 귀를 의심했다.

"제가 끝까지 시치미를 떼면 재판에 더 완벽하게 준비할 거 아녜요? 그래서 흔들린 척을 한 거예요. 제가 재판 전에 자백을 할 거라는 기대감을 갖게 만들려고."

놀란 유리 앞에서 지수는 남 검사의 명함을 꺼내 문자를 보냈다.

- 저 서지수입니다. 재판 전까지 더 생각해보고 연락드려도 될까요?

유리는 기가 막혔다. 지수의 말이 맞다. 이런 상황이라면 남 검사는 어쩔 수 없이 지수가 자백하는 경우를 은근히 기대하게 된다. 그러면 재판을 준비하는데 단 1%, 10%라도 소홀하게 되기 마련이다.

기다렸다는 듯이 남 검사의 답 문자가 들어왔다.

- 그래요. 저도 지수 양의 사정이 딱하다고 생각합니다. 최대한 정상참작을 받을 수 있도록 해드릴게요.

"어때요? 꽤나 흔들리는 모양이죠?"

지수는 다시 답장을 쓰며 중얼거렸다.

"좀 더 기대감을 높여드려야지..."

- 고맙습니다 검사님...

문자를 보낸 지수는 유리의 어깨에 고개를 기댔다.

"잊지 말아요 언니. 저 나이는 어리지만 누구보다 고생은 많이 했어요. 게다가 소설가라고요."

유리는 어이가 없어서 웃어버렸다.

"네, 작가님. 명심할게요."

그녀는 지수의 머리를 쓱쓱 어루만졌다. 지수는 친동생처럼 유리의 품을 파고들었다.

"저도 제가 저지른 일이 완전히 옳다고는 생각하지 않아요. 아무리 그 여자의 영혼이 악마였다고 해도. 그러나 전 정말 어쩔 수 없었어요. 눈앞에 저를 죽이려는 칼이 있어야만 정당방위를 할 수 있는 건 아니잖아요? 그 마녀를 죽이지 않았다면 제가 죽었을 거라고 생각해요."

"그래 지수야. 나도 그렇게 생각한단다."

"언니 저는..."

지수는 고해성사를 하듯 속삭였다.

"살고 싶어요."

지하철역 앞에서 차에서 내린 지수는 집으로 돌아가지 않았다. 대신 지훈이를 찾았다.

유골함이 비어있을 때는 한 번도 찾지 않았지만, 지훈이의 시체를 발견하고 수습한 진짜 유골을 담은 뒤로는 몇 번이나 찾았다.

지켜주지 못해서 미안해했고, 차디찬 땅속에서 빨리 꺼내주지 못했음을 미안해했다.

지훈이도 미안해했다.

- 마녀의 피를 누나 손에 묻히게 해서 미안해.

지수는 지훈이가 좋아하던 캐러멜을 사 갔다.

지훈이에게 하나를 주고 그녀도 하나를 씹었다. 예전에 침대에 나란히 걸터앉아 이야기를 나누듯, 유골함 앞에서 말을 걸었다.

"변호사 언니가 진짜 근사한 데서 맛있는 거 사줬다."

"좋겠다. 다행이야. 누나한테 친구가 생겨서."

"친구까지는 아니야. 그렇게 대단한 사람이 나하고 어떻게 친구가 되겠어?"

"그 사람은 누나하고 친구가 되고 싶은지도 모르잖아."

"그럴 리가."

"누나는 정말 좋은 사람이니까. 누나가 얼마나 좋은 사람인지 알게 된다면, 누구라도 친구가 되고 싶을 거야."

지수의 눈에 눈물이 고였다. 입안에서 달달한 캐러멜이 녹고 있는데 뺨에서는 짜디짠 눈물이 흘러내렸다.

"지훈아. 나... 살고 싶어졌어. 맛있는 것도 먹고, 좋은 데도 가보고 싶어졌어. 친구도 만들고 연애도 하고 싶어졌어. 감옥이 아니라 푸른 하늘 아래에서 살고 싶어졌어. 나... 그래도 될까?"

지훈이는 빙그레 웃으며 지수의 뺨에 손을 대었다.

"응. 누나. 당연히. 그리고..."

지훈이의 얼굴이 조금씩 흐려졌다.

"이제 날 놔줘."

"지훈아."

눈물 때문인지, 동생의 얼굴이 자꾸만 흐려지고 멀어졌다.

지훈이는 웃고 있었다. 죽어가면서도 미소를 잃지 않았던 아이였으니.

지수는 손을 내밀었다.

가지 마.

그러나 지훈이는 고개를 내저으며 점점 멀어져 갔다.

옅은 흐느낌이 지수의 입술에서 새어 나왔다.

"안녕... 귀여운 내 동생아."

예민한 사람들은 봄기운을 어렴풋이 느낄 수 있는 2월 말의 어느 날. '손유리 법률사무소' 세 식구는 아침부터 더블샷 커피로 정신을 각성시키면서 모여앉아 회의 중이었다. 길 형사가 이번 재판에 배당된 판사에 대한 정보를 정리한 파일을 나눠주었다.

"이재준 부장판사. 나이는 마흔여덟 살. 서울법대 졸업."

"엘리트네. 아주 정석대로 딱딱 왔네." 유리가 상세한 프로필을 살피며 중얼거렸다.

"저희한테 불리한 건가요?" 혁이 물었다.

"아무래도 그렇지. 이런 엘리트 코스를 밟은 사람들은 원칙주의자인 경우가 많아. 약자들의 어려움이나 진짜 서민들의 삶에 대해서는 공감을 못하기도 하고."

유리는 길 형사에게 물었다.

"다른 정보는요?"

판사 배당이 나오자마자 이재준 판사에 대해 샅샅이 조사해오라고 부탁했다. 길 형사는 낭랑한 목소리로 조사한 내용들을 읊었다.

"그동안 내린 판결을 보면 딱히 특기할 만한 케이스는 없어요. 무난한 판결을 내린다는 평이 중론이고요. 대국해운 불법파업과 관련해서도 노동자들에게 상당히 높은 형량을 선고해서 진보계열 언론으로부터 비판을 받은 적이 있습니다."

점점 원칙주의자의 모습과 가까워지는군. 피도 눈물도 없는 법리주의자가 아니기만을 빌어야겠군.

"정치 성향은요?"

"노골적으로 특정 정당이나 정치인을 지지한 적은 없지만 친한 인사들이 보수진영으로 알려져 있습니다."

"중도성향의 보수파 정도 되겠네요. 가족 상황은?"

"아내는 약사네요. 처갓집이 꽤 부자인 걸로 알려져 있습니다."

점입가경. 실패나 고난을 모르는 인간일 확률 100%. 이런 종류의 인간이 지수 같은 버림받은 영혼의 아픔을 공감할 수 있을까?

"우리한테 유리한 정보는 없습니까?"

"음… 딸이 하나 있는데 올해 대학교에 입학했어요."

유리는 눈이 번쩍 뜨였다.

올해 대학교에 입학했다면 지수하고 동갑이다. 지수의 어린 시절, 특히 힘들었던 과거를 집중적으로 부각시켜야겠어.

이번에는 혁에게 물었다.

"남진우 검사 쪽은 어때? 더 캐낸 정보 없어?"

언제나 진지한 표정의 혁이 역시나 심각한 얼굴로 말했다.

"경찰 재직 당시 검거실적은 아주 뛰어난 편이었는데, 과잉수사 논란이 여러 번 있었어요. 한 번은 내사까지 받고 징계를 먹은 케이스가 있어요. 장기밀매 조직 총책을 수사할 땐데, 확실한 물증이 없어서 영장도 안 나오고 애를 먹었나 봐요. 조무래기들이 끝까지 총책을 불지 않고 버티자 폭력을 쓴 모양이에요. 게다가 그렇게 얻은 증언으로 총책을 잡아들였는데, 그때 검거 과정에서도 불법 도청이나 폭력행사가 문제가 되었고요."

"하드코어 형사 아저씨였네."

"유명했던 모양이에요. 뭐 그 외에도 여러 건 있어요. 다단계 금융사기단 소탕 작전에서도 강압수사 논란이 있었고, 아내를 토막 살해한 살인사건을 조사하던 중에 용의자인 남편에게 폭행을 행사한 건으로 징계를 받았어요. 그 계기로 옷을 벗었죠."

들으면 들을수록 흥미가 당기는 캐릭터였다.

유리는 프로필에 붙은 남 검사의 사진을 보면서 중얼거렸다.

"문제적 인간이네. 자기 성질대로 수사하고 싶어서 검사가 되셨나?"

"검찰에 들어온 뒤에는 형량을 상당히 높게 때리는 편이네요."

"역시. 사고는 안 쳤어?"

"네. 중간에 수사를 접은 적도 한 번도 없대요. 한 번 맡은 사건은 끝까지 수사하고 재판까지 갔다고 합니다. 그래서 들개라고 불리는지도 모르죠."

들개. 유리가 싸워야 할 상대의 별명이었다.

봄기운이 완연해진 3월의 화창한 날에 지수의 재판이 열렸다. 방송과 인터넷을 통해 워낙 유명해진 사건이라 방청석이 가득 찼다. 일반인 배심원들이 참석하는 국민참여재판이었다.

유리는 유니폼과도 같은 프라다 재킷을 입고 법정에 들어섰다. 검사 측과 배심원들, 그리고 방청객들까지 모두 앉은 법정을 둘러보면서 심호흡을 했다. 그동안 이번 재판을 위해 준비한 것들을 머릿속으로 복기해보았다.

가장 큰 관건은 검사 측에서 고드름이라는 살해 도구를 간파했느냐의 문제였다. 아니라면 무혐의 증명이 어렵지 않겠지만, 만약 알고 있다면 쉽지 않은 재판이 될 터였다.

잠시 후 이재준 판사가 법정에 들어섰다.

"일동 기립!"

유리는 잠시 눈을 감고 스스로에게 되뇌었다.

- 넌 할 수 있어.

눈을 뜨자마자 맞은편 남 검사와 시선이 마주쳤다. 자신만만한 표정이었다.

살해 도구를 밝혀냈나?

반사적으로 움츠러들었던 유리는 지수가 벌였던 깜찍한 쇼를 기억해냈다. 재판이 열리기 바로 전날인 어제까지, 마치 범행을 자백할 것처럼 남 검사를 약 올렸지.

지레 겁먹지 말자. 남 검사의 표정 역시 날 흔들려는 연기일 수 있어.

시선을 돌려 이재준 판사를 보았다. 무표정하고 권위적인 표정은 자기 일 외에는 어떤 일에도 일체 관심이 없다는 인상을 주었다. 목소리는 근엄했다.

"지금부터 서울 중앙지방법원 2020고단 201호 윤미진 살해 사건에 관한 재판을 시작합니다. 피고인 출석했나요?"

유리가 힘주어 대답했다.

"네. 출석했습니다."

"검사 측?"

"수사 검사 남진우, 이주성 출석했습니다."

판사는 침착하고 단단한 목소리로 재판을 진행했다.

"인정심문을 하겠습니다. 피고인 이름이 뭐죠? 직접 말씀하세요."

이재준 판사는 처음으로 지수와 제대로 눈을 마주쳤다.

"서지수입니다."

"주민등록번호는 어떻게 됩니까?"

스무 살의 지수는 법정에 피고인으로 서기에는 너무 어린 나이가 담긴 주민번호를 불렀다.

피고인 인정심문이 끝나자 이재준 판사가 남진우 검사에게 말했다.

"검찰 측 기소 요지 진술하세요."

남 검사가 일어섰다. 그는 치켜올린 눈으로 법정 안을 둘러보고는 마지막으로 유리를 응시했다.

"본 사건 기소 요지는 공소장에 기재된 죄명, 적용 법조 공소 사실 기재와 같습니다. 공소 사실을 요약하면 다음과 같습니다. 피고인 서지수는 계모 윤미진을 살해했습니다."

남 검사의 목소리에는 넘치는 힘과 적절한 속도가 있었다.

"사건 현장의 위치는 윤미진과 피고인이 함께 살던 집안이었으며 사건을 전후한 시간 동안 방문객은 없었음이 증명되었으며 집안에는 오직 윤미진과 피고인 둘뿐이었다는 사실도 피고인의 진술과 일치합니다."

이재준 판사는 공소장을 읽으며 고개를 끄덕였다.

"윤미진의 사인은 날카로운 예기에 의한 자상과 과다출혈입니다. 피고인 외에는 사건 발생 현장에 접근할 사람이 없으므로 살인의 행위는 피고인에 의해 이루어졌음이 증명됩니다. 본건 공소사실에 적용된 죄명은 형법 제250조 1항입니다."

남 검사는 배심원단으로 몸을 틀고 누그러진 목소리로 말했다.

"본 사건은 3년 동안 수사기관에서 미결상태로 머물러온 사건입니다. 피의자 유족들의 억울함과 법 정의를 생각해서라도 조속한 판결과 법 집행이 필요하다는 점에는 어떤 이견도 없다 하겠습니다."

기소 요지를 진술한 남 검사는 자리에 앉았다.

판사는 지수를 보며 말했다.

"먼저 피고인은 각계의 신문에 대해서 진술을 거부할 수 있고 이익되는 사실을 진술할 권리가 있습니다. 이익되는 사실이나, 이 사건 공소에 대한 의견을 진술하시겠습니까?"

"아니요."

지수는 유리가 시킨 대로 대답했다.

재판 초반부터 너무 강한 인상을 줘서는 안 되겠다는 판단에서 피고인의 모두(冒頭) 진술은 생략하기로 했다. 만에 하나 어떻게 풀릴지 모르는 재판. 최대한 연민과 동정의 여지를 갖고 가자는 게 유리의 전략이었다.

"검사 측, 증인 신문하세요."

남 검사가 첫 번째 증인으로 부른 사람은 지수가 사는 연립주택의 1층 주인아줌마였다. 주소지와 피고인과의 관계를 확인한 후 증인선서가 있었다.

“양심에 따라 숨김과 보탬이 없이 사실 그대로 말하고 만일 거짓말이 있으면 위증의 벌을 받기로 맹세합니다.”

선서 뒤에 아줌마가 ‘아이고’라고 탄식하는 소리가 섞여 들렸다.

남 검사는 증인석 앞으로 뚜벅뚜벅 다가선 뒤 신문을 시작했다. 그의 증인신문은 노련하고 빈틈이 없었다. CCTV의 위치를 확인하고, 사건 당시 오직 지수 외에는 아무도 사건 현장에 들어갈 수 없음을 재차 확인했다.

게다가 교묘한 질문을 덧붙였다.

“오랫동안 서지수 양을 봐왔던 이웃으로서, 이번에 서지훈 군이 윤미진 씨에게 독살되었음이 밝혀졌을 때 어떤 심정이 들었나요?”

잔뜩 긴장한 채 조심스러운 답변을 내놓던 아줌마가 갑자기 감정이 북받쳤다.

“아이고, 그 어리고 불쌍한 것이. 제가 누나였어도 새엄마를 죽이고 싶었겠다는 생각이 들었어요.”

유리는 바로 이의를 제기했다.

"지금 검사는 사실관계의 확인이 아닌, 증인의 심정을 피고인의 심정과 동일시하는 답변을 유도하고 있습니다!"

"인정합니다."

판사가 유리 편을 들어주자 남 검사는 대수롭지 않게 어깨를 으쓱했다.

"이상입니다."

주인아줌마를 상대로 유리가 할 수 있는 질문은 거의 없다시피 했다. 그다음으로 남 검사가 부른 증인은 유리가 만났던 선생님이었다. 남 검사는 집요한 질문을 통해 지수의 폭력성을 드러냈다.

여교사는 유리에게 전해줬던 끔찍한 사례들을 판사와 배심원들 앞에서 고스란히 진술했다. 짝의 책상 서랍 안에 죽은 쥐를 넣어두고, 친구들의 얼굴에 피 같은 붉은 물감을 뿌리고, 기괴한 그림을 그리고 섬뜩한 글을 썼던 이야기들까지.

다만, 예전에 유리에게 말했던 것과 다른 점이 있다면 어딘가 안쓰러워하는 투가 느껴졌다. 최근 언론에서 화제가 되면서 지수의 불우한 성장환경을 알았기 때문인 듯했다.

"그때는 지수가 왜 그렇게 폭력적인지 이해를 하지 못했는데, 이제는 알겠어요. 동생이 그런 끔찍한 일을 당했으니 얼마나 분노가 치밀었겠어요. 알아차리지 못하고 또 다른 끔찍한 상황까지 벌어지게 만든 데는 담임교사로서 제 책임도 있다고... 무겁게 생각합니다."

그녀는 눈물을 글썽이기까지 했다. 그런 동정이 오히려 지수의 유죄에 더욱 무게를 싣는 것인 줄도 모른 채.

남 검사가 여교사 앞에서 책 한 권을 집어 들었다.

"이 책이 뭐죠?"

"아... 학년을 마치면서 아이들의 글을 모아 만든 학급 문집입니다."

"서지수 양이 쓴 글도 실려 있나요?"

"네."

"찾아 주실 수 있나요?"

여교사는 문집을 뒤적이더니 지수의 글이 있는 페이지를 펴서 남 검사에게 건네주었다.

"제가 한 번 글의 일부분을 읽어보겠습니다. 피고인이 중학교 때 쓴 글입니다. 글의 제목은 '악마'네요."

남 검사는 천천히 심호흡을 한 다음 글을 읽었다.

"악마를 본 적이 없는 사람은 알지 못한다. 때로는 죽음만이 정의를 지킬 방법일 수도 있다는 사실을. 연약한 영혼들은 덜덜 떨기만 할 뿐 악마를 제대로 쳐다볼 수도 없다. 그들은 회피하고 도망간다. 그렇지 않으면 두 가지 선택만 남기 때문이다.

악마의 꼬임에 빠지거나, 악마를 죽이거나. 나는 후자를 택하리."

방청객들 사이에서 탄식이 흘러나왔다.

유리는 지금까지의 상황을 정리해보았다.

증인 신문을 통해 형성된 분위기는 이랬다. 지수가 불쌍하긴 하지만 살인을 저지른 것은 당연해 보인다.

살해 도구를 남 검사가 알아내지 못했다면 분위기가 어떻든 간에 상관없지만, 만에 하나 남 검사가 고드름의 존재를 밝혀냈을 경우를 대비해야 한다. 완연하게 기울어진 흐름을 바꿔놓아야 했다.

"변호인, 증인신문하세요."

판사의 말이 떨어지기가 무섭게 유리는 여교사 앞으로 걸어갔다.

"선생님께서는 지금까지 몇 명의 학생이나 가르치셨나요? 담임교사로요."

"네? 다 셀 수가 없는데... 한 반에 서른 명이라고 치면... 사백 명쯤이요?"

"그 아이들 제각각 다 성향이 다르죠?"

"그럼요. 당연히 그렇지요."

"폭력성도 그렇고요?"

"네. 물론입니다. 아주 온순한 아이들도 있고 무척이나 폭력적인 아이들도 있죠."

"어린 시절의 환경이 아이의 폭력성에 영향을 주나요?"

"그렇다고 생각합니다."

"타고난 기질보다도요?"

"아이들의 폭력성은 대부분 환경에 기인하는 경우가 많아요."

"저희 의뢰인 서지수 양의 경우 불우한 가정환경으로 인해 학교에서도 괴롭힘을 많이 당했다고 하던데요, 그 사실을 알고 계셨나요?"

순간 선생님의 표정이 흔들렸다.

유리가 바로 되물었다.

"선생님에게 책임을 묻고자 하는 질문이 아니라, 지수의 폭력성에 대해 다른 각도로 생각할 부분이 있어서 드리는 질문입니다."

"아이들이 지수를 썩 좋아하지는 않았습니다."

"아이들이 먼저 지수를 괴롭히기도 했고요?"

선생님은 머뭇거리다가 고개를 끄덕였다.

"그렇다면 지수가 보인 폭력성이 마치 동물의 보호색처럼 가장된 것일 수도 있지 않을까요? 선생님의 입장에서 이런 예를 보신 적이 없나요?"

여교사는 어렵사리 입을 뗐다.

"그런 경우도 있습니다. 얕보이지 않으려고 오히려 더 공격성을 내보이는 경우가 종종 있지요."

"지수 양의 예도 그렇다고 볼 수 있나요?"

"그건..."

남 검사가 끼어들었다.

"이의 있습니다! 지금 변호인은 증인에게 정해진 답변을 강요하고 있습니다!"

"인정합니다. 증인. 본인의 생각을 자유롭게 말하세요."

검사와 판사의 말에도 불구하고 여교사는 이렇게 말했다.

"돌이켜보면 지수도 친구들에게 당하지 않기 위해 오히려 더 폭력적인 말과 행동을 했을 수도 있다는 생각이 듭니다. 아니, 아마도 그랬던 것 같습니다."

지수의 편을 들어주지 못했던 죄책감을 이런 식으로나마 갚고 싶었던 것일까?

"이상입니다."

유리도 증인신문을 마쳤다.

남 검사는 다음 증거물을 들고 나왔다. 지수가 쓴 소설이 실린 책이었다.

유리가 지수의 집에 처음 갔을 때 지수가 선물로 준 바로 그 책, <너와 나의 미스터리>.

남 검사는 지수의 소설 내용 중에서 잔혹한 살인 장면이 묘사된 내용을 읽었다. 그리고 덧붙였다.

"말과 글은 그 사람의 정신세계를 대변한다고 합니다. 이토록 잔혹한 글은 일반 사람들은 쓰기는커녕 읽기조차 꺼려하죠."

남 검사의 단호한 목소리를 듣고 있던 유리의 얼굴에 회심의 미소가 그려졌다.

걸려들었어. 괴짜 검사님.

그녀는 아무도 예상하지 못한 다음 증인을 신청했다.

마치 베일을 벗은 수녀처럼, 청아하다 못해 순진하기까지 한 여자가 증인석에 섰다. 화장기조차 없는 말간 얼굴. 나이는 서른쯤 되었을까? 약간은 어눌한 목소리로 증언선서를 한 뒤 자리에 앉았다. 유리가 증인석 앞으로 다가갔다.

"본인 소개를 간단히 해주실까요?"

"아, 네. 저는... 소설가 단두대라고 합니다."

방청석 곳곳에서 웃음이 터졌다. 유리도 얼굴에 미소를 머금고 물었다.

"왜 필명을 단두대라고 지었죠?"

"그냥... 좀 무서워 보이려고요."

몇몇이 또 소리 내어 웃었다. 유리는 진지하게 질문을 던졌다.

"요즘 유튜브 애니메이션 동영상으로도 제작되어 인기를

얻은 소설이 있다고 하던데요. 제목이 뭔가요?"

단두대 작가는 망설이다가 기어들어가는 소리로 말했다.

"오늘 밤 술안주는 너의 좌심방."

웃음을 겨우 참던 사람들이 배를 잡고 웃기 시작했다. 반대로, 남 검사의 얼굴은 일그러졌다. 유리는 표정 관리를 하면서 계속 질문했다.

"오늘 밤 술안주는 너의 좌심방... 제목이 특이한데 무슨 내용이죠?"

"식인 습관을 가진 한 여자의 이야기입니다. 자기 전 남자친구를 집으로 초대해... 살해하고... 먹는다는..."

유리가 손을 들어 진술을 멈췄다.

"네. 그 정도로 하죠. 충분합니다. 작가님께 하나 여쭤보죠. 혹시 남자친구의 좌심방을 먹어본 적 있나요?"

다시 방청석에서 폭소가 터져 나왔다.

이번에는 무의미한 웃음이 아니었다. 아까 글을 통해 글쓴이의 성정을 알 수 있다는 남 검사의 추론이 얼마나 어리석은지를 깨달은 통쾌한 웃음이었다.

단두대 작가는 놀란 얼굴로 대답했다.

"아니요. 저는... 채식주의자인데요?"

"이런 끔찍한 소설을 쓰는데도요?"

“이건 그냥 소설일 뿐입니다. 고어라고 하는 엄연한 한 장르고요.”

“아하. 그렇군요. 작가님이 특이한 케이스인가요?”

“네?”

“그러니까, 고어 계열의 작품을 쓰는 작가님들 중에 작가님처럼 뭐랄까... 이런 순한 인상에 채식주의자이신 분들이 또 없냐는 질문입니다.”

“무슨 말씀을요. 저희 고어 작가들 모임이 있는데 다들 비슷해요. 아기 아빠도 있고, 농사지으면서 글 쓰시는 분도 계시고요. 제가 아는 작가 언니는 필명이 ‘블러드 매리’인데 파리도 못 잡는 발레 선생님이세요.”

“그렇군요. 단두대 작가님의 취미는 뭔가요?”

“햄스터를 키웁니다.”

“먹지는 않죠?”

“저는 채식주의자라니까요!”

단두대 작가는 울상이 되어 항변했다. 유리는 고개를 끄덕였다.

“이상입니다.”

유리는 느긋한 걸음으로 자리로 돌아왔다. 지수가 슬쩍 손을 잡아주었다.

“검사 측, 신문하세요.” 판사가 남 검사에게 말했다.

"질문 없습니다."

첫 번째 공판이 끝났다. 유리는 지수를 중식당으로 데려가 코스 요리를 사 먹였다. 지수는 맛있게 먹으면서도 그녀다운 질문을 했다.

"원래 변호사가 의뢰인한테 밥을 사는 건가요?"

"그런 건 안 정해져 있지. 많이 먹기나 해. 고생했으니까."

사실 중식 코스가 아니라 수십만 원짜리 특급호텔 스테이크 코스를 사줘도 아깝지 않았다. 지수 재판이 화제가 되면서 유리의 사무실에는 사건 의뢰 전화가 쇄도했다. 같이 일하고 싶다는 개업 변호사들의 러브콜도 이어졌다. 이번 사건만 잘 마무리 짓고, 변호사도 뽑고 사건 수임도 공격적으로 할 생각이었다.

처음에는 돈이 안 된다며 지수 사건에 시큰둥하던 길 사무장과 혁이도 몸 바쳐 뛰고 있었다.

이제 이기기만 하면 될 일이었다. 그게 제일 어려운 일이지만.

지수는 배부르게 먹고 집으로 돌아왔다. 재판 때문에 알바도 하루 쉬기로 해서 딱히 할 일도 없었다. 오랜만에 소설 구상이나 할까 싶었다.

늦은 오후에 얼핏 잠이 들었던 지수는 부스럭거리는 소리에 눈을 떴다. 발소리 같기도 했다. 애완동물도 없이 혼자 사는 집이기에 그녀가 움직이지 않으면 소리가 날 일이 없는데.

지수는 겨우 용기를 내어 침대에서 몸을 일으켰다. 불청객에 대비한 무기 따위가 방에 있을 리 없었다. 그나마 손에 잡을 만한 물건이 헤어드라이어였다. 그러나 드라이어를 잡기도 전에 방문이 열렸다.

문을 열고 들어온 사람은 새엄마였다. 목에 고드름이 꽂힌 채로 피를 줄줄 흘리면서. 그녀는 발을 질질 끌며 다가왔다.

"지수야. 밥 먹자."

지수는 부들부들 몸부림을 치다가 벌떡, 침대에서 일어났다.

온몸이 식은땀에 젖어 있었다. 머리까지 축축했다.

재판이 시작되고 이런 식의 악몽이 가끔 찾아왔다. 꿈의 내용은 조금씩 달랐지만 너무나도 생생해서 몸서리쳐진다는 점은 같았다. 악몽은 한 가지 부인할 수 없는 사실을 일깨웠다.

너는 사람을 죽였어.

그 사실을 확실히 아는 사람은 오직 그녀 자신과 손유리 변호사뿐이지만… 세상에 단 한 명만 안다고 해도 진실은 진실이었다.

나는 사람을 죽였어.

지수는 무릎을 끌어안고 슬픔과 공포에 몸을 떨었다.

*

두 번째 공판은 벚꽃이 비처럼 내리는 4월 끝물에 열렸다. 첫 공판 때보다는 기자들의 숫자도 줄어들었고 전반전으로 차분한 분위기에서 재판이 시작되었다.

검찰 측이 요청한 오늘의 첫 증인, 지수가 증인석에 섰다.

"양심에 따라 숨김과 보탬이 없이 사실 그대로 말하고 만일 거짓말이 있으면 위증의 벌을 받기로 맹세합니다."

증인선서를 하는 지수의 목소리가 조금 떨렸다.

남 검사는 압도하는 태도로 지수를 응시했다.

"새엄마가 동생을 독살하려고 한다는 사실을 알아차렸을 때, 지수 양은 어떤 생각을 했나요?"

지수는 잠시 머뭇거리다가 유리와 진술 연습을 했던 기억을 떠올렸다.

- 절대로 죽이고 싶었다거나, 죽도록 미웠다거나, 죽음과 관련이 있는 표현을 써서는 안 돼.

"화가 나고 미웠죠. 동생이 불쌍하기도 하고."

"어느 정도로요?"

"말로 표현하기 어렵네요. 아주 많이요."

"3년 전에 윤미진 씨가 죽었을 때, 용의자로 지목되어 조사를 받았죠?"

"네."

"그때 왜 동생이 독살되었다는 얘기를 하지 않았죠?"

이 질문도 유리와 몇 번이고 대비했던 질문이었다.

"무서웠으니까요."

"뭐가요?"

"제가 살인범으로 몰릴까 봐 무서웠습니다."

"그래서 거짓말을 했다?"

"거짓말은 아니었어요. 그냥 말을 안 한 것뿐이죠."

지수는 연습한 대로 침착하게 진술했지만, 남 검사는 더욱 날카롭게 파고들었다.

"알기 쉽게 예를 들어봅시다. 지수 양이 어린 학생이라고 칩시다. 짝꿍이 다른 친구로부터 구타를 당하고 돈도 빼앗겼어요. 그 일 때문에 짝꿍이 학교를 결석했고요. 선생님이 짝꿍이 왜 결석을 했는지 혹시 아는 게 있냐고 지수 양한테 물어보는데 아무 말도 하지 않는다면... 그게 거짓말하고 뭐가 다르죠?"

지수는 대답을 하지 못했다. 무너지기 직전의 표정이었다. 유리는 어쩔 수 없이 나서야 했다.

"이의 있습니다! 지금 검사는 사실 여부가 아니라 개념 정의 때문에 증인을 지나치게 압박하고 있습니다."

이의를 제기한 그녀가 생각해도 타당성이 없어 보였지만, 지수에게 숨 쉴 틈을 주기 위해서 어쩔 수 없었다.

역시나 판사는 고개를 갸웃했다.

"사실 여부를 확인하기 위한 적절한 과정으로 보입니다. 검사는 계속 신문하세요."

유리는 맥없이 자리에 앉았다. 지수를 보며 속으로 외쳤다.

지수야. 조금만 더 힘내자! 응?

남 검사는 손을 뻗으면 닿을 정도로 지수에게 가까이 다가갔다.

"지금도 겁이 나서 숨기고 있는 진실이 있나요?"

지수는 고개를 번쩍 들었다.

믿을 수가 없었다. 새엄마가 재판정에 앉아 있었다. 핏기 없는 얼굴에 검은 옷을 입은 미진이 재판장 자리에 앉아 있었다.

맙소사... 안 돼...

지수는 손으로 입을 막았다. 그녀의 돌발행동에 남 검사의 눈이 번쩍 뜨였다. 그는 훨씬 누그러진 음성으로 물었다.

"증인. 다시 물어볼게요. 지금 이번 사건과 관련해 숨기고 있는 진실이 있나요?"

지수의 입술이 달싹거렸다. 유리는 당장 달려가 지수의 입을 틀어막고 싶었다.

"지수 양이 윤미진 씨를 죽였나요?"

지수는 윤미진으로부터 시선을 뗄 수 없었다. 그녀는 피눈물이 흐르는 눈으로 지수를 쏘아보고 있었다. 목에는 고드름이 박혀있었고, 피가 줄줄 흘러내렸다.

안 되겠어. 도저히... 안 되겠어. 죗값을 치르고 나면 끔찍한 악령도 사라지려나?

지수의 입이 막 열리려는 참에 유리와 눈이 마주쳤다. 그녀는 천천히 고개를 내저었다.

지수야, 안 돼.

정신이 번쩍 드는 것 같았다. 지수는 남 검사를 보며 말했다.

"아니요. 저는 윤미진을 죽이지 않았습니다."

동시에 그녀는 재판정 안에 앉아있는 윤미진을 확인했다. 그녀는 사라지고 없었다.

남 검사는 모든 걸 다 알고 있다는 표정으로 지수를 보았다.

"지금 증인은 아주 당당하게 말했습니다. 혹시 그런 당당한 태도가 살해 도구가 발견되지 않았기 때문인가요?"

지수의 눈이 번쩍 뜨였다. 안도하던 유리도 놀라서 고개를 번쩍 들었다.

"이 사건이 미결로 계속 남아있었던 이유는 밀실의 딜레마 때문이었습니다. 서지수 양 외에는 아무도 출입하지 않은 사건 현장에서 살해 도구가 사라졌기 때문이죠. 그런데 만약, 윤미진 씨를 죽이는 데 쓴 살해 도구를 현장에서 없앨 수 있었다면 어떨까요?"

설마… 아니겠지…

유리가 겁먹은 가운데 남 검사가 눈짓을 하자 수사관이 뭔가를 들고 왔다.

"저는 여러분께 한 가지 실험을 하고자 합니다."

수사관이 갖고 온 것은 드라이아이스로 꽁꽁 얼린 박스였다. 그는 박스를 열고 고드름을 꺼냈다.

아… 알아냈구나.

유리는 눈을 감아버렸고, 남 검사의 냉랭한 목소리가 들렸다.

"제가 이 고드름으로 사람의 피부와 성질이 비슷한 돼지의 피부를 찔러보겠습니다."

남 검사는 함께 준비한 돼지고기를 아이스박스 위에 놓고 고드름으로 찔렀다. 날카로운 고드름이 돼지고기 껍질을 뚫고 깊숙이 들어갔다. 판사는 물론이고 배심원들까지 놀라운 표정으로 남 검사의 실험을 지켜보았다.

"사람이라면 치명상을 입었겠지요?"

남 검사는 고드름이 꽂힌 돼지고기를 들어 보이며 의기양양하게 물었다. 방청석에서 탄식이 흘러나왔다.

"자, 그럼 생각해봅시다. 시간이 지나면 이 고드름은 어떻게 될까요?"

침묵 속에서 사람들은 모두 이해할 수 있었다. 3년 전 그날, 밀실에서 살해 도구가 사라지게 된 상황을.

남 검사는 미리 준비한 사진을 판사와 배심원들에게 나눠주었다.

"몇 달 전 서지수 양의 집을 찍은 사진입니다. 3년 전 윤미진 씨가 살해당했던 바로 그 집이죠."

창문에 주렁주렁 매달린 고드름이 또렷하게 찍혀 있었다.

"사건이 일어났던 날이 한겨울이었다는 사실을 기억해주십시오. 그리고 기상청에 확인한 결과, 3년 전 사건 당일 수은주는 서울 기준 영하 12도까지 떨어졌다고 합니다. 창밖의 얼음이 쇳덩이처럼 꽁꽁 얼었겠죠."

유리는 누군가 발목을 잡고 깊은 심연으로 끌어당기는 기분이었다.

올라와야 한다. 지금 박차고 올라가지 않으면, 죽는다!

"이의 있습니다!"

유리가 외치자 모두의 시선이 그녀를 향했다.

"지금 검사는 추론만으로 사건에서 사용된 직접 증거를 발견한 것처럼 말하고 있습니다. 직접증거로 채택될 수 있는 증거는 같은 종류의 물건이 아니라 바로 그 물건이어야 합니다."

판사는 고개를 갸우뚱하면서 중얼거렸다.

"그날 사용했던 고드름은 녹아서 없어졌을 거 아닙니까? 어떻게 그 고드름을 갖고 옵니까?"

"네! 그러니까, 어쨌든, 지금 검사가 우리 앞에 보여주고 있는 것은 직접 증거가 아닌 추론이라는 겁니다."

"검사가 추론을 하면 안 됩니까?"

판사의 말에 방청석에서 웃음이 터졌다.

"변호인. 합리적인 추론인 경우, 얼마든지 법정에서 추론할 수 있습니다. 로스쿨에서 안 배웠나요? 기각합니다."

유리는 주먹을 꽉 쥐었다. 다리에 힘이 풀려 주저앉을 것만 같았다.

남 검사는 다시 지수 앞으로 다가갔다. 지수는 총구 앞에 놓인 사냥감처럼 바들바들 떨고 있었다.

"서지수 양. 아까 증인 선서한 내용 기억하지요? 위증하면 가중 처벌을 받습니다. 마지막으로 묻겠습니다. 증인이 윤미진 씨를 죽였나요?"

지수와 유리의 시선이 맞닿았다. 지수가 눈으로 묻고 있었다.

이제 더 이상 버틸 수 없는 거죠? 그렇죠? 우리 이제 끝난 거죠?

유리는 확답을 해줄 수 없었다. 그저 두려울 뿐이었다.

남 검사의 카랑카랑한 목소리가 고막을 찢는 듯했다.

"증인! 대답하세요!"

판사와 배심원들, 방청객들의 시선이 모두 쏠린 가운데 지수의 파리한 입술이 열렸다.

"제가 죽였습니다."

아... 안 돼...

유리는 두 손에 얼굴을 묻었다. 방청석에서 소란이 일었다. 남 검사는 승리의 기쁨에 도취되지 않고 침착하게 물었다.

"살해 도구는 무엇이었나요?"

"창밖의 고드름으로 그랬습니다."

남 검사는 천천히 고개를 끄덕였다.

"이상입니다."

남 검사가 제자리로 돌아가자 재판장이 유리에게 말했다.

"변호인, 신문하세요."

유리는 움직일 수 없었다.

"변호인. 신문 없나요?"

유리는 천천히 일어나 지수 앞으로 나아갔다. 당장의 기분은 배신감이었으나, 지수의 얼굴을 마주하는 순간 알 수 있었다.

많이 힘들었구나. 진실을 숨기느라...

죄를 고백한 지수의 눈은 편안해 보였다. 유리는 그녀를 보며 빙긋 웃었다. 속마음이 전해지기를 바라면서.

언니가 미안해. 거짓말을 하라고 시켜서.

지는 것은 정해졌다. 이제 최소한으로 지기 위해 노력할 타이밍이었다.

유리는 담담한 표정으로 물었다.

"증인. 조금 전에 검사에게 증언할 때 심리상태가 어땠나요? 증인이 윤미진 씨를 죽였다고 고백할 때 기분이 어땠냐고 묻는 겁니다."

"홀가분... 했어요."

"증인의 그 발언이 본인에게 불리하게 작용할 것이라는 것도 알고 있나요?"

"네."

"지금 아까의 그 진술을 번복하라면, 번복하겠습니까?"

지수는 1초의 망설임도 없이 고개를 내저었다.

진실을 털어놓는 순간, 그녀를 따라다니던 윤미진의 악령이 사라졌다. 지수는 깨달았다. 악을 쫓는 가장 강한 힘은 진실임을.

손유리 언니에게는 미안했다. 함께 약속하고 준비해 온 것들을 모두 무너뜨린 셈이니까.

그래서인지 지수의 입에서 중얼거림이 흘러나왔다.

"죄송합니다."

유리는 미소를 지으며 고개를 내저었다. 그리고 지수에게만 들리게 슬쩍 말했다.

"그런 말은 할 필요 없어."

유리는 음, 음, 목을 가다듬고 다시 물었다.

"본인이 한 진술 때문에 감옥에 가야 할지도 모르는데도 진술을 번복할 생각이 없다... 왜죠?"

"죄책감 때문에요."

"죄책감이라... 그렇다면, 이렇게 묻겠습니다. 죄책감이 든다는 건 자신의 행동이 잘못되었다는 걸 안다는 말 아닙니까?"

"네. 어쨌든 저는 사람을 죽였어요."

"다시 3년 전으로 돌아가 보겠습니다. 계모였던 윤미진 씨를 살해할 때에도 그 행동이 죄라는 사실을 알고 있었나요?"

유리의 이 질문은 무척이나 위험천만한 질문이었다. 그녀도 잘 알고 있었다.

법에서는 행위의 의도를 무척이나 중요하게 여긴다. 똑같이 누군가를 죽였다고 하더라도, 그것이 계획적인 살인인지 우발적인 살인인지에 따라 형량은 비교할 수 없이 차이가 난다. 홧김에 누군가를 죽게 만들었다면 형량이 가벼워진다. 지금 유리가 던진 질문은 오히려 형량을 늘릴 수도 있는, 베테랑 변호사라면 절대 하지 않을 질문이었다.

"네." 지수는 또렷하게 대답했다.

이로써 지수의 범죄는 행위의 중대성을 알면서 저지른 1급 살인이 되어버린 셈이었다.

유리를 지켜보고 있는 이재준 판사는 한심한 지경이었다.

이래서 로스쿨 출신 변호사 애들이 질적으로 떨어진다는 얘기가 나오는 거야. 이런 자폭 변론이나 하고. 의뢰인이 무슨 죄야?

그러나 유리는 아랑곳하지 않고 계속 물었다.

"그렇다면, 3년 전 그 순간으로 돌아간다면 윤미진을 죽이지 않을 건가요?"

이재준 판사가 보기에 이 질문 역시 마찬가지로 위험했다. 재판에서 형량을 정할 때 고려하는 사항 중 하나가 범죄에 대한 반성 여부다. 죄를 뉘우치는 사람과 그렇지 않은 사람에 대한 형량은 차이가 날 수밖에 없다. 그런데 지금 증인석에 앉은 피고는 무슨 답변을 할지 모르는 상태다.

이재준 판사의 우려대로 지수는 이렇게 말해버렸다.

"아니요. 죽일 겁니다."

판사도, 배심원도, 방청객들도 모두 탄식을 내뱉었다.

이재준 판사는 더 이상 듣지 못하고 유리를 막았다.

"변호인, 지금 변호인은 피고의 이익에 반하는 신문을 하고 있어요. 계속 신문하실 겁니까?"

"네, 판사님. 그리고 저는 재판 처음부터 지금까지 일관해서 제 의뢰인의 무죄를 주장하고 있습니다. 지금 신문도 그 과정의 일부이고요."

이재준 판사는 어이가 없다는 표정으로 어깨를 으쓱하고 말았다.

유리가 한 발 더 지수에게 다가섰다.

"자신의 행동이 죄라는 걸 알고 있고, 그 행동으로 인해 감옥에 갈 거라는 사실도 알면서 왜 돌이키고 싶지 않다는 건가요?"

지수는 떨리는 목소리로 말했다.

"그때는... 어쩔 수 없었으니까요."

"어쩔 수 없다?"

"다시 그때로 돌아간다고 해도 상황은 마찬가지예요. 제 동생을 죽이고 저까지 노리고 있는 무시무시한 악마가 바로 옆방에 살고 있는데, 제가 뭘 어떻게 할 수 있겠어요?"

"다른 사람에게 도움을 청할 수도 있잖아요?"

"청했어요. 가장 가까운 사람인 아빠에게요."

"결과는 어땠나요?"

"오히려 제가 거짓말쟁이가 되어버렸어요."

그때를 회상하는 지수의 눈에서 눈물이 뚝뚝 흘렀다. 방청석에서 그녀를 동정하는 안타까운 탄식이 흘렀다. 배심원들 중에서도 몸을 기울여 지수의 슬픔을 공감하는 사람들이 생기기 시작했다.

"죄라는 걸 알지만, 그것 때문에 감옥에 간다 하더라도 어쩔 수 없이 그렇게 할 수밖에 없었다?"

"네."

"경찰에 신고할 생각은 안 했나요?"

"경찰에 신고도 했었어요. 제 동생이 죽기 몇 달 전에, 새엄마의 만행을 알아낸 다음이었어요."

"그런데요?"

"경찰은 집에 들르지도 않았어요. 새엄마하고 아빠하고 통화만 하고는 수사를 끝냈죠."

다시 재판장에 흐르는 탄식.

이재준 판사는 이제 유리의 의도를 알 것 같았다.

어설프게 뉘우치는 모습을 보여주느니 최대한 정당방위로 몰고 가겠다는 전략이군.

대담하고 똑똑하네. 하지만 정당방위의 요건이 생각보다 쉽게 구성되지 않는다는 건 모르고 있군.

그는 흥미로운 눈으로 유리를 지켜보았다.

"부모님도 경찰도 믿을 수 없다면 선생님에게 말씀드릴 생각은 안 해봤나요?"

"선생님이요? 저를 싸이코 또라이로 생각하는 선생님이요?"

지수의 목소리가 앙칼졌다.

"아무도 저를 도와주지 않았어요. 저는 살기 위해서 그럴 수밖에 없었어요. 아마 제가 그러지 않았다면... 저는 지금 이곳이 아니라 동생 곁에 있을 겁니다. 어쩌면 그편이 더 나을지도 모르겠지만요."

"아... 어떡해..."

배심원 중 한 명이 슬픔을 참지 못하고 눈물을 터뜨렸다.

방청석에서도 많은 사람들이 애처로운 눈으로 지수를 보고 있었다.

유리는 이재준 판사가 저지하지 않는 선에서 최대한 시간을 끌었다.

천천히, 아주 천천히. 질문도 답변도 오가지 않는 법정 안에서 한 소녀의 절박했던 운명이 사람들에게 전해지고 있었다. 누군가를 죽이지 않고선 살아남을 수 없었던 처절함이...

마침내 유리 자신의 눈시울마저 젖어들었을 때, 그녀는 남 검사에게로 시선을 돌렸다.

"저희 의뢰인은 너무나도 어린 나이에 유일하게 정을 나누었던 동생이 눈앞에서 살해당하는 광경을 목격했습니다. 납에 중독된 채, 천천히... 천천히... 죽어가는 모습을요. 그러면서도 동생에게 아무것도 해 줄 수 없었죠."

유리는 남 검사 앞으로 뚜벅뚜벅 다가갔다.

"검사님은 피고인이 3년 전에 저지른 짓이 동생을 위한 복수라고 생각할지도 모릅니다. 하지만 그렇지 않습니다. 금방 피고인이 말한 것처럼 그 행위는 스스로를 지키기 위한 최소한의 몸부림이었습니다. 아버지에게 말하고, 학교에 호소하고, 경찰까지 찾아갔지만... 부모도 국가도 불쌍한 제 의뢰인을 지켜주지 않았습니다."

남 검사의 눈이 흔들리고 있었다.

"검사님에게 묻고 싶습니다. 억울한 죽음을 당하지 않기 위한 몸부림이 감옥에 가야 할 만큼의 죄일까요?"

남 검사는 동의도 반박도 하지 않고 가만히 있었다. 유리는 몸을 돌려 판사에게 말했다.

"이상입니다."

남진우 검사가 무거운 얼굴로 일어났다.

"피고인 서지수는 계모인 윤미진을 잔혹하게 살해했습니다. 범행도구를 지능적으로 은폐하고 3년이 넘게 살아왔습니다."

유리는 차분하게 남 검사의 목소리를 경청하는 표정이었지만 떨고 있었다.

"피고인은 스스로 혐의를 인정했습니다. 자신이 저지른 행위가 죄라는 사실도 인정했습니다. 그리고 미리 알려졌다시피 피고인의 동생이 독살되었고 피고인 역시 죽음의 공포를 느끼고 있었음도 인정할 수 있겠습니다. 지금까지 수차례에 걸친 공판에서 나온 모든 결과를 종합하여 보면..."

남 검사는 시선을 돌려 지수에게로 향했다.

"피고인이 윤미진을 살해한 행위는 넓게 볼 때 정당방위의 범주에 포함된다고도 할 것입니다."

불안함에 두근거리던 유리의 심장이 조금 다른 박동으로 뛰기 시작했다.

검사의 입에서 먼저 정당방위라는 말이 나왔다!

"그럼에도 불구하고 살인이라는 행위 그 자체를 무죄라고 할 수는 없습니다. 다른 사람의 목숨을 강제로 빼앗는 행위는, 특히 자력구제 행위는 사회의 질서 유지를 위해서라도 반드시 합당한 처벌이 뒤따라야 할 것입니다."

남 검사는 몸을 돌려 판사를 향했다.

"저는 무거운 마음으로 다음과 같이 구형합니다."

유리가 주먹을 꽉 쥔 가운데 남 검사의 목소리가 울려 퍼졌다.

"피고인 서지수, 징역 5년."

유리는 참았던 숨을 내뱉었다. 걱정했던 것보다는 적은 형량이었지만 그것도 너무 가혹했다.

지수를 돌아보았다. 그녀는 그 정도쯤은 각오했던 것처럼 이를 꽉 물고 앉아 있었다. 그 모습이 더 가슴을 아프게 했다.

그날 밤, 이런 제목의 기사가 떴다.

'누가 이 아이에게 돌을 던질 수 있을까?'

중학교에 입학하자마자 사춘기가 찾아왔다. 이재준 판사의 딸 현서가 겪은 사춘기는 유난히도 지독했다. 아이들마다 분노의 대상이 다른데, 현서의 분노는 주로 아빠에게 향했다. 어릴 때는 자랑스럽고 든든한 아빠였는데 어느 순간부터 이 세상의 모든 꼰대 중에서도 제일 꼰대 같은 잔소리꾼이 되어버렸다. 아빠의 집에서 나오는 얘기는 죄다 뭘 하지 말라는 소리뿐이었다.

- 너무 짧은 치마 입지 마라.

- 왕따를 당해서도 안 되지만 친구를 왕따시켜서도 안 된다.

- 반찬 투정하지 마라.

- 학교 공부만 중요한 게 아니라 독서도 게을리하지 말아야 한다.

틀린 이야기는 없었다. 다만 듣기 싫을 뿐. 어쩌면 판사라는 직업 때문인지도 몰랐다.

그때부터 틀어진 부녀지간은 고등학교를 졸업하고 대학에 입학했는데도 회복될 기미가 보이지 않았다. 현서는 하루에 5분도 아빠와 대화하지 않았다. 아빠가 어떻게든 외동딸과 친해지려고 하는 건 알겠는데, 얘기만 시작되면 훈계부터 튀어나오니 아예 말을 섞지 않는 편이 나았다.

더 괴로운 쪽은 아빠였다. 너무나도 사랑스러운 딸이 갑자기 왜 냉담해졌는지 이유를 짐작조차 할 수 없었다. 다가가면 물러서고, 다가가면 물러서기를 반복하다 보니 먼저 말을 거는 일도 조심스러웠다.

높은 스트레스에 시날리는 직업 특성상 집에 돌아오면 긴장을 풀고 쉬고 싶은데 하나뿐인 딸과 몇 년째 냉랭한 긴장관계가 이어지고 있으니 미칠 노릇이었다.

그날 밤도 이재준 판사는 지친 몸을 이끌고 퇴근했다. 다녀오셨냐는 형식적인 인사만 하고 방에 들어간 딸은 아빠가 저녁을 먹는 내내 나와 보지도 않았다.

그는 답을 알면서 아내에게 물었다.

"현서는?"

"방에 있죠."

"뭐해?"

"공부하겠죠."

녹음을 해놓고 트는 양 매일 반복되는 대화였다.

저녁을 먹고 서재로 들어왔다. 편안함이 아니라 고독감이 그를 휩쌌다.

아내는 거실을 차지하고 TV를 보고, 딸은 자기 방에서 나오지도 않고, 그는 도망치듯 서재로 들어와야 했다. 적막하고 허탈하도다.

겨우 이게 인생인가?

밖에서는 존경받는 판사지만 그의 마음은 사막처럼 황량했다.

이럴 때 그가 도망치는 곳은 책장 속이었다. 어제 읽다 만 책을 펼쳤다. '정신 의학의 탄생'이라는 제목의 꽤 두툼한 교양서를 펴서 읽고 있는데 노크 소리가 들렸다.

아내가 과일이라도 내주나 싶어서 그는 고개를 돌렸다. 그런데 서재 문을 두드린 사람은 아내가 아니라 딸 현서였다.

그는 너무 놀라서 책을 떨어뜨렸다.

딸이 나를 먼저 찾아온 게 얼마 만이지? 1년? 2년?

"현서야..."

아빠는 무슨 말을 건네야 할지 몰랐고 딸도 쑥스러운지 시선을 떨어뜨렸다.

"제가... 방해한 거 아니죠?"

"어? 방해라니. 아냐. 들어와 현서야. 들어와."

그는 등받이 없는 의자를 딸에게 권했다. 쭈뼛거리며 들어온 현서는 의자에 앉더니, 바닥에 떨어진 책을 보았다.

"책 보고 있었어요?"

"어어. 그냥 뭐."

갑작스러운 딸의 방문에 놀란 그는 이 기회를 날려버리고 싶지 않았다. 그러나 원래 대화라는 행위는 자주 하면 할수록 자연스러워지는 법. 딸과 둘이서 대화를 나눈 지가 너무 오래된 아빠는 어떻게 대화를 이어나가야 할지 몰랐다.

"정신의학의 탄생? 아빠가 왜 이런 책을 읽어요? 이런 책은 의사들이 읽는 거 아닌가?"

"아, 꼭 그런 건 아냐. 재판을 하다 보면 별의별 분야를 다 다루게 되거든. 다양한 분야의 책을 읽는 게 좋지. 그리고 아빠가 원래 심리에 대해 관심이 많잖아."

그는 말하면서도 부끄러워졌다.

심리에 관심이 많다는 사람이 자기 딸이 대체 무슨 생각으로 사는지는 모른다니. 한심하다.

"우리 딸 무슨 일이야? 아빠가 뭐 도와줄 거 있어?"

"그런 건 아닌데... 서지수 재판 아빠가 맡았죠?"

"어, 그 사건. 맞아. 아빠 담당이야."

"아빠는... 어떻게 생각해요?"

이재준 판사는 귀를 의심했다. 지금껏 딸은 단 한 번도 그가 맡은 사건에 관심을 기울이지 않았다. 동료 판사들 중에 사건을 놓고 자녀와 갑론을박을 벌였다며 허허 웃는 판사를 볼 때면 어찌나 부러운지.

드디어 나에게도 그런 순간이 찾아온 것인가?

이재준 판사는 절대 이 기회를 놓치고 싶지 않았다. 그래서 최대한 눈높이를 맞춰서 친절하게 설명했다.

"아빠는 말이야. 사실 처음에는 그 아이가 무혐의로 풀려날 거라고 생각해서 별로 신경을 쓰지 않았어. 물증이 하나도 없었거든. 그런데 검사 측에서 강력한 증거를 발견해내면서 상황이 달라졌지. 그것 때문인지, 그 아이도 죄를 털어놓았고."

"그럼, 유죄라고 생각해요?"

"유죄라고 봐야겠지."

"변호사는 뭐라고 했는데요?"

"그 아이의 행위는 범죄가 아니라 죽지 않기 위해 어쩔 수 없이 한 정당방위라고. 사실 정당방위라는 건 여러 가지 요건을 필수적으로 충족시켜야 하거든."

"저도 알아요. 특히 현재의 부당한 침해가 있어야 하죠."

이재준 판사는 할 말을 잃고 눈을 껌벅거렸다.

현재의 부당한 침해. 법률 조문에나 사용하는 어려운 말이 딸의 입에서 나오다니. 우리 딸이 이렇게 똑똑했었나? 아빠가 맡은 일에 대해 관심도 많고?

그는 감격스럽기까지 했다.

"그래서 서지수는 정당방위로 보기 힘든가요?"

"응. 무리가 있지. 법에 따르면, 어떤 행위가 정당방위가 되려면 그 당시의 절박하고도 지속적인 위협이 있어야 해. 그런데 그 사건의 경우에 그렇진 않았거든. 죽은 동생의 복수. 법률 용어로는 자력구제에 더 가까운 측면도 있지. 그건 심각한 범죄야."

"그렇다면, 그 여자가 칼을 들고 죽이러 올 때까지 기다려야 했다는 말인가요? 아니면 동생처럼 독살당할 때까지?"

"음... 꼭 그런 건 아니고. 위협을 느꼈다면 국가 공권력에 알렸..."

"알렸는데도 무시했다잖아요."

딸의 목소리가 높아졌다.

"경찰도 공무원이니까, 국가가 자기 할 일을 못한 거네요?"

"우리 현서가 아주 똑똑하구나. 그렇게 볼 수 있지. 지수의 신고를 받고도 묵살한 점은 분명히 잘못한 점이지. 제대로 알아봤다면 동생 지훈이를 구했을지도 모르고."

"아빠도 공무원이죠?"

"그렇지."

"그럼 이번에 아빠가 내리는 결정도 국가의 뜻이 되는 셈이네요."

"그렇게 해석할 수 있지. 판사들은 그래서 더 신중해야지."

"아빠. 저는 그렇게 생각해요. 누군가에게 잘못한 게 있다면, 일단 사과를 하고 다음에는 더 잘해줘야 한다고요. 국가가 지난번에 지수를 지켜주지 못했으니까 이번에는 지켜줘야 하는 거 아닌가요? 간단하잖아요?"

"어..."

이재준 판사는 말문이 막혔다.

그저 대견해서가 아니었다. 딸의 말에 반박할 수 없는 논리가 들어있어서였다. 흔히들 하는 말로 반박 불가.

현서가 계속 말했다.

"저는 운 좋게 좋은 부모님 밑에서 태어났지만, 지수는 그렇지 못했어요. 살인마가 새엄마로 들어온 게 지수 잘못은 아니잖아요?"

"그렇지..."

현서는 남은 용기를 다 모아 아빠의 눈을 똑바로 보고 말했다.

"아빠. 부탁이 있어요."

"어..."

"판결 내리실 때... 지수가 저라고 생각하고 판결을 내려주세요."

번쩍. 이재준 판사는 머리에 번개가 꽂히는 기분이었다.

현서는 자리에서 일어나 어색하게 다가와 그를 안아주었다.

"고마워요 아빠. 안전하게 잘 키워주셔서."

딸이 서재를 나간 뒤 한참 동안 이재준 판사는 꼼짝도 할 수 없었다.

상상도 하지 못했던 깨달음이 징처럼 뇌리를 울리고 있었다. 단순히 이번 사건과 관련된 각성이 아니었다. 지금껏 그가 다루었던 모든 판결을 돌아보게 만드는 각성이었다.

여태껏 그는 철저하게 법조문 안의 논리로 판결을 산출했다. 서울대 법대를 졸업하고 사법고시에 합격한 법 전문가의 시각으로 사건을 보았다.

딸과의 대화를 통해 이미 머리로는 알고 있던 법률가의 격언을 되새겼다. 세상사의 정의란 여러 사람의 눈으로 봐야 한다는 사실을. 때로는 장사치의 눈으로, 때로는 실업자의 눈으로, 때로는 아이의 눈으로.

그는 속으로 중얼거렸다.

고맙다 현서야. 아빠가 고마워.

피고인 서지수에 대한 선고 공판은 봄기운이 완연한 5월의 어느 날 오전에 열렸다.

괜찮다는 지수의 만류에도 불구하고 유리는 지수의 집 앞까지 가서 아이를 태워 왔다. 혁이 운전을 하는 가운데, 유리는 직접 만든 샌드위치를 지수와 나눠 먹었다.

"저는 재판을 망쳐버렸는데 언니는 왜 이렇게 잘해주세요?"

"무슨 소리야. 넌 재판을 망치지 않았어. 내가 망칠 뻔했던 재판을 구해주었지."

"제가 다 실토해버렸잖아요."

"잘했어. 거짓말로는 이길 수도 없을뿐더러, 만약 이겼다고 해도 좋지 않았을 거야. 잘했어 지수야."

"몇 년쯤 감옥에서 지내도... 어쩔 수 없다고 생각해요."

지수의 풀죽은 말에 유리는 대답조차 하지 않았다. 절대로, 절대로 첫 의뢰인을 감옥에 보내고 싶지 않았다. 이 아이에게 교도소의 그늘이 아니라 햇살을 보여주고 싶었다. 그것이 당연히 누려야 할 행복을 오랜 세월 박탈당한 채 살아온 한 소녀에게 그녀가 해줄 수 있는 최소한의 도리라고 믿었다.

"언니 그런데 궁금한 게 있는데요."

"물어봐."

"언니는 왜 맨날 똑같은 옷만 입어요?"

운전을 하던 혁도 룸미러로 힐긋 엿보았다. 그 역시 물어본 적이 있었지만 유리가 대답해주지 않았던 질문이었다.

"음. 똑같은 옷이라고는 할 수 없지. 블랙 재킷이 여러 벌 있어. 같은 브랜드라서 비슷하게 보이는 것뿐이야."

"그럼 왜 비슷한 스타일에 검은색 재킷만 입는데요?"

유리는 어깨를 으쓱했다.

"법정에서 제일 신뢰감을 주는 느낌이라서?"

"재판 안 할 때도 검은색 재킷만 입잖아요."

"습관이 되어서 제일 편해서 그래."

누가 들어도 얼버무리는 대답이었지만, 지수는 눈치껏 더 이상 물어보지 않았다.

프라다 정장을 고집하는 진짜 이유는 비밀이었다. 아직 아는 사람이 아무도 없는.

유리 일행은 조금 일찍 도착했다. 수많은 기자들이 기다리고 있었지만 노코멘트로 일관하고 법정에 들어왔다.

남 검사가 들어오고, 이어서 배심원들도 줄지어 들어왔다. 마지막으로 이재준 판사가 자리했다.

"일동 기립!"

선고공판이 열리는 법정 안은 엄숙한 분위기가 감돌았다.

이재준 판사는 좌중을 한 번 둘러보고 입을 뗐다.

"판결을 선고하겠습니다."

유리는 속으로 기도를 시작했다.

"배심원들의 의견은 만장일치를 보지 못했습니다. 그만큼 이 사건은 어떤 시각에서 보느냐에 따라 전혀 다른 판단이 나올 수 있는 사건이라는 뜻이겠지요."

유리는 궁금했다. 배심원들 중 무죄가 몇 명이고 유죄가 몇 명이었는지.

"이 사건이 우리 어른들에게 참으로 슬프고 부끄러운 감정을 들게 한다는 데에 있어서는 아무도 이의를 달지 못할 것입니다. 한 가정이 산산조각 나고, 어린아이가 죽고, 그 후에 또 다른 살인사건이 벌어지는 과정에서 학교도 국가도 도움을 주지 못했습니다."

판사의 목소리는 전과 달리 비통했다.

"저 역시 이 비극을 만들어낸 책임으로부터 자유로울 수 없다는 것을 잘 알고 있습니다. 그런 의미에서 피고인에게 심심한 사과의 말을 먼저 전하고 싶습니다."

판사는 지수가 앉아있는 방향으로 천천히 목례를 했다. 재판 중에 판사가 피고인에게 목례를 하는 광경은 무척이나 이례적이어서 남 검사가 고개를 갸웃할 정도였다.

"앞서 검사가 말한 대로, 살인이라는 사건은 그 자체로 위중하게 다루고 엄하게 처벌해야 합니다. 자력구제 행위는 더욱 그렇고요. 저 역시 판사로서 십수 년을 이 자리에 앉아있는 동안 그렇게 판결을 내려왔습니다. 제가 내리는 모든 판결은 법전에 명시된 근거에 의한 것이었습니다. 그러나."

이재준 판사는 옅은 한숨을 쉬며 잠시 말을 끊었다가 이었다.

"법전의 법 조항들이 이 세상의 모든 상황을 정의롭게 판단하지는 못합니다. 그럴 수 있다고 믿는다면, 그것은 법을 우습게 아는 것과 마찬가지로 법을 지나치게 맹신하는 행동이 되겠지요. 경찰력이 미치지 못하는 범죄의 현장이 있고, 법률이 보호하지 못하는 가치들이 분명히 있음을... 이 사건을 대히면서 통감할 수밖에 없었습니다."

이재준 판사뿐만 아니라, 법정에 앉아있는 모든 사람들이 숙연해졌다.

"이제 선고합니다. 피고인 일어나세요."

지수는 차마 고개를 들지 못한 채 일어났다. 유리는 여전히 눈을 감고 기도하고 있었다.

신이시어. 죄 없는 어린 양을 어둠으로 데려가지 마시옵소서.

"사건 번호 2020고단 201호. 윤미진 살해 혐의로 기소된 피고인 서지수에게... 징역 3년 집행유예 5년을 선고합니다."

꼭 모아 쥐고 있던 유리의 손이 스르륵 풀어졌다. 머릿속에 어떤 멜로디가 흐르는 것 같은 착각이 들었다.

엘가의 위풍당당 행진곡? 아니면 베토벤의 합창 교향곡일까?

희망의 기운이 전신을 감전시켰다.

방청석에서 박수가 쏟아지는 가운데 지수가 거세게 유리를 껴안았다.

"언니..."

유리는 지수의 등을 쉼 없이 쓸어내렸다.

"이제 다 끝났어. 이제 완전히 끝났어."

완벽한 승리였다. 유리는 스스로에게 되뇌었다.

승리의 단초는 예상치 못한 곳에서 온다. 그렇기에 끝까지, 모든 부분에서 최선을 다해야 한다. 그것이 변호사의 임무이자 숙명이다.

오늘의 남은 시간 동안은 스스로를 마음껏 칭찬해주고 싶었다.

잘했어 유리야. 정말 잘했어.

그렇게 재판은 끝났다.

방청객들의 축하를 받는 도중에 귀에 익은 목소리가 들렸다.

"축하드립니다."

뒤돌아보니 남 검사가 서 있었다. 그는 유리에게 악수를 청했다.

“아, 고마워요 검사님.”

“사건조사부터 언론플레이까지, 실력이 좋으시던데요?”

“검사님이야말로 대단하셨어요. 고드름은 못 알아내실 줄 알았는데.”

“형사 시절 생긴 습관입니다. 사건 현장에 자주 다니다 보니.”

“항소하실 건가요?”

남 검사는 고개를 내저었다.

“이 정도로 하지요.”

“고맙습니다.”

“그럼 또 뵐 날까지 건강히.”

남 검사는 다시 악수를 나누고는 떠났다.

그의 뒷모습을 보면서 왠지 오래 지나지 않아 또 볼 일이 있을 것 같다는 생각이 들었다.

유리는 오늘의 진짜 주인공 지수의 손을 꼭 잡았다.

“우리도 가자.”

“네, 언니.”

첫 의뢰인의 손을 잡고 법정을 나섰다.

“재판 결과에 만족하십니까?”

진을 치고 기다리던 기자들이 멀리서부터 몰려들었다.

“소감 한마디 말씀해주시죠!”

유리는 서두르지 않고 차분하게 포토라인에 섰다.

"저희 재판에 관심을 갖고 응원해주신 많은 분들께 먼저 감사의 말씀을 드립니다. 저와 제 의뢰인은..."

프라다를 입는 변호사 유리의 얼굴 위로 햇살이 쏟아져 내렸다.

새로운 삶을 위한 축복처럼 환하게, 환하게.

벽장 속의 유부녀

벽장 속의 유부녀

어느 남매의 카톡.

소연 살려줘!!!!!!!!!!!!!!

오빠 소연아?

소연 오빠... 오빠!!!

오빠 소연아! 갑자기 살려 달라니?

소연 오빠! 나... 어떡해

오빠 소연아! 정신 차리고 얘길 해봐.
오빠가 전화할게.

소연 안 돼! 전화하지 마! 절대로!!!!
전화하면 나 죽어!

살인범이 앞에 있어!

오빠　뭐? 살인범? 대체 그게 무슨...

너 어디야?

소연　찬웅 오빠 집에...

오빠　뭐?! 그 새끼 집에 왜 니가 있어?

소연　미안해 오빠.

오빠　너 설마... 그 새끼하고 만나고 있었던 거냐?

소연　미안해 오빠.

오빠　하아... 내가 그 새낀 안 된다고 했잖아.

소연　지금 그게 문제가 아니라...

오빠　그래그래. 살인범은 뭐야?

뭐가 어떻게 된 건지 얘기해봐.

소연　찬웅 오빠하고 술 마시고

오빠 집에 왔어.

오빠　집이 어딘데?

소연　여기가... 신월동?

나도 첨 와 보는 동네야.

오빠 부모님이 오늘 해외여행 가셨다고

집에서 술 더 마시자고 해서...

오빠　소연이 너!!

소연　혼내는 건 나중에 해.

지금 죽을지도 모른단 말야!

오빠　대체 뭐가 어떻게 된 건데?

왜 전화는 하지 말라는 거야?

소연　살인범이 바로 앞에 있다니깐!

오빠　살인범이라니... 대체...

오빠가 대신 신고할게. 거기 주소 알아?

소연　무슨 빌라인데... 술도 마셨고

빌라 이름을 제대로 못 봤어.

오빠한테 얘기하긴 그렇지만...

같이 침대에 있다가...

찬웅 오빠는 샤워하러 가고

나는 침대에 누워서 폰 보고 있는데

갑자기 이상한 소리가 들리는 거야.

난 찬웅 오빠 부모님이 갑자기 오신 줄 알고

깜짝 놀라서 벽장에 숨었어.

문틈으로 보고 있는데...

방 밖에서 쿵쾅거리는 소리가 나더니

비명 소리 같은 것도 들리고...

그러다가 갑자기 조용해졌어.

소연　내 생각엔 강도 같아.

오빠　야!!!!! 그럼 강도가 든 집에
　　　니가 갇혀 있단 거야?

소연　응. 벽장 속에 숨어 있어.
　　　그래서 내가 전화하지 말란 거야!!!!
　　　벨 소리 강도한테 들키면 죽을지도 모르니까!
　　　게다가 나 급히 숨느라 옷도 못 입었어ㅠㅠ

오빠　뭐????????? 알몸이라고?????????

소연　응ㅠㅠ

오빠　미치겠다!!!!!!!!!!!!! 강도는 어디 있고?

소연　잘 모르겠어.
　　　집 안을 돌아다니는 것 같기도 하고.
　　　발자국 소리가 들리다가 지금은 또 안 들려.

오빠　강도가 맞긴 해?

소연　아ㅠㅠ 나도 모르겠어 오빠.

소연　찬웅 오빠 샤워하고 올 시간이 한참 지났는데
　　　죽었나 봐... 어떡해... 너무 무서워...
　　　오빠 나 병신 같지?????

오빠　소연아. 이럴 때일수록 정신 차려야 해.
　　　엄마한테는 연락했어?

소연　아니. 기절이라도 하면 어떡해.
엄마 심장도 약한데ㅠ

오빠　불은? 방에 불은 꺼져 있어?

소연　아니지. 켜놨지.
밖에서 들리는 소리 듣고 놀라서
갑자기 벽장에 들어오느라
불 끌 생각도 못했어ㅠ

오빠　강도가 니가 집에 있는 걸 알면 안 되는데!!!!

소연　아 맞다ㅠㅠ 지금이라도 나가서 불 끌까?

오빠　그게 더 나을 거 같은데.

소연　그런데 무서워.
벽장에서 나갔을 때 강도가 방에 들어오면 어떡해?

소연　아니면 내가 벽장에서 나가는 소리를 듣거나
앗! 잠깐만!!

오빠　왜?

소연　이상한 소리가 들려!

오빠　소리? 무슨 소리?

소연　잠깐만... 이게...
칼로 뭔가 써는 소리... 고기 같은 거???

오빠　뭐라고? 이런 미친...

소연　오빠 나 어떡해!!!!!!!!!

오빠　위치를 알아야 신고를 하지!

어떻게 알 방법이 없을까?

소연　내 폰이 켜져 있으니까

경찰에 신고해서 상황을 설명하고

내 폰 위치 추적을 하라고 하면 되잖아!

오빠　니가 폰으로 위치 검색해 봐!

소연　그거 어떻게 하는 건데???

오빠　내비게이션 작동시키면 될걸?

근데 주소지까지 자세하게는 안 뜨겠다ㅠㅠ

소연　나 내비게이션 어플 없어ㅠ 깔아야 해.

운전 안 하자나ㅠㅠ

오빠　알았어. 경찰 위치 추적이 더 정확하겠다.

기다려. 조심하고!!!

10분 뒤, 다시 남매의 카톡.

오빠　신고했다!

소연　위치 찾을 수 있겠대?

오빠　경찰이 임의로 할 수 있는 건 아니고

통신사 협조를 구해야 하는데
지금 밤이라서 시간이 좀 걸린대.
그래도 해보겠다니까 조금만 버텨보자.

소연　나 무서워 오빠... 나 어떡해ㅠㅠ

오빠　신월동 쪽 지구대에도 연락이 갔어.

소연　괜찮을까? 나 살아서 나갈 수 있을까?

오빠　강도가 그냥 나갈 수도 있으니까.

소연　이 방에 들어오면 어떡하지?
살짝 나가서 방문을 잠글까?

오빠　안 돼!!!! 괜히 소리 나서 들킬 수도 있고
더 의심받지
방문 따위야 안에서 잠가봤자 쉽게 열 수 있어.

소연　그럼 나 어떡해...
계속 이렇게 벽장에 숨어 있어?

오빠　지금 봐서는 그게 제일 안전할 것 같은데...

소연　헉!!!!!!!

오빠　왜?!!!

소연　다시 발자국 소리가 들려!
어떠케!!! 그놈이 이 방으로 오는 것 같아!!!!

오빠　소연아!!!!!

소연　오빠!!!!!!!!!!!!!!!!!!!!!!! 오 마이 갓...

오빠　소연아! 소연아?

소연　문손잡이가 돌아ㅏㄱ

오빠　소연아! 소연아!! 괜찮은 거지? 응?

2분 후.

소연　오빠... 큰일 났어.

오빠　소연아! 어떻게 됐어?!?!

소연　그놈이 들어왔어.

오빠　뭐어?!!!!! 강도가 방에 들어왔다고???

소연　어... 지금 방을 둘러보고 있어.

오빠　어떻게 생겼는데??

소연　까만 야구 모자를 쓰고
　　　까만 마스크까지 쓰고 있어서
　　　얼굴이 제대로 안 보여ㅠ
　　　칼을 들고 있는데 피가 묻어 있어ㅠㅠ
　　　찬웅 오빠를 죽였나 봐ㅠㅠ
　　　오빠 어떠케....

오빠　소연아!!!! 절대 울지 마.

소리 내면 안 돼!!!!
그놈이 니가 있다는 걸 눈치챈 것 같아?

소연　모르겠어ㅠㅠ 이쪽은 안 보는데...

오빠　니 옷이나 소지품 같은 건???

소연　벽장에 갖고 들어왔어.
찬웅 오빠 부모님인 줄 알고
안 들키려고 막 다 들고 들어왔지.

오빠　그건 그나마 다행이다...

소연　오빠 나 어떡해ㅠㅠ 저놈이 날 죽일 거야.
칼로 날 찌르고 토막 낼 것 같아
자꾸 그런 장면이 상상된다고!!!

오빠　소연아... 정신 차리자!

소연　칼 든 강도가 눈앞에 설치고 다니는데
어떻게 진정을 해?????

오빠　소리만 내지 마.
니 흔적이 없으니까
방에 아무도 없는 줄 알고 그냥 나갈 거야.

소연　오빠

오빠　응?

소연　이 아저씨가 노래를 불러.

오빠　노래? 무슨 노래?

소연　뭐라고 흥얼흥얼하는데

소연　가사가 잘 안 들려

멜로디는... 처음 들어보는 노래 같은데

잠깐만... 가사 들린다.

오빠　뭐라는데? 무슨 노랜데??

소연　벽장 속의 유부녀...

더러운 세상이 싫어서...

벽장 속에 숨었나...

오빠　뭐??? 그게 가사야??

소연　응. 이렇게 부르는데?

계속 반복해서 그 부분을 불러

오빠　그게 뭐야...

소연　몰라. 계속 그 부분만 반복해서 불러ㅠㅠ

오빠　잠깐만. 유튜브로 찾아볼게.

진짜 그런 노래가 있네?!

무슨 옛날 펑크 밴드 노래 같은데?

검? 껌? 밴드 이름이 GUM이야.

앨범 타이틀이...

보거스 펑크 서클? Bogus punk circle.

들어보니까 신나는 록 음악이야.

소연　지금도 계속 부르고 있어.

아!!!! 진짜 미친놈인가 봐. 변태 같아.

노래를 부르면서... 돌아다니다가

지금은 침대 냄새를 맡고 있어ㅜㅜ

어떡하지? 내 냄새... 여자 냄새가 날 텐데...

오빠　소연아...

소연　오빠!!!!!!!!!

오빠　왜???? 소연아!!!! 왜 그래??!!!!

다시 2분 후.

소연　오빠...

오빠　소연아! 괜찮아?!

소연　나 그 사람... 눈을 봤어.

오빠　눈? 눈이 마주쳤다고??

소연　응... 그놈이 벽장 앞으로 왔었어.

마치 내가 안에 숨어있다는 사실을 안다는 듯...

바로 문 앞까지 다가와서

문틈에 눈을 대고 들여다봤어.

난 너무 놀라서 눈을 감고

이제 죽었구나 생각하고 있는데

문이 안 열리더라고.

기분이 이상해서 슬며시 눈을 떴는데

눈이 딱 마주친 거야!!!!

문틈으로 그놈 눈동자가...

붉게 충혈된.... 그 눈...

아아아아아아아아아ㅠㅠ

오빠　소연아! 진정해!!

그래서? 그래서 어떻게 된 건데?

소연　그놈이 문을 안 열고 방을 나가버렸어.

그리고 아까 현관문 열리는 소리가 들리고는...

그 뒤엔 아무 소리도 안 나.

오빠　하아...........

일단 나쁜 일을 안 당해서 다행이긴 한데

그놈이 왜 그냥 갔을까?

소연　모르겠어ㅠㅠ 경찰에서는 연락 없어?

오빠　아직. 폰 위치추적이라는 게

막 몇 분 만에 되고 이런 게 아니야.

너 한 번 벽장에서 나가 방문에 귀 대볼래?

그럼 밖에 소리가 더 잘 들릴 테니까.

소연　벽장을 못 나가겠어ㅠㅠ

나가면 그 미친놈이 기다리고 있을 것 같아.

오빠　그놈 방에서 나갔다며?

소연　그건 봤는데... 뭔가 이상해.

놈이 내 머릿속을 읽고 있는 것 같아.

나 데리고 놀고 있는 거 같다고ㅠㅠ

오빠　소연아 잘 들어봐.

상식적으로 생각해도

범죄 현장에 오래 있으려는 범인은 없어.

소연　그놈이 상식적이지 않다면? 싸이코라면?

내가 내 발로 나오길 기다리고 있다면?

오빠　왜 굳이? 그냥 벽장 열고 널 끌어냈겠지.

소연　혹시 벽장이 어떤 힘이 있는 건 아닐까?

오빠　힘? 무슨 힘??

소연　어떤 방패막이 같은 게 되어주는...

오빠　그게 무슨 미신 같은 소리야ㅠ

소연　왠지 모르게 그런 느낌이 들었단 말이야ㅠㅠ

벽장을 못 여는 트라우마 같은 게 있거나

놈이 흥얼거리던 노래에도 벽장이 나왔잖아.

벽장 속의 유부녀...
더러운 세상이 싫어서...
벽장 속에 숨었나...

오빠 소연아. 이럴 때일수록 냉정해져야 해.
조심스럽게 벽장에서 나와.
어차피 니가 있는 걸 알고도 그냥 놔뒀잖아.
더 이상 손에 피 묻히긴 싫은 걸 거야.
게다가 현관문 소리가 난 거 보면
아예 그 집에서 나갔을 수도 있고.

소연 그럴까? 진짜 괜찮을까?

오빠 이성을 믿자.

소연 알았어... 그럼 나가볼게.
괜찮겠지? 그럼 나간다...
나왔어. 벽장에서. 다리가 후들거려.

오빠 방을 뒤져봐. 우편물 같은 게 있나 찾아봐.
거기 주소가 적혀 있을 거야.
혹시 모르니까 소리 안 나게 조심해서!

소연 알았어. 잠깐만.

다시 2분 후.

소연　방에 우편봉투가 하나도 없어.

잘 찾아봤어?

소연　응. 책상이랑 옷장이랑 전부 다 찾아봤어.

어떡하지?

오빠　소리는? 밖에서 무슨 소리 들려?

소연　방문에 귀를 대봤는데 안 들려.

오빠　그럼... 방문 열어볼래?

소연　그놈이 거실에서 기다리고 있을 거 같아!

오빠　그런 짓을 왜 해...

아까 너랑 눈이 마주치고도 그냥 갔다며.

현관문 열고 나가는 소리도 들렸다며?

소연　날 속이려고 문을 열었다가 그냥 닫았을 수도 있어.

오빠　그런 짓을 왜 하냐고!!!!!!!!!!!!

소연　싸이코니까!

세상에 별 미친놈들이 다 있잖아.

미친놈이 미친 짓 하는데 이유가 있어?

찬웅 오빠를 난도질한 놈이라고!!!

그런 놈이 무슨 짓이든 못하겠어?

오빠　그 새낄 그렇게 한 건 이유가 있을 수도 있지.

소연　오빠는 왜 그렇게 찬웅 오빨 싫어해?

오빠　그 얘긴 나중에 하자.

지금으로선 어떻게든 집 주소를 알아서

경찰을 부르는 게 우선이야.

소연　아ㅠㅠ 방문은 도저히 못 열 것 같은데ㅠㅠ

오빠　너무 겁먹지 말고 방에서 나가봐.

거실이나 안방에는 분명히 우편물이 있을 거야.

소연　아ㅠ 나 너무 무서운데ㅠㅠㅠㅠㅠ

알았어… 나… 방에서 나왔어.

오빠　그놈 없지?

소연　응… 거실에는 없는 것 같아.

오빠　거실에 우편물 있나 뒤져봐.

소연　무서워서 발이 안 떨어져.

집 안에 숨어 있다가 날 덮칠 것만 같아ㅠㅠ

오빠　그럴수록 더 빨리해야지. 어서.

소연　알았어…

다시 2분 후.

소연　찾았어! 양천구 신월동 동해 빌라 가동 304호!

오빠　바로 경찰에 연락할게!

소연　알았어. 그럼 난 다시 벽장에 들어가 있을게.

잠시 후.

오빠　뭐? 벽장? 거긴 왜 또 들어가?
소연　그냥... 왠지 거기가 제일 안전한 것 같아서.
오빠　그냥 방에 있어. 그놈이 집에 없잖아.
소연　그걸 어떻게 알아.
　　　집 안에 숨어 있을 것만 같단 말이야!
오빠　벽장 안에 들어간다니... 바보 같은 소리 마.
　　　경찰에 신고했으니까 그냥 기다리고 있어.
소연　세상에... 오빠... 오빠...
오빠　왜???? 소연아!!!!!!!
소연　찬웅 오빠가... 아.....ㅠㅠㅠㅠ
　　　찬웅 오빠가 죽어있어ㅠㅠ
　　　화장실 안에서 난도질을 당했어.
오빠　소연아. 그만 봐. 트라우마에 시달릴 테니까.
　　　그냥 놔두고 방으로 돌아가. 어서.
소연　찬웅 오빠는... 눈을 뜨고 죽었어.
　　　화장실 바닥에 피가 흥건해!!!!!!!!

어떡해... 어떡하면 좋아ㅠㅠㅠㅠㅠ

그놈이 왜 난 살려뒀을까?

분명히 벽장에 내가 숨은 걸 알았는데.

분명히 눈이 마주쳤다고!

오빠　눈이 마주쳤다는 게 니 착각일 수도 있어.

벽장 문틈으로 정확히 얼굴을 볼 순 없으니까.

소연　이미 내 신상을 알고 있을지도 몰라.

오빠　그걸 어떻게 알아

소연　찬웅 오빠 폰.

오빠　응? 그게 뭐??

소연　찬웅 오빠 지문으로 폰을 열 수 있잖아.

오빠 폰에 내 이름, 전화번호... 다 있으니까.

오빠　소연아. 별일 없을 거야.

소연　분명히 다 알아냈을 거야.

그래서 날 살려둔 거야.

내가 허튼짓 하면 가만두지 않겠다고.

오빠　억측하지 마!!! 이럴 때일수록 정신 차려야지!

아 이럴 때는 정말 제주도에 사는 게 싫다.

오빠도 내일 서울로 올라갈게.

소연　나... 아무래도...

다시 벽장에 들어가야겠어. 그래야만 할 것 같아.
들어왔어. 그런데...
마치 벽장이 날 감싸주는 것만 같아.

오빠　이상한 소리 하지 마.

소연　오빠 기억나? 어릴 때 숨바꼭질 했던 거.
오빠는 벽장 속에 잘 숨었는데
난 무섭다며 못 들어갔잖아.
생각해보니까... 오늘이...
태어나서 처음 벽장에 숨은 날이네.
그런데 너무 편안해...

오빠　소연아. 괜찮아? 소연아!!!

소연　오빠야... 나... 졸려...

세 시간 후.

소연　오빠...

오빠　소연아! 정신이 좀 들어?

소연　나 정신 차려봤더니 병원이야.

오빠　알아. 형사님하고 통화했어. 살았어!!!!

소연　뭐가 어떻게 된 거야?

오빠 형사 아저씨 말로는
출동했더니 니가 벽장 속에 잠들어 있더래.

소연 나도 어렴풋이 기억나는 거 같기도 하고...
이상한 얘기 하나 해도 돼?

오빠 또 뭔데?

소연 꼭 벽장 안에 누가 있어서
날 재워주는 기분이었어.

오빠 무슨 말도 안 되는 소리야...

소연 찬웅 오빠는?

오빠 아마 부검실에 있지 않을까?

소연 그랬구나... 꿈이 아니었어ㅜㅜ

오빠 니가 너무 긴장해 있다가
벽장 속에서 긴장이 풀리면서
정신을 잃은 거 같아.
됐고, 이제 다 끝났으니까
병원에서 안정 취하고 있어.
경찰 조사도 받아야 할 테고.
오빠가 내일 비행기로 서울 올라갈게.

소연 경찰에 얘기해야 하나?

오빠 뭘?

소연　내가 보고 들은 것들.

오빠　당연하지! 다 얘기해야지 그놈을 잡지!!

소연　그놈이 나한테 해코지하면 어떡하지?

오빠　그러니까 더더욱 잘 증언해서

경찰이 놈을 잡도록 도움을 줘야지!

소연　그놈이 날 봤단 말이야.

내 연락처도 알고 얼굴도 알 수 있다고!

오빠　니 추측일 뿐이잖아.

소연　무서워... 그냥 아무것도 못 봤다고 할까?

소연　그 노래도... 벽장 속의 유부녀.

그거 들은 얘기도 하지 말까?

오빠　다 얘기해. 전부 다!

엄마한테는 말하지 말자. 너무 걱정하실 거니까.

찬웅이 만나는 거, 엄마한테 얘기했니?

소연　아니... 엄마도 싫어하잖아.

찬웅 오빠 문신 있다고

오빠　왜 하필 많고 많은 내 친구 중에서

그런 녀석을 만나ㅠ

소연　오빠... 오늘 하늘로 떠난 사람인데

그렇게 안 좋은 얘기 해야겠어?

찬웅 오빠가 얼마나 참혹하게 당했는지....

죽을 때까지 못 잊을 것 같아.

대체 왜 그랬을까? 단순 강도? 아님 원한?

찬웅 오빠가 원한 질 일이 뭐가 있을까?

혹시 오빠... 나한테 얘기 안 한 거 있어?

찬웅 오빠에 대해서?

오빠　나 걔 잘 몰라. 그냥 고등학교 때 친구일 뿐이야.

소연　뭔가 있는 것 같은데...

오빠　소연아. 복잡한 생각하지 마.

일단 푹 쉬어. 내일 오빠가 갈게.

소연　알았어...

일주일 후.

오빠　소연아. 뭐해?

소연　어. 이제 자려고.

오빠　아까 저녁에 형사님하고 통화했어.

소연　뭐래? 용의자는 찾았대?

오빠　현장에 흔적을 전혀 안 남겼대.

지문도 모발도, 전혀 없대.

CCTV에도 안 잡히고.
너랑 찬웅이밖에 안 찍혔대.

소연 CCTV 위치나 방향까지도 아는 놈이란 건가?

오빠 소연아. 오빠 말 잘 들어.
경찰에서 널 다시 조사할 거야.

소연 나 더 이상 할 얘기 없는데?
다 얘기했어.

오빠 목격자 증언은 다 했지만…
이번에는… 용의자로.

소연 뭐라고????????!!!!!!!!!!!
말이 돼? 내가 용의자라니.
찬웅 오빠가 나보다 머리 하나는 더 큰데.
내가 무슨 수로 오빠를 죽여ㅠㅠ
그럴 이유도 전혀 없잖아.

오빠 경찰 입장에선 다른 침입자의 흔적이 없으니까
널 용의자로 볼 수밖에 없었겠지.

소연 나 사실 아까 민정이한테 들은 얘기 있어.

오빠 민정이? 내가 아는 민정이?

소연 응. 찬웅 오빠가 대학교 때 록밴드 했다면서?

오빠 대학 때는 모르겠고.

고등학교 때 무슨 밴드 했던 건 기억 나.

소연　대학 때 찬웅 오빠 쫓아다니던 스토커가 있었대.

찬웅 오빠가 하던 밴드의 팬이었는데

그 여자가 어느 날 갑자기 행방불명이 되었대.

그리곤 지금까지 소식이 없대.

오빠　헐... 그런 일이 있었어?

난 처음 듣는 얘기네.

소연　휴우... 머리가 복잡하다.

자꾸 생각나...

찬웅 오빠의 처참한 시체도...

벽장 속에서 봤던 그 사람 눈노...

그리고 벽장에 누가 있는 것만 같은 느낌도...

그리고 그 노래도!!!!!! 벽장 속의 유부녀!!!!

너무 생생해ㅠㅠ 그런데 내가 용의자라니ㅠㅠ

오빠　걱정 마. 금방 조사받고 끝날 거야.

소연　그렇겠지?

오빠　그럼. 그리고 다 잊고 새 출발 하자.

우리 같이 기도하자.

소연　그래. 같이 기도하자 오빠.

신경 써줘서 고마워.

1년 후. 그날.

소연 오빠~~~

오빠 어 소연쓰

소연 결혼식장은 잡았어?

오빠 어. 언니가 잡았는데
같이 가봤는데 마음에 들더라.

소연 오빠 안목은 못 믿지만 언니 안목은 믿을 수 있지.
캬캬캬캬캬캬캬캬캬

오빠 죽을래? ㄲㅈ

소연 ㅋㅋㅋㅋㅋㅋㅋㅋㅋㅋ
아까 언니한테 연락 왔더라고.

오빠 왜?

소연 주말에 나 옷 사준대!!!! 꺄올!!!!!!!

오빠 너한테 점수 따고 싶나 보다.

소연 쇼핑하고 백화점에서 밥 먹기로 했는데
오빠도 시간 되면 같이 밥 먹자.

오빠 어 봐서. 요즘 회사에 일이 넘 많다ㅠㅠ
이러다 결혼식도 못 올리고 과로사할 판이야ㅠㅠ

소연 엄살은!!!!!!!

오빠　퇴근했어?

소연　응. 저녁도 먹었고
　　　미드 보면서 맥주나 한 캔 털려고.

오빠　알썽. 즐 저녁

소연　빠2

2분 후.

소연　오빠. 오빠? 오빠 대답해봐!!!! 나 무서워!!!!!
　　　집에서 이상한 소리가 들려.
　　　분명히 나밖에 없는 집인데
　　　사람 목소리 같은 게 들려ㅠ
　　　아... 어떡해ㅠㅠ 나 이 목소리 알아ㅠㅠ
　　　그놈 목소리야...
　　　오빠... 그놈이 우리 집에 있어ㅠ
　　　그놈이 노래를 흥얼거리고 있어.
　　　그 노래. 벽장 속의 유부녀.
　　　오빠... 나 어떡해!!!!!!!!!!!!!!!
　　　오빠!!!!!!!!!!!!!!!!!!!!!

한 시간 후.

오빠　소연아!!!! 소연아? 소연아 대답해!!!!!!!!!!!- - - - - - - -